赢销营家

中国最经典的企业赢销案例

周学负◎著

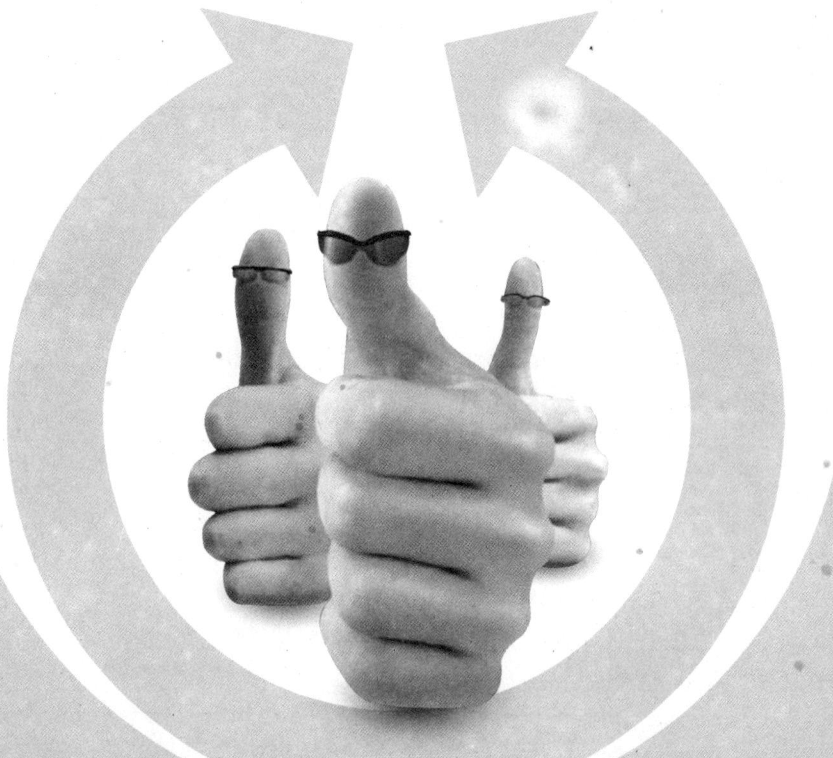

Wuhan University Press
武汉大学出版社

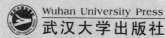

图书在版编目(CIP)数据

赢销营家/周学负著.-武汉:武汉大学出版社，2011.1
ISBN 978-7-307-08277-9

Ⅰ.赢…
Ⅱ.周…
Ⅲ.企业管理-市场营销学-经验-中国
Ⅳ.F279.23

中国版本图书馆CIP数据核字(2010)第201937号

责任编辑：于晓东
审　　读：代君明
责任印制：人　弋

出　　版：武汉大学出版社
发　　行：武汉大学出版社北京图书策划中心
（电话：010-63978987　　传真：010-63974946）
印　　刷：廊坊市华北石油华星印务有限公司

开　　本：787×1092　1/16
印　　张：18
字　　数：200千字
版　　次：2011年1月第1版
印　　次：2011年1月第1次印刷
定　　价：35.00元

前 言

营销无处不在。自人类诞生商业活动的那一刻起，营销就已经存在。特别是在市场经济时代，营销已经渗透到生活的各个角落。20世纪50年代，美国就已经诞生了现代意义的营销学，发展至今，现代营销学已经形成了一套完整的体系。营销与传统意义上的推销有着天渊之别。菲利普·科特勒与凯文·莱恩·凯勒合著的《营销管理》中说："可以这样说，某些推销工作总是需要的。然而，营销的目的就是要使推销成为多余。"现代营销就是让企业满足顾客的需求、引导消费、优化资源的配置……

彼得·德鲁克说："由于企业的目的是创造顾客，任何企业都有两个基本功能，而且也只有这两个基本功能：营销和创新。"现代意义的营销不仅包括"销"，更以"营"为基础。所谓"营"就是策划、创意、运筹和研究。可以说，现代营销既是一门"科学"，也是一门"艺术"，它既有既定的模式内容，又有创造性的涵义。

营销能力是企业赢利的保证。如果没有消费者对产品或服务的需求，企业就不可能获得利润，企业的财务、运营、会计和其他方面的努力都只是水中捞月。世界上任何一家公司，包括微软、通用电气、沃尔玛、英特尔和耐克等巨头都时刻面对着消费群体的不断变化、竞争对手的日益强大等变化，并承受着由此而带来的竞争压力，出人意料的营销策略往往能够让企业出色地应对这些变化。正如杰克·韦尔奇曾不断告诫他的员工,“要么变革,要么失败”,所有企业都必须充分认识到营销在企业发展中的重要作用。

20世纪90年代,营销在中国企业界经历了一段粗放之路。中国企业的营销策略基本上就是粗放型的广告宣传。当时的企业为了达到扩大影响的目的,热衷于制造轰动性新闻、高频率广告轰炸、成立庞大的推销队伍,等等。这些方式在需求多元化、资源短缺、市场经济逐步成熟的21世纪逐渐失去了效果。这时候,中国出现了一批优秀的企业,它们强烈的营销意识、独特的营销手段,使它们以胜利者的姿态成为新时代的领跑者,蒙牛、阿里巴巴、王老吉、巨人就是其中的佼佼者。这些企业更懂得从新的角度去理解营销的奥妙,它们根据行业的特点结合自身的情况、市场的需求运用多种营销手段,使自己在激烈的市场竞争中傲立潮头,也给中国企业带来了一个又一个的经典营销案例。

蒙牛如一匹草原骏马,其速度、勇气与气质令所有对手折服。草莽英雄牛根生是这匹骏马的主人。在蒙牛诞生后,牛根生便以磅礴的气势、勇猛的风格、巧妙的手法进行了一场场营销表演,给中国消费者留下深刻印象。无论是杀入央视,还是挑战“非典”;无论是借势“神五”,还是联姻“超女”;无论是慈善公益,还是发力奥运……都显示了蒙牛在营销方面的先觉者与领航者身份。而牛根生则是笔蘸豪情的营销大家,他的诸多大手笔营销策略足以显示新时代中国营销家的浑厚内力。

阿里巴巴的强势登场令国人感到眼前一亮,也令世界颇有些震惊,它的成功不止因为理念上的先进,更因为公司的营销大师——马云。马云将自我宣传与提升企业知名度接合在一起，在塑造“疯狂、执着、勇敢”的魅力CEO形象的同时，树立了“诚信、创新、人性化”的阿里巴巴品牌形象。这两个形象双双被公众接纳与喜爱，为阿里巴巴的发展提供了最有力支持。马云还消化、应用武侠文化，以及采取灵活的营销手段、多变的营销思路、智慧的营销战略，赢得了媒体与公众关注，为中国企业界树立了一个出色的营销典范。

加多宝公司旗下产品王老吉是中国凉茶行业的一个奇迹。从2002~2007年，短短的几年时间，王老吉的销售额激增400倍，海量鲸吞中国市场的能力引起了国际饮料巨头的恐慌，面对王老吉咄咄逼人的攻势，可口可乐收购香港传统凉茶馆“同治堂”旗下品牌“健康工房”，以期对抗王老吉。王老吉是我国民族企业品牌的骄傲，如今的王老吉已经在国内罐装饮料市场上打败了可口可乐和百事可乐，以不可阻挡之势加冕“中国饮料第一罐”。从王老吉的成长过程中我们可以看到，王老吉的成功来自于出奇制胜和不遗余力的营销。

史玉柱的营销天赋在中国别无分号。他从上亿元的债款中爬出，转身变成拥有超过500亿元资产的集团企业CEO。在本书中我们不细述他对保健药品的营销，家家户户电视屏幕上那对跳跃的卡通老夫妻已经不知述说了多少个日日夜夜。本书仅阐述他对《征途》网游的营销，就足以窥一斑而见全豹，折射出他作为营销狂人的卓越风姿与超凡手法：他把玩家定位为有钱人，用显微镜一样的眼光视察着他们的心理、仔细研究他们的需求，创造了一个充满欲望的虚拟网络世界。在《征途》的营销推广中，史玉柱运用了定位营销、价格营销、需求营销、渠道营销和体育营销等“十八般武艺”，足见“中国最牛营销大师”的名号对于他是实至名归。

本书以蒙牛、阿里巴巴、王老吉和巨人为代表，不仅详细地阐述了中国企业在营销方面所取得的进步与成绩，也为中国众多企业树立了典范。书中细致分析、深刻探究了这四家企业的营销手段，目的是让众多企业参考与学习。虽然成功的营销案例不可复制，但大师们的营销智慧却对企业经营大有裨益。为此，作者不厌其烦，几乎把几位大师所有的天才创意都尽列于书中，并详加分析，希望对广大读者有所帮助。

目录

第一编 阿里巴巴营销

目录

第二编　王老吉营销

第三编 《征途》网络营销

目录

第四编 蒙牛营销

第一编
阿里巴巴营销

YINGXIAODASHI

阿里巴巴的横空出世令中国人感到震惊，甚至令世界也颇有些措手不及，它的成功不止因为理念上的先进，更因为有个营销大师——马云。马云从一个英语老师做到世界领先电子商务交易网站的CEO，离不开他那张常常语惊四座的嘴巴。做老师的经历让他具备了出众的演讲才能，他在提高自己人气的同时，也为阿里巴巴进行了品牌宣传。当然，称马云为营销大师，并不仅仅因为他的演讲才能，还因为他很好地发挥了自己的个性与气质，同时还应用了灵活的营销策略、多变的营销思路，并将武侠文化渗入其中，赢得了媒体与公众的关注，在中国企业界做出了一个出色的营销典范。

阿里巴巴的一张脸——马云

通过塑造自我形象来塑造企业、品牌形象是一种很有效的营销方式。企业家可以通过表现个人修养、经营理念、成功经验来间接塑造企业的形象，提高品牌及企业的影响力。马云就是一位善于此道的企业家。马云在公众前面塑造的自信、勇敢、坚强、锐意创新的个性形象，向公众社会树立了一个积极进取的创业者榜样，更让公众无意中接受了充满朝气、充满希望、值得信赖的阿里巴巴形象。

企业的营销意识很大程度上决定于企业家的营销意识，而企业家的营销意识又与他的个性有很大关系。中国出现的网络商务平台有阿里巴巴电子商务、慧聪商情、网华商资源、旺旺商务、马可波罗在线等多达几十家企业，然而为什么只有阿里巴巴能够一枝独秀，“老大”的位置稳若泰山？这跟阿里巴巴善于营销是分不开的。马云对阿里巴巴的营销与他的自我营销是同步的，马云的高调个性，决定了阿里巴巴在营销方面的成功。当人们了解了那个“夸夸其谈”的马云时，也对阿里巴巴耳熟能详了。

通过塑造自我形象来塑造企业、品牌形象是现代企业常见的营销方式。企业家可以通过表现个人修养、道德素质、经营理念、成功经验来间接塑造企业的形象，提高品牌及企业的影响力。如柳传志通过到处做评委、演讲、出版图书和担任嘉宾,不仅把自己塑造成了中国企业家的旗帜,而且把“联想”品牌推向了中国绝对老大的位置;牛根生通过做代言、任评委、演讲、出版图书、成立“老牛基金”、写博客……,把自己塑造成了一个胸襟博大、胆识过人的草莽英雄，使得牛根生的名字与蒙牛一样令中国人如雷贯耳;史玉柱通过做评委、演讲、出版图书讲叙其传奇的创业经历,把自己塑造成一位中国商业“实战之王”的神秘企业家。当然,除了这些企业家以外,还有王石、潘石屹、张朝阳、江南春、冯仑、潘刚、罗红等企业家都是善于自我营销的佼佼者。这些企业家在塑造自我“品牌”的同时,巧妙地将自己与企业品牌联合起来,使公众产生一对一的联想,深化了对企业及品牌的认知。企业家个人就是企业品牌的形象代言人,他们的个人形象就是品牌形象的感性体现。他们在塑造自身形象时,不仅让自己的知名度得到了提升,满足了职业生涯进一步发展的需要,而且通过宣扬自我个性的形式,争取到公众的认同与理解。马云也是一个非常善于此道的企业家。

自从有了互联网以来,人们就基本知道了“阿里巴巴”的涵义,它在中国人眼里,已经不再是古代阿拉伯神话,而是中国的一家新兴互联网络公司。几乎同时,人们还认识了那个个子矮小、长相奇怪、天天在电视屏幕“大放厥词”的马云。长期以来,马云在中国公众心中塑造了一个锐意创新、坚强勇敢、自信狂放的形象。他的这种形象很自然地被公众转移到阿里巴巴身上,因此,当中小企业急于将产品对外宣传、寻找买家的时候,当经销商想寻找到更实惠、优质的货源的时候总是首先想到阿里巴巴。

马云进行自我宣传的手段多种多样，丝毫不亚于前文提到的那些大名鼎鼎的企业家。从创业时走街串巷地叫卖“中国黄页”到成名后不厌其烦地做客CCTV“赢在中国”；从组织召开网商大会到当选APEC(亚太经济合作组织)工商咨询委员会主席；从为“中国黄页”北上演讲，到全国各大书城畅销以马云的头像为封面的书籍，无不证明了马云是当之无愧的中国营销第一人。

马云在进行自我营销时，巧妙地应用了自己戏剧性的成长经历。他津津乐道地向媒体公开他的“光荣”与“屈辱”的历史。比如，他小时候是如何打抱不平；如何在没有麻醉的情况下缝伤口；如何为了家庭的尊严与同学大打出手。为了表现真实，他还不忘向媒体透露他小时候打架的心得：“因为我人小，所以人家不防你，所以你进攻要速度快。”

由于马云活跃、高调的个性，使得他成为中国曝光率最高的企业家之一。他甚至成为了青年创业者的精神领袖。许多踌躇满志的青年，想开创一番令人瞩目的事业，又苦于没有任何资源与积累，于是很自然地想到了那个从一无所有到经营着价值几十亿元资产企业的马云。通过马云自己的披露，我们知道他生于一个贫穷的家庭，小时候成绩很差，参加了两次中考、一次高考。为了继续参加高考，他白天骑着自行车为杂志社送货，晚上到夜校补习功课，后来他还当过老师，做过推销员……为了说明自己后天的努力，马云在突出自己小时候的笨拙时说：“我从小是一个傻孩子，大愚若智，其实很笨，脑子非常简单，只能一个一个地想问题，如果谁连提3个问题，我就消化不了。”

马云甚至不忘向公众“揶揄”自己颇受非议的长相，他在2004 CCTV“年度经济风云人物”颁奖典礼中说：“一个男人的才华与其容貌往往是成反比的。”这让人们很容易联想到他那怪异的相貌，以至于连美国《福布斯》杂志也禁不住来描绘一番：“颧骨深凹、头发扭曲、露齿欢笑、顽童模样、5英尺高、100磅重。”

马云在公众前面塑造的这些积极形象与他的个性存在很大联系。马云在公众前面塑造的自信、勇敢、坚强、锐意创新的个性形象，向公众社会树立了一个积极进取的创业者榜样，更让公众下意识地接受了充满朝气、充满希望、值得信赖的阿里巴巴形象。

企业家形象代表了企业形象与品牌形象。企业家塑造形象和进行自我营销是企业提升品牌形象的有效营销方式。同时值得注意的是，企业家还应该注意自我形象的保持与维护，如果企业家的自我形象因为某方面的原因被损害，很容易影响整个企业形象，最终影响企业的发展。因此，企业家应该本着诚信的原则，做到言行一致、合法经营、关注细节，为企业形象做最有力的支持。马云在阿里巴巴成立后的近10年时间里，一直很好地保持了自己富有个性的形象，为提升阿里巴巴的形象，提高其知名度起到了不可替代的作用。

与国际大腕叫板的“虾米总管”

马云对目标市场的准确定位也是一种目标营销战略。这种目标营销战略有利于企业集中力量向某一特定市场提供最好的服务，而且令经营目标集中，管理简单方便。马云把阿里巴巴的战略营销目标放在中小企业上，使得阿里巴巴能够集中力量，为中小企业提供最周到的服务，成为中小企业的贴心朋友。

马云宣称，阿里巴巴“只抓虾米”。我们知道，他所说的“虾米”就是指中小企业。这种做法与世界知名网络商务巨鳄有本质区别。西方世界级的网络商务平台有 eBay 和亚马逊等，它们都倾向于做大企业的生意。马云反其道而行之，甘愿做“虾米总管”，这里隐藏着深刻的营销智慧。首先，马云给阿里巴巴做了与国际巨鳄相同的网络商务平台定位，所谓“借风使船”，正是利用了 eBay 与亚马逊的名望来提高自己的知名度；更重要的是，马云明智地避开了与国际巨鳄的正面冲突，而是选择被它们忽略的“空地”，为阿里巴巴品牌做了准确定位。

营销的目的是比竞争者更好地满足目标顾客的需求，而营销的制胜点是比竞争者更清楚自己的顾客是谁，这也是营销的基础。在由何志毅翻译、菲利普·科特勒和加里·阿姆斯特朗合著的

《市场营销原理》(亚洲版)中这样写道:“产品定位指消费者在一些重要属性上对某一特定产品的定义——特定产品在消费者心目中相对于竞争产品的地位。定位包括向消费者灌输品牌的独特利益和差异性。在汽车市场上,丰田 Echo 车型定位于经济性,梅赛德斯定位于豪华,宝马定位于性能好,而沃尔沃定位于极高的安全性。”马云将阿里巴巴定位在服务中小企业上,让许许多多规模不大、资源有限、资金有限的中小企业客户认定阿里巴巴就是它们最好的推销代理。

1999 年 2 月,亚洲电子商务大会在新加坡举行。那时马云在中国外经贸部做网站已经小有名气,因此也受邀参加此次大会。

在大会上所见到的一切让马云感到惊讶。因为在名为亚洲电子商务的大会上,欧美代表却占 80%之多,而且大会谈得最多的是 eBay、亚马逊这些欧美电子商务公司,它们只做占全球企业总数 15%的大企业的生意,而不做另外 85%中小企业的生意。

这种情况引起了马云的思索。他敏锐地看到,电子商务在亚洲将有巨大的市场潜力,而且市场庞大、数量众多,更需要帮助推销、交易互动的中小企业将是电子商务的巨大市场。当时,马云很清楚地认识到,这 15%的大企业有自己专门的信息渠道,有巨额的广告费,有国家政策的庇佑,而 85%的中小企业什么都没有,它们才是最需要互联网的人。为此,马云在大会上发言时说:“亚洲电子商务步入了一个误区。亚洲是亚洲,美国是美国,现在的电子商务全是美国模式,亚洲应该有自己独特的模式。”

这时的马云虽然并没有非常清楚地勾勒出阿里巴巴的模型,

但他已经为阿里巴巴确定了准确的定位。这就好比桥梁工程师要承接设计一座桥梁，在设计图纸之前必须先把建桥的具体位置、地理环境勘定，然而才能决定桥梁的结构、种类、建筑材料等。马云也在设计一座桥梁，现在建桥的选址已经确定，就是无数个中小企业。马云正试图为无数个中小企业架设一座相互交流的桥梁。马云的这种定位，让广大的中小企业意识到阿里巴巴比 eBay、亚马逊更适合自己，并都涌向阿里巴巴这座桥梁。

马云把阿里巴巴准确定位在中小企业并不是突发奇想，而是基于自己对中国市场环境的深刻理解。中国经济在改革开放后迎来了生机勃勃的发展，许多中小企业如雨后春笋般出现，但这些中小企业不仅面临资源、资金、地域等的限制，在残酷的市场竞争中、在跨国大企业的拼命打压下，处境十分困难。马云举了个例子说：假如市场上一支钢笔的订购价是 15 美元，而沃尔玛的开价是 8 美元，但这是 1000 万美元的订单，供应商不得不做，然而如果第二年沃尔玛取消订单，这个供应商就完了。

在这种情况下，马云坚定地认为要使这些供应商存活下来，必须让它们在全球范围内寻找客户，而能实现这个目标的方式必定是互联网。面对国内外广大的市场，马云决定建立一个以中小企业为服务对象的电子商务公司。

1999 年 7 月，阿里巴巴终于诞生了。马云给公司确立了一个原则——“只抓虾米”，也就是说，阿里巴巴只做 85%中小企业的生意，不做 15%大企业的生意。马云表示：“要做数不清的中小企业的解救者。只要中小企业上了我们的网，就可以被带到美洲、欧洲等地。”事实证明马云的这种营销定位是正确的。在不到十年的发展中,阿里巴巴公司已经成为世界上排名第一的国际贸易和中国本土贸易网络交易市场。阿里巴巴的分公司遍布中国、瑞士、美国等国家的 30 多个城市。在全球 240 个国家和地区有 2400 万商人会员,并且每天新增会员 18 000 人,每天网站有 1 300 万次的浏览量。

说到这里,就不得不提及中国的另一家网络贸易和商务交流网站——慧聪国际。虽然慧聪是中国仅次于阿里巴巴的 B2B(企业与企业之间通过互联网进行产品、服务及信息的交换)网站,但慧聪的影响力与知名度相比于阿里巴巴确实有明显差距。慧聪由学者型企业家郭凡生于 1992 年创立。企业创立之初,一直沉迷于市场机制研究的郭凡生发现:电脑及家电市场的价格混乱不堪,同一条街上,同一种家电可能卖出好几个价格,而且相差的额度有时大得惊人。比如,同款阿里斯顿冰箱的价差居然高达 370 元。就连刚刚出现在市场上的电脑也未免于价格混乱的局面。郭凡生认为,要想建立一个高效运行的市场,就必须有个合理的价格竞争机制,企业之间、经销商之间,对于价格开放的需求在增加。从政策机制来看,当时的价格已经放开,从市场机制来说,却仍然缺少人来集中整理与披露家电与电脑行业的价格信息。这就是慧聪的由来,它最初的业务是收集、整理电脑、家电价格,然后把这些价格信息卖给行业的经销商或企业。

在当时的情况下,郭凡生为慧聪所选择的定位存在一定的空白点。然而,随着互联网越来越发达,慧聪的简单商情服务显然不可能像网络那样,可以让企业或经销商获得无限的、快速的信息。

郭凡生很自然地将慧聪搬到了网上，并且由于慧聪的业务性质，也很自然把慧聪发展成B2B性质的网站。

慧聪创立之时离中国互联网出现的时刻还尚早，郭凡生不可能在1992年就把企业的业务方向定位为世界中小企业进行商务交流和网络贸易的平台。将原始业务自然转移到网络的慧聪，由于在“产品”定位、品牌定位没有鲜明旗帜，公众对它并没有先入为主的认识，在品牌知名度上不得不落后于比它年轻许多的阿里巴巴。

在中国，还有一批网络企业，虽然不及阿里巴巴的影响深远，但由于它们最先抓住市场需求，准确定位市场，使得它们在各自领域获得了无法撼动的地位。比如腾讯、百度、网易和当当。当当网专门进行书刊及音像制品网络交易，是全球最大的中文网上书城。这家建立于1999年的网站，在短短几年内便得到飞速发展。对于当当网的表现，当当网联合总裁俞渝在发言中说：“当当网2007年实现了三位数的增长，对于2007年同样实现了三位数增长的供应商，当当网要说干得好。对于2007年实现了两位数增长的供应商，当当网要说还需要加油，你们还有更多的发展潜力。”当当网之所以有这种成绩，跟它准确的市场定位是分不开的。

马云对目标市场的准确定位，也是一种目标营销战略。这种目标营销战略有利于企业集中力量向某一特定市场提供最好的服务，而且令经营目标集中，管理简单方便。马云把阿里巴巴的战略营销目标放在中小企业上，使得阿里巴巴能够集中力量，为中小企业提供最周到的服务，同时也使得阿里巴巴成为了中小企业的贴心朋友。

为中小企业"芝麻开门"

马云深刻地理解了品牌名称的营销价值，非常慎重而又明智地将企业命名为"阿里巴巴"。这一命名策略，不仅巧妙应用了"阿里巴巴"深刻的文化内涵，而且自然地借用了"阿里巴巴"的世界知名度。它表现了马云创建国际大企业的伟大雄心，更表现了他在营销方面天才的能力与智慧。

曾被美国营销协会评为"有史以来在美国影响力最大的营销学著作"——《定位》，是由美国大名鼎鼎的广告营销学家、企业战略顾问艾·里斯和杰克·特劳特所著。在书中，作者精辟地提出了品牌名称与营销的关系，书中说："最重要的营销决策就是给产品取一个好的名字。企业还是产品，拥有一个恰当的名字，将能极大提升品牌的价值空间，从而产生强大的营销拉力，以更具效率、更低成本的传播实现销售力的突破与增长，好的品牌名称可以推动现实的销售的增长，甚至在一定程度，引领未来的消费理念。"这充分说明了好的名称对于营销的重要性。

世界品牌实验室(brand.icxo.com)对品牌所做的定义是："品牌是一个名称(name)、词语(term)、标志(sign)、符合(symbol)、设计(design)，或者是所有这些的组合，它们代表一个或一组生产者或销售者的产品或服务，并与其他竞争者的产品或服务区别开来。"

从这里可以看到,品牌实验室把名称放在品牌的组合内容的第一位,足见名称对于品牌的重要性。

特别是在现代商业社会,品牌对于企业发展更是息息相关。马云把企业取名为"阿里巴巴",是他营销上的一大胜利。"阿里巴巴"不仅本身具有深刻的文化内涵与全球性文化认知度,而且在外延上正好诠释了企业的宗旨,即为广大中小企业"芝麻开门"。

事实上,世界许多著名企业的品牌名称都有丰富的内涵。如日本Sony公司的创始人盛田昭夫在为公司取名时说:"取一个响亮的名字,以便引起顾客美好的想像,提高产品的知名度与竞争力。"现在Sony深受广大消费者的喜爱,除产品质量等因素外,"Sony"这个响亮的名称也功不可没。"Sony"是由表示声音的拉丁文词根"sonus"和含义为"聪明可爱"的"sonny"两个词组成而来的,给人以丰富的想像。

1999年3月,阿里巴巴网站在杭州正式推出,但为公司取个什么名字,马云显得非常谨慎。因为马云知道,一个好的名字对于品牌何等重要。

阿拉伯世界名著《一千零一夜》中有《阿里巴巴和四十大盗》的故事。故事主人公阿里巴巴勤劳勇敢,不向邪恶势力低头,最终杀死了强盗,把得到的宝物与全村的人们分享,过上了幸福的生活。它给了马云很大灵感。马云想,自己的公司也能够像阿里巴巴一样,为广大中小企业打开财富的宝藏,共享财富。他创建阿里巴巴网站的目的就在于为中小企业网上"芝麻开门",全心全意为这些中小企业服务。

最后让马云下定决心为公司取名为“阿里巴巴”的理由是，马云发现阿里巴巴的故事具有难以想像的国际知名度。一次，马云在美国吃饭的时候，他突发奇想地问一位服务员：“你知道阿里巴巴这个名称吗？”谁知那个服务员不但回答“知道”，还跟他讲起“芝麻开门”的故事，这使马云感到很惊讶。后来马云每到一个国家或地区都会刻意询问当地人知不知道“阿里巴巴”这个名字。出人意料的是这个名字几乎被全世界的人熟知，而且不论语种、发音都近乎一致。从这里我们不难看出，马云在为公司取名时，便已经有了着眼于国际营销的长远目光。

马云发现“阿里巴巴”的巨大商业价值后，立即兴冲冲地去注册“阿里巴巴”中英文域名。然而，早有一家加拿大公司注册了“阿里巴巴”的英文域名。马云没有放弃，他花费一万美元，于 1998 年 12 月 21 日通过与加拿大网络市场公司(net.marketing.inc)签定转让协议获得“alibaba.com”英文域名。1999 年 10 月，马云申请注册了中文“阿里巴巴”和英文“阿里巴巴”的商标。虽然一万美元相比于 Google 以百万美元购买 google.com 和 google.com.cn 两个域名是小数目，但是对于初期只有 50 万元的创业资本的阿里巴巴来讲却是个大数目。

事实证明，马云的选择是正确的。据胡润 2006 年民营品牌榜消息，阿里巴巴的品牌价值获得飞跃性提高，其在国内 IT 业的霸主地位基本显现，全球影响力也令人侧目。。

马云对网络域名的兴趣与关注并没有就此消失，在“阿里巴巴”域名注册几年后，深谙营销之道的马云将“alimama.com”、“alibaby.com”这两个与“alibaba.com”有“近亲”关系的域名也注册了下来。许多网民都对这些域名非常感兴趣，将其称之为“域名家庭”。在悄然准备了100天之后，阿里巴巴集团于2007年11月20日在杭州推出了全球首创的基于本土化的网上广告服务网站——阿里妈妈网站(www.alimama.com)，以高调的姿态杀入火热的网络广告市场。由此可见，马云对品牌名称在营销当中的重要性有非常深刻的理解。

马云就像音乐指挥家，让公众很自然地听命他的手势。他总是能够不失时机地把公众带入一个个高潮。在他的宣传攻势作用下，人们翘首期盼“阿里贝贝”网站早日出现在网络上。这时候，他站出来胸有成竹地说，他将秉承一贯的承诺，建立完善健全的网络商业服务体系。从理论上看，“阿里贝贝”必将出现在大家的视线当中。以这种连环姿态出现在人们视野中的域名，创造了互联网的一个奇观，能够更大限度地达到营销的目的，提升了阿里巴巴集团知名度。

“阿里巴巴”这个名称用得如此精妙，赢得了全球范围内的一致好评。关于“阿里巴巴”这个名称在营销上的作用，阿里巴巴市场部总监张璞做了详细的诠释：

“阿里巴巴这个名字我们觉得真的不错。为什么？第一，阿里巴巴这个故事是全球流传的，因为它是一个很古老的阿拉伯神话传说。第二，阿里巴巴这个名字非常容易拼写，因为你在互联网上面很多域名都要很容易记忆。第三也是最有意义的，阿里巴巴大家一听到这个词首先想到的是什么？芝麻开门。很容易想到芝麻开门，因为这是一个关于财富和宝藏的故事，所以说基本上所有的人一想到阿里巴巴就想到芝麻开门。而阿里巴巴是一家为商人提供服务的网站，所以说这样一家网站有这样一个名字，正好让所有的商人能够联想到财富。更进一步地说大家如果了解阿里巴巴的故事，就会知道其实阿里巴巴是一个诚实的人不是一个狡诈的人，所以这非常切合我们公司的定位，我们想告诉所有人，只有诚信的商人在网络上才会成功，这就是我们最后选择阿里巴巴这个域名的含义所在。”

马云自己也表示，取名“阿里巴巴”是自己最得意的事情之一。一个好的品牌不仅仅体现在产品名称的“美”上，还必须具备文化品位。好的品牌名称不仅能赋予企业种种内涵，而且能得到受众的理解、并在此基础上产生文化联想。“阿里巴巴”是完全符合这些要求的。孔府家酒、孔府宴酒的品牌名称并不绚丽炫目，也不怪异离奇，但都能抓住“孔子”——中国老百姓所熟知的文化名人来做文章，使产品带着浓郁的文化色彩去占领市场。“阿里巴巴”也是如此，无论是其汉字搭配还是英文字母组合都很朴实，但由于它有世界知名的文化内涵，所以被全世界接受。

大部分知名企业都非常注重品牌名称对于营销的作用，都很注意品牌在文化意义上的表达。世界著名的品牌——“Nestle”，进入中国时被译成“雀巢”。“雀巢”的使用正反映国际知名品牌在品牌名称上“精雕细刻”的态度。首先从英文角度看，“Nestle”公司虽然是以创立者的名字命名，但这个单词在世界各种不同语言中，都能给人一种明朗的印象和消除压力、紧张的感觉。而作为其汉语名——“雀巢”,也让非常重视家庭和亲情的中国人产生一种温馨的家的感觉,有时甚至让人想到藏情蓄爱的鸟巢。世界最大碳酸饮料企业——Coca-cola 的中文名也说明了这一点。1920 年,可口可乐进入中国市场。刚开始,根据“Coca-cola”的发音,其汉译名称为“蝌蚪啃蜡”。进入中国市场的可口可乐尽管广告牌铺天盖地,但是销售却十分低迷。在经过一番调查之后才发现,原来是“蝌蚪啃蜡”这个名称使人联想到浑水中的蝌蚪,厌恶至极,更不要说饮用。公司将其更名为“可口可乐”后销量才回升,成为人人皆知的品牌饮料。

马云正是深刻地理解了品牌名称的营销价值,才非常慎重而又明智地将企业命名为“阿里巴巴”。这一命名策略,不仅巧妙应用了“阿里巴巴”深刻的文化内涵,而且自然地借用了“阿里巴巴”的世界知名度。它表现了马云创建国际大企业的伟大雄心,更表现了他在营销方面天才的能力与智慧。

西湖论剑，高回报率的事件营销

马云是一个很会利用媒体进行营销宣传的人。只要条件成熟，马云就不会放过对外界宣传的机会。只是他的手段往往让公众摸不着头脑。很多时候，当媒体与公众反应过来时，马云已经赚得了足够眼球，“满载而归”了。

在营销策略中有一种非常厉害的杀招，叫做“事件营销”。关于事件营销的理论，中国营销策划品牌管理专家黄江伟先生在他的《竞争就是让对手无法生存》一书中做过这样的解释：“事件营销是企业通过策划、组织和利用具有名人效应、新闻价值以及社会影响的人物或事件，吸引媒体、社会团体和消费者的兴趣与关注，以求提高企业或产品的知名度、美誉度，树立良好品牌形象，并最终促成产品或服务的销售的手段和方式。事件营销是近年来国内外十分流行的一种公关传播与市场推广手段，集新闻效应、广告效应、公共关系、形象传播和客户关系于一体，并为新产品推介、品牌展示创造机会、建立品牌识别和品牌定位，形成一种快速提升品牌知名度与美誉度的营销手段。其在公关和营销实践中塑造了许多成功案例，事件营销已成为营销传播过程中的一把利器。”

2000 年，阿里巴巴先后接收了高盛、软银两家公司金额分别为500万美元、2 000万美元的投资。有了前段时间的准备，再加上现在充足的资金，阿里巴巴内部士气高涨。阿里巴巴专注于中小企业的B2B模式也引起了国内外媒体广泛重视，因此网站的人气节节上升。但由于阿里巴巴此前的低调和B2B模式的特殊性，使得它在中国互联网领域的名气一直都较低，不仅新浪、搜狐、网易这三大门户网站的知名度要远远高于阿里巴巴，就连一些后来逐渐消失的网站的知名度都要远远高于它。为此，马云决定一改前段时间“韬光养晦”的营销策略，开始采取全面反攻。

其实，马云是一个很会利用媒体进行营销宣传的人。只要条件成熟，马云就不会放过任何一个对外界宣传的机会。只是他的手段往往令公众摸不着头脑。很多时候，当媒体与公众反应过来时，马云已经赚得了足够眼球，“满载而归”了。

有了雄厚的资本后，马云不再满足于阿里巴巴这种“墙内开花墙外香”的状况，他决定策划一场“大起义”来推翻某些网站的“武林盟主”地位。这次“起义”应该采取什么战略、战术呢？应用什么武器能够起到最大的杀伤力呢？新兴的网络统治者们早已经用遍了各种办法来占领媒体的“头版头条”，骄傲的马云绝不屑于模仿这些已经用过的伎俩。

马云少年时期就喜欢舞枪弄棒，稍长一点对金庸的武侠小说迷得几乎“走火入魔”。正当大家都在为如何进行宣传造势而大伤脑筋的时候，马云想到了《射雕英雄传》中，东邪黄药师、西毒欧阳锋、南帝段智兴、北丐洪七公、中神通王重阳在华山顶上为争夺《九阴真经》，斗了七天七夜的“华山论剑”。他决定效仿华山论剑这个“全国最高水平的比武盛会”来举办一场“西湖论剑”,邀请网络江湖的“掌门”共襄盛举。

马云费了一番口舌,邀请到了金庸来主持西湖论剑。他还请了当时最顶尖的互联网新贵们,就是后来的“五大掌门”:新浪的王志东、搜狐的张朝阳、网易的丁磊、当时做B2C正如日中天的王峻涛和做B2B的马云自己。

尽管西湖偏居江南一隅,看起来并不引人注目,而且这次“论剑”也算不上是一个顶级的论坛。加上当时互联网还处于高潮期,各种各样的活动众多,因此人们原本对“西湖论剑”并不热衷。马云聪明地找来了金庸和其他顶级网站的“掌门”作为卖点,还颇能吸引人气。此后,金庸在国内的事务日渐增多,从第三届“西湖论剑”起他就没有再参加。不过正是从第三届开始,“西湖论剑”的人气变得越来越旺,尤其是在互联网经济重新聚集人气的2004年第四届“西湖论剑”上,活动组织者不得不开始拒绝一些要求报名参加的互联网公司了。

每年一届的“西湖论剑”已经成为中国互联网经济领袖人物的高层峰会,堪称是中国互联网产业的群英会。“西湖论剑”大会正以自己独特的办会方式以及在全国形成的影响,成为展示中国新经济产业发展成就的一扇窗口。“西湖论剑”作为马云的又一个杰作,已成为阿里巴巴一个知名品牌,闻名于世。

我们从“西湖论剑”一直以来的发展情况不难看出,马云的颠覆性在这个论坛上得到了挥洒式的展现。在西湖论坛上,阿里巴巴顺理成章地成为了中国互联网行业的五大巨头之一。有位互联网记者说："马云就像韩国举办奥运会，把跆拳道加入其中一样，顺利地把阿里巴巴在中国互联网界推销了出去，虽然到这个时候大部分台下的听众还是不知道阿里巴巴到底在做些什么。"第二届"西湖论剑"马云就有了不错的收获，杭州市政府把这个论坛加入到了西湖博览会的项目中。从第三届"西湖论剑"开始，马云的东道主身份优势就开始显露出来了，"西湖论剑"每年都邀请当年互联网界表现最为出色的公司出席，而阿里巴巴则始终以种子选手的身份列入这份名单之中。虽然阿里巴巴自身的发展确实很顺利，但这并不意味着它在"西湖论剑"这个平台上的借力之举就没有任何意义。

马云成功吸引媒体背后有其深刻的营销学原理。在如今这样一个商品过剩的时代，越来越多的企业把营销当作推动企业发展的重要手段。各种营销手段的应用，包括媒体的炒作，造成了信息的高度密集和信息爆炸等情况，公众开始对爆炸性炒作、轰动性宣传失去兴趣甚至产生抵触，而策划一种出乎意料的事件，要比高密度的广告轰炸更能够吸引媒体与公众的眼球。

在中国企业家中，除马云之外，还有许多企业家也是制造新闻的行家里手。他们往往能够扮演"孙悟空"的角色，把"天宫"大闹一番，叶文智就是其中一位。这位现为湖南黄龙洞投资股份有限公司总经理、凤凰古城旅游有限责任公司董事长是中国企业界著名的"混世魔王"。

1998年，叶文智为黄龙洞景区的一个名为"定海神针"的石笋标志性景点买下1亿元保险，引来超过2 000家媒体的关注。而这次事件叶文智的真正开支只有26 000元，却在国际上创下了为世界自然遗产办理保险的先河。

1999年，叶文智又策划了以“穿越天门，飞向21世纪”为主题的“张家界世界特技飞行大奖赛”，来自9个国家的11名世界级特技飞行大师成功地穿越天门山洞。为此连续两年张家界的游客接待量保持50%以上的增长。这次活动成为中国旅游策划中的一个经典。

2002年，叶文智又承包了著名文学家沈从文的老家湖南凤凰县的数个重要风景点。为了宣传这些景点，2003年，他在凤凰县南长城脚下用红石砂岩和青石板垒了一块面积达1 000多平方米的世界第一大围棋盘，然后邀请当年最红的两名中韩围棋选手——中国国手常昊和韩国国手曹薰铉——以真人作棋子进行比赛。这场空前绝后的比赛刷新了世界围棋转播赛的收视纪录。除了把场面弄得如此壮大、形式弄得如此怪异外，这场“闹事”还有一个令人不可思议的地方，即要求向所有前来调查本次比赛的新闻媒体收费。这一反常的举动反而引起了更多媒体的好奇，于是蜂拥而至，让凤凰县赚足了镜头。

事实证明，马云发起的“西湖论剑”网商大会，有效地提高了阿里巴巴的知名度。在“西湖论剑”中，马云正是利用了金庸的知名度与众多网络名人的号召力，成功推动了网络在中国商业中的应用，提高了阿里巴巴的知名度。

利用这种营销方式，马云成功节省了依靠媒体与广告宣传所需要的大量成本。“西湖论剑”在低投入的情况下，大大提高了阿里巴巴的知名度，其回报率是其他广告形式不可比拟的。

鳄鱼战胜鲨鱼

鳄鱼与鲨鱼都是生活在水中的“武林高手”，如果真的狭路相逢，很难说谁胜谁负。但马云认为，如果以扬子江为战场，阿里巴巴这条鳄鱼一定可以战胜鲨鱼。因为选择“扬子江”为战场，淘宝比eBay更有地缘优势，这种优势的核心就在于马云比eBay更了解中国，更了解中国的网商。

菲利普·科特勒说：“营销者们必须视野广阔地了解在其他国家的常见商品的消费量。例如，从人均来看，在西欧国家，瑞士人的巧克力消费量最多，希腊人吃奶酪最多，爱尔兰人喝茶最多，而奥地利人抽烟最多。”这充分说明了营销与市场环境存在密切关系。营销者只有对市场环境有全面的深刻了解，才能真正被消费者所接受。因此，菲利普·科特勒在《营销管理》一书中提出：“公司必须监测六种主要的因素：人文、经济、自然环境、技术、政治法律和社会文化因素。虽然这些因素有一定的独立性，但营销者必须注意它们之间的相互作用，因为它们是新机会均等与威胁的舞台。”

鳄鱼与鲨鱼都是生活在水中的“武林高手”，如果真的狭路相逢，很难说谁胜谁负。但马云认为，如果以扬子江为战场，阿里巴巴这条鳄鱼一定可以战胜鲨鱼。“eBay 易趣可能是条海里的鲨鱼，可我是扬子江里的鳄鱼，如果我们在海里交战，我便输了，可如果我们在江里交战，我稳赢。”这是马云在淘宝网刚刚突破封锁，打赢第一场战役之后，又面临eBay易趣更加疯狂的攻击时说的话。

从马云的论调中，我们可以看出他的沉着与自信。马云之所以这么自信，是因为现在的战场是“扬子江”而不是“太平洋”。淘宝比eBay更有地缘优势，这种优势的核心就在于马云比eBay更了解中国，更了解中国的网商。

封建王朝在中国经历了近两千年，一些阐述封建统治者与民众关系的思想已经成为中国文化的一部分，比如，“水可以载舟，也可以覆舟”、“厚德载物”等。这些思想在如今商业社会，潜移默化地成为了一种商业理念。只是这些思想中，对统治者的要求已经自动转化成了对企业家或企业的道德规范。中国的企业，要想被社会接受，就必须了解与接受这一民族文化。

马云凭借对中国文化、中国社会的深刻了解，在经营中特别强调做企业的社会责任感——他号召企业要“以德服人”。所以在与eBay易趣竞争时，马云先为企业确立了思想理念——先“获得人心”。所谓“获得人心”，就是做企业不能只为赚钱。为此他反复强调：“如果一个人脑子里想着人民币，眼睛看到的是美元，嘴巴吐出来的是英镑，这样的人是永远不会真正地把客户需求放在第一位的。”他认为，企业要长久地发展，不能依靠投机，而是要依靠人心；真正的商道不是赚取金钱，而是赚取人心。如果淘宝网要长期良好地发展，就要明白舍得之道，舍弃眼前的利益，借局布势，实行“先让利后得利”的战略方针。

马云秉持着这样的信条，对淘客网的客户做了一个大胆的承诺——“淘宝网3年内不准备盈利”。在一般人看来,企业不就是为了寻找盈利空间和盈利模式吗,企业不营利那办企业干嘛?

马云做出这样的决定符合当时的市场环境。面对外界质疑淘宝网的盈利能力时,马云说出了答案:“我们觉得真正大规模收费的时间还没有到,目前个人电子商务网站采用的收取交易费的时间还没有到,目前个人电子商务网站采用的收取交易费等方式未必适合中国的国情。”确实,当时中国的个人网络消费才刚刚开始,人们对网络消费还存在各种顾虑,大多数人还在观望之中,这时候只有先吸引公众去尝试,才可能慢慢地攒人气。网络零售商的心态也差不多,手上的资金有限,缺乏经验,对于在网上开店是否可以赚钱还在疑虑中。淘宝网的免费策略确实“深得民心”。结果,3年免费措施为淘宝吸引来了大量的人气。

但真正要“以德服人”,光实行免费策略是不行的,还必须拿出“货真价实”的东西。所谓“货真价实”就是让网商赢利、让网络消费者获取便利。为此,马云深切感受到,要想留住消费者,就必须让他们的满意度提高;要让消费者对网站所提供的服务心满意足,就必须打好客户服务这张王牌。

淘宝网成立之初,马云就将阿里巴巴“客户第一”的价值观移植到了淘宝网。他频繁地与淘宝网的会员进行沟通,广泛搜集客户的需求。为了一个问题,他可以在论坛里跟淘宝网的会员探讨到深夜。马云带领淘宝网的员工们“苦练内功”,仔细研究如何能够让自己的网站更贴近会员,让会员能够对商品一目了然,并能够在最短时间内从千百万件商品里找到自己需要的东西。马云还多次邀请亚马逊网站原首席科学家来淘宝网进行讲学和调研，具体到一件产品如何分类才算科学，一个页面中产品摆放的细微位置变换所产生的影响，都是他们研究的范围。

马云认为淘宝网的服务应该真正做到把客户需求放在第一位上，只有在绝大多数淘宝网会员真正能够赚到钱的时候，才是淘宝网实现大规模营利的时候。因为对于电子商务网站来讲，所谓的客户第一，简单地说就是让自己的会员赚到钱。

淘宝网的每个部门的目标都是如何为会员服务：例如运营部门努力把网站变得更简易、便于使用、让会员感到亲切；技术部门努力把淘宝网建设成最稳定也最安全的购物场所；公关市场部门尽最大的力量去普及网络购物的概念，让更多的人参与到这个进程中来。在面对众人的不解甚至是嘲讽时，马云依然能够从容应对："我们知道花钱和烧钱的区别，我们也知道费尽心机去赚小钱与将来水到渠成规模盈利之间的选择。"

淘宝的发展并不会一帆风顺，在它浮出水面后，就无法逃脱竞争对手的虎视眈眈。当马云宣称投资 1 亿元创建淘宝网的时候，占有中国 C2C 领域九成市场份额的 eBay 易趣就开始了对淘宝的围剿。eBay 易趣在淘宝尚不牢固的城门外叫阵："战斗将在 18 个月以内结束。"坐镇阿里巴巴的马云镇定自若，说自己这条鳄鱼一定挑翻那条大鲨鱼，因为"扬子江"是鳄鱼的地盘。

马云之所以能够如此镇定地说"这里是扬子江，我准赢"，还在于他自认为比 eBay 易趣的后台老板更了解中国、更了解中国的生意人。马云认为，eBay 易趣的后台"老板"——eBay 电子湾公司虽然有全球市场的成功经验，但在如何“侍候”中国客户方面并不如自己。马云自信地认定，他一手炮制的淘宝网更加合乎中国人的习惯。例如根据中国人的习惯来设计淘宝网的名字，而不是依网络公司惯例弄一个洋气的名字；频道的分类、支付方式的设计也是完全根据中国人的习惯来进行的。所有的这一切，都体现了淘宝网尊重消费者，以消费者的需求来设计自己的网站的理念。而这些非常符合中国人的心理与习惯的营销方式却是eBay在美国C2C网站的竞争中没遇到过的。

马云底气十足地说：“我们更有理由说，淘宝比易趣更像中国的eBay。”事实也是如此，尽管eBay在国际竞争的漫长发展历程中积累了丰富的营销经验，但在众多中国商家的眼中，淘宝网无疑是更“贴心”的。

马云在获得中国客户的“人心”之后，开始了对eBay易趣的反攻。他的反攻武器还是最大限度地满足客户的需求，把客户放在第一位，同时注意中国人的消费心理与习惯。在eBay易趣坚持收费的情况下，淘宝网免费；eBay易趣禁止买卖双方在交易前联系，以免无法控制卖家而丧失交易佣金，淘宝就推出“淘宝旺旺”让买卖双方充分讨价还价并商量交货方式，而且还可以在网站直接搜索商品所在地，以便实现同城交易……这些极符合中国人胃口的“大餐”让淘宝网所向披靡。

2006年5月，中国互联网信息中心(CNNIC)发布最新的个人在线交易市场调查报告显示，淘宝网以67.3%的市场份额，大举超越了eBay易趣的29.1%；淘宝网用户数量已达1 900万，略微低于eBay易趣的2 050万用户；淘宝网在线商品数超过3 000万件，日交易额突破4 700万元，网站浏览量超过1.1亿人次。2006年9月8日，淘宝网总经理孙彤宇透露，其注册用户数量已达2 700万，超过eBay易趣用户数量，而淘宝网的日交易额两天就超过了1亿元。这些数字告诉我们一个事实，“鳄鱼”凭着它对扬子江的了解，击败了海洋一霸——“鲨鱼”。

菲利普·科特勒说：“随着我们进入新千年，社会科学家们从没有像现在这样忙着评估一系列环境因素对消费者和为那些消费服务的营销者们的影响。”也就是说，在这样一个消费者时代，管理者要想让企业在同行竞争中脱颖而出，就必须注重营销，而要营销，就必须关注消费者的真实需求，并研究环境对消费者的影响。

娱乐化的中国雅虎

现在是一个娱乐化的时代，娱乐精神正在影响着各行各业，并且不断地向我们的日常生活渗透。麦当劳的总裁曾经说："切记，我们不是餐饮业，我们是娱乐业。"马云自然深谙这个道理，因此他充分利用娱乐的理念与思维来塑造中国雅虎的新形象、提升其知名度。马云把娱乐营销当成了一种营销战略，他的这种思路与眼光是超前的，阿里巴巴也从马云的娱乐营销中得到实惠。

娱乐营销属于体验营销中的一种。1998年，美国学者派恩二世和吉尔墨在《哈佛商业周刊》上发表了一篇题为《体验经济时代来临》的文章。在文章中，作者将经济历史的演变过程分成了以下几个阶段：农业、工业、服务和体验。从这里可以看出，随着社会的不断向前发展，人们的生产及消费观念与行为也会随之发生变化。这种变化就是：从传统消费者的注重产品实用和价格，转变成现代消费者的注重感官体验和心理认同。娱乐是满足现代消费者对感官体验和心理认同需求的最好工具。美国著名管理学者斯科特·麦克凯恩说："一切行业都是娱乐业。"

对于21世纪的体验经济时代，作为体验营销的最主要方式——娱乐营销，越来越多地被赋予了营销本身必须承载的内容,如树立品牌形象、建立企业文化、提升品牌知名度等。据美国哈佛研究结论显示:“娱乐营销有时尚性、人性化、互动性和情感性等特性,对于企业提高销量,促进发展有着重要作用。”作为有创新性的现代企业,能否充分利用娱乐营销,是对其营销能力的很好检验。

由于马云的个性及他对营销的认识,他已经成为了中国上镜率最高的企业家明星。身为企业家明星的马云自然深知娱乐对于现代营销的作用。很多中国人会记得2004年末,有一部电影在万众期待之下上映了,它就是《天下无贼》。细心的人就会注意到,片中有许多镜头都被商家巧妙应用于广告宣传,其中阿里巴巴就在这些精明的商家之列。在影片中,伪装成旅游团的盗窃团伙,帽子和旗子上都印有“淘宝网”的字样。

在本书前面的章节中提到,阿里巴巴因为淘宝网的推出正与eBay易趣酣战。马云在无法进入大型门户网站进行宣传的情况下,采用“农村包围城市”的策略,进行了网下营销。由此看来,《天下无贼》中出现印有淘宝网的道具正是马云在利用娱乐这一重要手段来达到营销的目的。而阿里巴巴播出以“用支付宝,天下无贼”为名的广告,也是利用娱乐营销的手段成功地传播了支付宝“安全、快速”的品牌个性,受到了广大互联网用户的极大关注。

马云在阐释自己对娱乐营销的独特理解时说:“有品味、时尚的娱乐必须引导未来的趋势。如果我没有看过《天下无贼》,我们不会有这么大的改变;我看过《天下无贼》后,才明白娱乐代表未来。如果不能把握未来,就像今天不知道‘超级女声’,你可能不知道这世界上很多事情在变化。”如果说,马云在《天下无贼》中推销淘宝网与支付宝只是对娱乐营销的“小试牛刀”,那么后来对于雅虎中国的营销堪称娱乐营销的大手笔。

2005年,阿里巴巴以50亿元吞并雅虎中国业务之后,马云就以客户导向、系统整合的思路,对雅虎搜索进行了全面改革。改革的目的就是要将中国雅虎由门户转型为搜索,完成“电子商务+搜索”的全局战略。这一战略的实现,可以将雅虎强大的搜索优势整合到阿里巴巴电子商务中来,大大提高阿里巴巴的服务水平和竞争力。但好的产品与品牌必须与有力的营销相结合才能被公众认识与接受。2006年新年伊始,马云就表示:“雅虎从此要踏入中国娱乐圈。今年要大搞娱乐营销,推广雅虎的搜索业务。”关于为什么选择娱乐作为推广中国雅虎的最重要营销方式,马云的解释是,娱乐内容是网民最为关注的互联网内容,雅虎要成为中国第一搜索网站,必须全心投入娱乐,引导娱乐。

关于马云这的一营销思路,在不久后就有了具体的举措。由中央电视台、Channel[V]和上海文广新闻传媒集团联合主办的“华语音乐榜中榜”是中文音乐三大榜之首,具有极大的影响力和极高的权威性。马云发动娱乐营销策略就首先瞄准了“音乐榜中榜”。

2005年12月1日,中国雅虎以8 000万元夺得央视标王称号,同时也成为了“华语音乐榜中榜”的首席赞助商。2006年1月11日的“华语音乐榜中榜”颁奖晚会,特别设置了搜索年度最热门歌手、搜索年度最热门歌曲、雅虎无线票选人气歌手以及雅虎无线票选歌曲四个与往届不同的奖项。马云这一巧妙的策划不但提升了雅虎搜索的知名度,更重要的是吸引了一批新的雅虎搜索用户。

在初尝娱乐营销的甜头后意犹未尽的马云,想继续挥舞娱乐营销工具。他说:“雅虎搜索要做影响国人生活方方面面的第一搜索引擎品牌,我们必须为这一目的进行大规模的市场活动。”而这一大规模市场营销的工具就是娱乐营销。

2005 年 12 月 13 日,中国雅虎宣布投入 3 000 万元,联手华谊兄弟传媒集团,邀陈凯歌、冯小刚、张纪中三大知名导演围绕“雅虎搜索”的主题,各自创作一个 2~3 分钟的短片,将以电视广告和网络电影的方式传播。一部广告片 1 000 万元,这是中国互联网有史以来最贵的广告。到第二年 9 月,三大导演制作的三部短片(分别为《阿虎篇》、《跪族篇》、《前世今生篇》)陆续在北京上映。虽然有网友认为,三大导演对互联网搜索引擎的认识基本属于初级用户水准,阿里巴巴花 3 000 万元是舍本逐末,但马云的娱乐意识为阿里巴巴开创了营销的蓝海。

2006 年 1 月,马云对《每日经济新闻》表示,雅虎搜索已经联手湖南卫视和华谊兄弟,将打造全新的 2006 年超级娱乐表演秀“雅虎搜星”。准备与 Google 和百度争夺中国第一搜索引擎的地位。操盘此事的湖南卫视副总编樊绪文表示:“湖南卫视的主推品牌节目,2005 年是超级女声,2006 年就是雅虎搜星。”

“雅虎搜星”大赛是马云 2006 年为雅虎新形象而策划的系列活动的巅峰之作。“雅虎搜星”大赛主要分为三个阶段:2006 年 1 月 4 日至 2 月下旬为初赛阶段,网友通过雅虎中国网站进行海选投票,得票最高的前 50 名选手胜出,三位导演共选出 15 名选手参加复赛;2月下旬至3月下旬再选出9名选手参加第三阶段的比赛;3月下旬至4月下旬举行最后的决赛。最后选出的3名“雅虎搜索之星”分别加入到陈凯歌、冯小刚、张纪中三位导演的拍摄短片当中。

“雅虎搜索之星”不但可以和国内著名的导演合作,而且还将成为华谊兄弟的签约演员,所以吸引了大量的人来参加“雅虎搜星”大赛的活动。据统计,大约有三万人报名参加选拔,总投票数超过千万。这次大赛之后,雅虎的搜索量急剧上升,吸纳了大量用户。需要指出的是,由于湖南卫视突然退出,这次大赛由浙江卫视接替举办。浙江卫视虽然实力不及湖南卫视,但是在央视索福瑞2005年调查显示,浙江卫视的收视份额2005年跃居全国31个省会城市的第4位。

现在是一个娱乐化的时代。娱乐精神正在影响着各行各业,并且不断地向我们的日常生活渗透。麦当劳的总裁曾经说:“切记,我们不是餐饮业,我们是娱乐业。”有人说,谁搞好了娱乐,谁就抓住了人们的眼球。马云自然深谙这个道理,因此他充分利用娱乐的理念与思维来塑造中国雅虎的新形象、提升其知名度。走娱乐营销之路是明智的,“眼球经济”时代,最重要的就是抓住消费者的眼球。

娱乐营销在现代经济环境下产生，具有深刻的社会背景与时代特征,今后必然会被越来越多的企业采用。尤其对于互联网企业来说,娱乐营销只会变得越来越不可或缺。也许三大导演由于对网络搜索的体会不够,没有拍出令人满意的广告片,但不能因此而否定娱乐营销的作用。娱乐营销作为现代企业重要的营销手段，其效果将会越来越大。马云把娱乐营销进行到底的思路与眼光是超前的，阿里巴巴也将会从马云的娱乐营销中得到更大的实惠。

绝地逢生的危机营销

古人云，"置之死地而后生"，危机营销就是企业在面临危险的情况下所做出的应变反应。马云是一位营销天才，他不仅能够巧妙地发挥媒体的作用、成功进行品牌营销、合理策划事件营销，而且能够在面对危机的时刻表现出高超的危机营销能力。

墨菲法则认为："任何能出错的，都会出错"、"企业发生危机如同死亡和税收一样，是不可避免的"。比尔·盖茨不断提醒他的员工说："微软离破产永远只有18个月。"对于企业的危机感，无论是普通中小企业，还是世界500强都普遍存在。危机营销是衡量企业营销能力的重要标准。被称为中国最牛的营销大师——史玉柱说："90%的困难你现在想都没有想到，你都根本不知道哪是困难。"作为营销者一定要有应对危机的营销意识与营销能力。

所谓危机营销，就是企业把危机事件成功转化为一个营销项目，用营销的理念、思想和执行技巧，使得"危险"变为"机会"，达到尽量减少企业损失、甚至提升企业竞争力的目的。

马云是一位营销天才，他不仅能够巧妙地发挥媒体的作用、成功进行品牌营销、合理策划事件营销，而且能够在面对危机的时刻表现出高超的危机营销能力。

2001年成立近两年的阿里巴巴遇上了互联网的“冬天”。阿里巴巴被迫裁员，可仍止不住创立以来一直保持的亏损状态，这让公司人心浮动，处于风雨飘摇之中。马云及时做了三件事：“延安整风运动”、“建立抗日军政大学”、“南泥湾开荒”，公司状况自此日渐好转。

劫后逢生的阿里巴巴正准备大干一场，没想到一场危机又重重地袭来。

2003年的春天，对于整个中国来说是一个黑色的季节，“非典”的阴霾罩着中华大地。广州虽然被划为疫区，但4月的广交会仍然如期举办。由于阿里巴巴已经在中国供应商项目中向客户承诺过会参加展会，马云派了员工去参加。谁知他的决定给阿里巴巴带来了一场几乎致命的危机。5月，这位员工回到杭州之后很快出现了症状，并立即被确诊为“非典”患者并被隔离。这一爆炸消息令所有人措手不及，阿里巴巴公司也迅速被市政府“封锁”。办公大楼里的人纷纷外撤，阿里巴巴员工也大规模收拾东西，把电话、电脑、传真机打包，离开公司大楼。当天下午，公司的办公区域完全封锁，几乎所有的员工都被隔离在家。

见惯风浪的马云面对眼前的危机时，仍有些不知所措。因为当时的局面根本不是他能够控制的：一方面，“非典”时期正是电子商务发展的最佳时机，但隔离使得员工无法正常工作，即便可以在家上网办公，但任何中国企业在此之前都未有过类似的管理经验；另一方面，作为公司的领导，他要承受来自各方舆论的指责：“这样的时候，为什么还要派员工去广州？”当时同一座大楼的其他公司甚至有人冲进办公室来砸东西以泄被“牵连”之怒。更让马云难过的是要面对公司员工和他们亲友的指责。阿里巴巴的名誉和凝聚力受到了很大威胁。

然而马云并不是这么容易被打倒的。一个出色的营销家在被危机撞击的时刻，虽然暂时可能会打几个踉跄，但马上会镇定下来，拿出有效的解决方案。马云认识到，当局最主要的是稳定人心，挽回形象。他用恳切的措词向阿里巴巴的员工们写了一封道歉信：

尊敬的阿里亲友：

这几天我的心情很沉重！从上午知道确诊后到现在，我一直想向所有的人表示深深的歉意！如果今天有任何事可以交换我们不幸患病的同事的健康，如果今天我们可以做任何事来确保同事和杭城父老兄弟姐妹的健康，我愿意付出一切!!

……

这几天令我感动的是，面对挑战，所有阿里人选择了乐观坚强的态度，我们互相关心，互相支持。在共同面对SARS挑战的同时，我们没有忘记阿里人的使命和职责！因为灾难总会过去，而生活仍将继续，与灾难抗争并不能停止我们继续为自己钟爱的事业奋斗！

……

马云在信中表现出的诚恳与责任心感动了所有人。信中的内容与语调合乎阿里巴巴独特的企业文化，不仅让所有员工得到了安慰，也安抚了员工的家属，获得了所有人的支持。特别是那些已经融入阿里巴巴文化、熟悉阿里巴巴语言的员工，有些人读到这些文字时甚至潸然泪下。这封信为惊魂未定的阿里巴巴注入了一针镇定剂。

接着，马云又鼓舞大家“恢复生产”。马云与所有高层一起整理通讯录，安排电信部门给员工的家里安装电脑、宽带和通讯设备，好让员工在家中办公，而员工们的实际行动也没有辜负公司的期望。

由于马云及时的危机处理，阿里巴巴的动荡局势终于稳定了下来。幸运的是，最后所有被隔离的员工都被证实没有染上“非典”，而那位被确诊的员工也很快康复。马云在这场危机中赢得了最宝贵的人心，舆论界也因此迅速转变了对阿里巴巴的看法。而且，通过这次疫情，电子商务的优势得到了肯定，营业额增长迅猛。马云将这次危机戏剧性地转变成了一次机遇，为阿里巴巴赢来的已不仅仅是迅速增长的5~6倍业务量。

张瑞敏说：“我每天都战战兢兢，如履薄冰。”任正非说：“在这瞬息万变的信息社会里，惟有惶者才能生存。”企业在生存与发展的过程总会碰到各种各样的危机。阿里巴巴也一样，一方面电子商务在中国是一个新兴行业，在许多方面都没有先例，必须摸索前进；另一方面，国内外的众多企业都看到了这个行业的广阔前景，纷纷参与进来，行业竞争变得越来越激烈，因此危机是不可避免的，比如淘宝网的创立就存在诸多阻力。

淘宝网一出现，就遭遇了强大的对手eBay易趣的围追堵截。马云虽然成功地将淘宝网推向了C2C领头羊的位置，但面对如何继续发展的问题仍然困难重重。只要一不小心可能就会带来一场新的危机。在淘宝网正要步入3岁生日的时刻，就曾面临过卖家“罢市”的危机，在这次危机中，马云以其熟练的危机营销能力，又一次将公司拯救于水火。

淘宝网虽然战胜了eBay易趣,获得了最大的人气,但对于淘宝网以何种赢利模式获得赢利一直令马云举棋不定。在与eBay易趣争夺市场时,马云承诺淘宝网3年免费。这一营销策略在当时引起了很多人的质疑。在淘宝的业务量远超过eBay易趣后,马云尝试以合适的方式收取适当的费用。于是,2006年5月10日,淘宝网推出了名为"招财进宝"的新型增值服务,淘宝网的卖家可以花钱买一个"推荐位",让自己的商品出现在淘宝网浏览量最大的位置上,便于卖家的商品销售。卖家所支付的费用通过竞价方式来确定,交易成功才向淘宝网交费,最高付费限额为100元。

"招财进宝"一经推出,就遭到了一些淘宝网卖家的反对,他们认为淘宝网此举违反了公平原则,违背了此前的"免费承诺","有变相收费的嫌疑"。众多没有加入"招财进宝"的卖家的生意开始下降,而加入的卖家中也出现个别卖家利用"招财进宝"交易成功才交费的规则进行不正当竞争,使其他加入的卖家蒙受损失。很快,许多卖家都公开站出来反对淘宝网的这项服务,而且还有一些卖家甚至联合酝酿将于6月1日集体罢市以表抗议,并威胁说如果淘宝网不取消"招财进宝",将集体跳槽到其他的个人电子商务网站。屋漏偏逢连夜雨,eBay易趣趁火打劫抢占淘宝的市场份额;腾讯旗下的电子商务网站"拍拍网"也开始着力宣传"蚂蚁搬家"的活动,大挖特挖淘宝网的"墙脚"。

马云自己也对淘宝的收费策略存在颇多的担忧,因此在"招财进宝"推出后,就一直注意客户的反应。那些所担忧的事情果然发生了,淘宝网的卖家开始“罢市”,一场危机席卷而来。

面对淘宝网的罢市危机,马云迅速做出了反应。2006年5月29日,他以“风清扬”的ID发表了《马云:谈谈拥抱变化》的文章,对近来淘宝网推出的“招财进宝”与部分卖家的沟通出现问题表示“深深歉意”,并作了解释。

在文中,马云指出:“我们不能、绝不会,也没必要破坏自己的承诺,公司拥有的现金储备,至少可以为淘宝网再免费20年……今天的淘宝不是要思考如何赚钱,而是思考如何做成全世界最好的交易平台。”他从阿里巴巴“拥抱变化”的企业价值观切入阐述观点:“懂得了解变化、适应变化的人很容易成功!而真正的高手还在于制造变化,在变化来临前变化自己……抵触、抱怨、对抗变化的不理性行为是不成熟的表现,很多时候还会付出很大代价。”

此文一经发表,便有大量淘宝会员跟帖发言。许多卖家对淘宝的变化表示欢迎或理解,同时也指出了“招财进宝”多处有待完善的地方;一些卖家表示使用“招财进宝”后生意并没有发生什么变化,对其服务产生了怀疑。但网上众多激烈的观点和言论开始因为马云的这篇文章而渐渐开始有所缓和。

接着,马云在淘宝网上发动了一场投票活动,让客户决定“招财进宝”的去留。为了防止同行趁机搞鬼,他对参与投票的会员添加了一个限制,只有在2006年4月30日之前注册的淘宝会员,才有对“招财进宝”进行公开投票的权利。投票自2006年6月1日下午2时起,截止到6月10日中午12时,投票的结果是:认为对“招财进宝”进行不断的完善,保留它的票数为81 322票;认为目前不完全适合淘宝,取消“招财进宝”的票数是127 872票。最终,淘宝网还是取消了“招财进宝”的服务,并将期间所收取的费用全部退还。

或许“招财进宝”的推出是马云的一个失误,但他对于淘宝网危机处理的手段,绝对是出色的营销。他让客户看到了阿里巴巴“客户至上”的诚意和经营理念,增加了客户对马云及阿里巴巴的理解。事实上,经过马云的危机处理,淘宝网的人气并没有受多大影响,而马云表现出的诚意被越来越多网友赞扬,淘宝网的业务量比以前增加了许多。

其实,危机营销并不是马云的专利,世界许多著名企业都采用过危机营销的方式来提高品牌形象、扩大知名度。索尼(中国)公司在2003年生产了一批有问题的彩电，这件事情是公司内部首先发现的,而外部媒体尚没有任何动静。索尼公司主动在网站上公布了《致索尼彩电用户的通知》。在通知中,索尼非常诚恳地交待了问题产品的款型，并把出现问题的原因进行了细致的描述,并提出了相关的解决办法。索尼公司这次危机营销不仅让竞争对手无可乘之机,而且避免了索尼在中国的品牌损伤,还提高了索尼品牌的信誉度。

危机处理不仅体现了企业管理者的应变能力,也体现了他们的营销素质。古人云,“置之死地而后生”,危机营销就是企业在面临危险的情况时所做出的应变反应。马云的危机营销总是能让阿里巴巴绝处逢生。这一方面是由于他具备高超的应变能力,另一方面是他坚持了正确的企业文化与经营理念。

巧用兵法，以弱取胜

营销是一场战争。很多时候，营销战争胜负的关键不在于企业的实力有多强、广告的投入有多大、营销队伍的能力有多高，而在于营销策划者的“谋”。在淘宝与eBay易趣之间的战争中，马云运筹帷幄，采取了“避实就虚”、“农村包围城市”的灵活战术，灵活地将早已“名振江湖”的eBay挑于马下。

被誉为“有史以来最灵验的商业预言家”——阿尔·里斯先生是世界上最顶尖的实战营销大师、营销史上的传奇人物，他与另一名营销天才杰克·特劳特合著了一本名为《营销战》的书。在书中，作者将营销比喻成一场战争，并阐述了作为营销战争的操控者，应该如何在与竞争对手决战的过程中采取各种战术与战略，做到以智取胜，以巧取胜。

《孙子兵法》说：“上兵伐谋，其次伐交，其次伐兵，其下攻城。”在营销战争中，很多时候胜负的关键不在于企业的实力有多强、广告的投入有多大、营销队伍的能力有多高，而在于营销策划者的“谋”。与有形战争一样，在营销战争中，策划者应综合天时、地利、人和各种因素，分析环境情况、研究敌我双方的优势与劣势。

在营销方面，马云不仅是一位战略家也是一位战术家。在战略上，马云通过品牌营销、服务营销、诚信营销和定位营销，为阿里巴巴确立了正确的发展方向、树立了完美的企业品牌形象、确立了网络商务平台领域世界领先的地位。在战术上,马云运用各种战术技巧,打了几场漂亮的胜仗。其中,淘宝网能够将早已“名振江湖”的 eBay 挑于马下,就很好地显示了马云的战斗能力。

淘宝对 eBay 易趣的战争正如三国时期曹操对袁绍的“官渡之战”,是一场以少胜多的经典战役。在淘宝网出现以前,易趣在国内的网上交易尤其是 C2C 领域一直都是领头羊。

在 eBay 的一方独大下,马云并没有畏缩,而是首先采取了一招“明修栈道,暗渡陈仓”的战术。2003 年,全国上下被一场突如其来的“非典”疫情搅成一锅沸水。阿里巴巴也是一样,与全国人民一同经历着一场惊心动魄的疫情。谁也没有注意到,这年 4 月,阿里巴巴十几名员工从公司神秘地“蒸发”了。

2003 年 5 月,阿里巴巴内部网上突然出现了一个令人惊心的帖子,提醒阿里员工:“注意,有一个制作思路与阿里巴巴极为相似的网站正在迅速地聚拢人气,它的名字叫淘宝。”这个帖子很快就在公司内部的论坛上有了几十篇跟帖,越来越多阿里巴巴的员工注意到了这个网站。大家不禁问着同一个问题,这个新生网站从哪里来的?

2003 年 7 月,当阿里巴巴正式宣布,要投资 1 亿元人民币打造中国最大的个人网上交易平台——淘宝网时,阿里巴巴所有人才惊觉:原来是自己的老板一手策划了淘宝的诞生。

其实,马云此举只是为了避开 eBay 易趣的耳目罢了。要知道,当时的 eBay 易趣已经占据了国内九成的 C2C 市场份额,面对这样一个强大的对手,任何风吹草动都可能引来致命的麻烦。为了不希望在这个C2C网站还未出生以前就受到eBay易趣的打击,马云策划了以上“暗渡陈仓”之计。结果,初生的淘宝果然逃过了eBay易趣的“鹰眼”,获得了成长机会。当eBay发现淘宝时,淘宝的人气已经疯狂飚升。从互联网实验室电子商务网站CISI人气榜的变化看,2004年前,其中还没有淘宝网的位置,但从2004年2月开始,淘宝网以每月768%的速度上升到仅次于eBay易趣的第二位。大惊失色的eBay易趣立即采取了疯狂的围堵与反扑,一场营销战争进入了白日化的阶段。

在这个阶段,马云采取了“避实就虚”、“农村包围城市”的战术,灵活地挑翻了eBay易趣的霸主地位。

2002年,全球最大的电子商务公司eBay(电子湾)公司以3 000万美元收购了易趣33%的股份;2003年6月,eBay又以1.5亿美元的价格收购了易趣余下的67%的股份,正式入主易趣。在获得eBay的大笔投资后,eBay易趣与各大主流网站签署了为期一年的排他性广告合同。合同注明,一旦发现这些网站与eBay易趣的竞争对手产生任何有关宣传和推广的合作,网站就要支付高额的罚款。在这种情况下,淘宝网在各大门户网站投放广告的可能性几乎为零。别说是各大门户网站,就是影响力次一级的网站,也同样遭遇了eBay易趣的“霸王条款”。这样的封杀整整进行了7个月。

马云分析了淘宝网的现状,他认为淘宝网可以借鉴毛泽东军事思想中“农村包围城市”的经典战术,他说:“eBay不是控制了大城市吗?我们就到农村去。无论如何我必须得找到和eBay作战的地方。”

于是,他主动放弃了登陆大门户网站与 eBay 易趣正面交锋,转而做起网下的推广。马云和淘宝网高层尽一切可能地发挥了网下宣传的效用:在中国全大城市的地铁、公交车身、电梯、路牌、灯箱等地方,甚至是电影《天下无贼》里,都可以看到淘宝网的影子。

在网络经济时代,网下的宣传力度毕竟是非常有限的。马云所说的“农村”并非真正意义上的“农村”,不仅仅包括网下的宣传,还应该包括互联网上的小网站。2000 年以后,由于中国互联网用户数的大幅度增加以及网页制作成本的降低,除了做大众新闻的门户网站外,个性化的小众网站如雨后春笋般纷纷出现。这些小网站大都由个人制作完成,更多的是出于站长个人的个性需求和爱好,但并不妨碍其成长为一个个良好的交流平台。在这些小网站投放广告的性价比很高(主要表现为广告价格和浏览量的比值很高),而且当时 eBay 易趣对这些小网站也是鞭长莫及。加上当时互联网上的小站点已经有了站长联盟,淘宝网只需要和盟主进行谈判就能够以比较优惠的价格一次性拿下一批站点的广告。

马云拍板决定,立刻在这些小网站上全面投放淘宝网的广告。结果,就像当年毛泽东点燃的革命战火迅速蔓延一样,淘宝网的知名度突然飙升,在第二年就超过了 eBay 易趣。

从 2003 年年底到 2004 年年初,业界对淘宝网的看法已经发生了很大的转变。淘宝网相继跟搜狐和 MSN 建立了联盟合作伙伴关系,终于打破了排他性惯例,把 eBay 易趣拉下了垄断的位置。

纵观淘宝对 eBay 易趣的营销战争,一共经历了三个阶段。第一个阶段是建立“农村根据地”:就是在隐蔽的情况下,创立淘宝网，并通过口碑相传方式，给淘宝网的进一步发展打下了坚实的基础。第二个阶段是“农村包围城市”。通过网下宣传和小网站宣传，突破 eBay 易趣的封杀，为淘宝网最终夺取“城市”做好准备。第三阶段是绝地大反攻阶段。

撼动 eBay 易趣的垄断地位，只能算是初战告捷。淘宝与 eBay 易趣的较量并没有停止，在淘宝与 eBay 易趣进行的第二场战争中，马云根据战场环境，用“鳄鱼”击败“鲨鱼”，为淘宝确立了领先位置。

从初战中我们可以看到，马云运筹帷幄，俨然就是灵活运用战术技巧的将军。也正是因为马云能够熟练、灵活运用营销战争中的各种战术技巧，才能打败强大的 eBay 易趣。或者说正是由于有了像马云这样的营销战将军，才使得中国的民族企业能够从强大的西方企业手里夺得本应该有的市场份额。

在中国 B2B 网络交易平台中，具有重要地位的慧聪在临战对弈中表现如何呢？对于慧聪来说，最大的对手就是阿里巴巴，如果能够战胜阿里巴巴，慧聪无疑是中国最大的 B2B 网站。对于阿里巴巴这个在业内已经成熟的对手，慧聪采取的最主要战术手段是舆论抨击。2006 年 5 月，在美国环球资源与慧聪联盟的时刻，慧聪 CEO 郭凡生首先发炮，向媒体宣称“环球资源和慧聪国际的联盟才是中国 B2B 市场的老大”。他的表态立即引来了马云的高调回应：“我们拿望远镜也找不到竞争对手。”接着郭凡生又针对马云的“我们每天交税 100 万人民币”的论调攻击说，这些数字无法验证，“鬼才相信”。郭凡生还借着 2006 年 6 月浙江省发布的“2006

年浙江省纳税百强企业”文件内容，向阿里巴巴发难：那份榜单上最后一名的纳税额是1.11亿元，阿里巴巴却没有上榜。“阿里巴巴号称每天纳税100万，怎么会没有上榜呢，马云需要好好解释一下。”从此，郭凡生对马云与阿里巴巴的攻击就没有间断过。从客观上说，这种以挑战权威的方式制造轰动效应，一方面打击了对手的权威性，另一方面提高了自己的知名度。但马云自己本身就是一个很会利用媒体的营销大师，舆论宣传是他的强项，慧聪选择舆论攻击，显然并不能起到如淘宝扳倒eBay易趣那样的良好效果。

塑造救世主形象

马云非常注意对阿里巴巴品牌的营销。从阿里巴巴创立时起，他就一直致力于为企业树立一个有社会责任感的企业形象。马云经常向外界宣称，阿里巴巴最根本的目的就是“让天下没有难做的生意”。他不断告诉人们，阿里巴巴不仅为中国也为全世界的中小企业提供了一个交流平台。

市场营销可归为四个部分，即通常所说的营销4P理论。4P指的是产品、价格、地点和促销。其中企业的广告战略属于促销的范畴，而广告战略最终要解决的是品牌的问题(也可以说是企业形象)。可以说，企业品牌形象的树立，对市场营销起着重要作用。

品牌是企业的无形资产，也是企业最持久的资产，它的持久性甚至超过产品与设备。麦当劳CEO说：“一位曾经在可口可乐工作过的麦当劳董事会成员有一次跟我们谈到了我们品牌的价值。他说，即使在一场可怕的自然灾害中我们拥有的所有资产、所有建筑以及所有设备都毁坏了，我们仍然可以凭借我们的品牌价值筹集到重建这一切的全部资金。他是正确的。品牌比所有这些资产的总和还要有价值。”从中不难看出，品牌对于产品的销量与企业的生存起着多么重要的作用。

一直以来，马云都非常注意阿里巴巴品牌形象的塑造，这是他营销理念中非常重要的一部分。从阿里巴巴创立时起，他就一直致力于为企业树立一个有社会责任感的企业形象——即中小企业的“铺路人”。为此，他多次表示，阿里巴巴不仅为中国也为全世界的中小企业提供了一个交流平台；阿里巴巴不仅能够帮助中小企业生存，还能够帮助中小企业成长和发展；阿里巴巴“不造首富，造群富”。

为了进一步强化阿里巴巴的这一形象，马云给阿里巴巴提出了一个核心理念——“永远不把赚钱作为第一目的”，即企业是要盈利的，但盈利不是最终目标。马云经常向外界宣称，阿里巴巴的最根本目的就是“让天下没有难做的生意”。他希望通过互联网这个工具服务于所有做生意的人，而只有服务公众的企业才能够真正强大、立于不败之地。

马云知道，企业形象的树立不是一蹴而就的事情，必须经过长期培养。他为阿里巴巴确立“让天下没有难做的生意”的经营理念也不是心血来潮。因此，阿里巴巴在发展的每个阶段都十分注意用明确的价值观来统一员工的思想。

2000 年网络泡沫破灭时期，互联网行业整体低迷。马云壮士断腕，宣布全球大裁员，启动了后来被马云叫做“回到中国”的战略收缩。那是个非常时期，阿里巴巴成立一年多，也亏损了一年多。这个公司会不会因此倒下成为员工们的心病。马云强调阿里巴巴的价值观，认为只要忠诚地为客户服务，就不愁没有出路。重振了士气；避免了优秀人才的流失，统一了阿里人的思想。

2001 年 1 月，在通用电气工作了 16 年的关明生加入阿里巴巴，就任COO（首席运营官）。在关明生的协助下，马云在阿里巴巴内部启动了“毛氏运动”。这一年，阿里巴巴做了三件事：“延安整风运动”、“建立抗日军政大学”和“南泥湾开荒”。所谓“延安整风运动”就是加强公司员工的思想建设，通过会议、讲话等各种形式给阿里人灌输明确的价值观。阿里巴巴还投资上百万元成立了“军政大学”，从员工队伍中寻找符合要求的干部，请专家培训管理人才。“南泥湾开荒”则培养销售人员对待客户应有的观念、方法和技巧。在这场“毛氏运动”中“延安整风运动”起到了统领作用。

马云说：“公司要有明确的价值观和使命感，第一要统一思想，就像在延安，小知识分子觉得这样革命是对的，农家子弟觉得那样革命是对的，什么是阿里巴巴共同的目标？三大点：要做102年持续发展的企业、成为世界十大网站、只要是商人都要用阿里巴巴。如果认为我们是疯子请你离开，如果你专等上市请你离开，我们要做102年的企业。”在当时互联网领域整体浮躁的氛围下，马云的话让员工更加清楚阿里巴巴应该在公众前面扮演什么角色，自己应该在阿里巴巴怎么做。

为了保证价值观的延续性，阿里巴巴还特意在公司内部推行师徒制，新入职的员工都会得到指定师傅的帮助。师傅负责教授工作与经验，让新员工理解阿里巴巴的理念，融入阿里巴巴大家庭。

由于抢先进行了价值观的灌输，阿里巴巴员工热情高涨，整体精神面貌与其他互联网企业迥然不同。在此后的发展中，阿里巴巴时刻不忘统一所有员工的价值观，以保持公司的凝聚力。

2005年8月11日，阿里巴巴收购了全球最大的门户网站雅虎在中国的全部资产。同年9月21日，马云策划了600名中国雅虎员工的杭州之行，并称之为中国雅虎来杭州“认亲”；阿里巴巴方面在欢迎仪式上打出了“相亲相爱一家人”的横幅。希望通过这种方式让中国雅虎的员工也融入到阿里巴巴文化中来。

有记者问马云为什么不选择简单点的方式，一个人到北京去开一个见面会，马云这样回答：“我到了北京，他们只能了解我，他们必须了解这个公司，了解这个团队，了解公司的文化，了解这座城市，因为阿里巴巴的发展离不开杭州，所以我想让他们能够到杭州一趟，非常重要，这是一种文化的沟通，是一种企业的沟通。”说白了，马云就是想通过这次活动让中国雅虎的同事真切感受阿里巴巴，了解这个团队，感受公司的文化，进而统一所有阿里人的价值观。

为此，马云在对雅虎员工发表演讲时说：

我跟雅虎的同事做过很重要的两次沟通和交流，我第一天去就告诉他们，第二次我更加明确，我说经济条件、利益、办公条件我们都可以讨价还价，但有一样东西不能讨价还价，就是企业文化、使命感和价值观。我们告诉大家，我们的企业是一个使命感驱动的企业，“让天下没有难做的生意”，创办中国、全世界最好的公司。这些目标从第一天起走到现在为止，我们不想改变，我们也不会改变，从今天起到未来，我本人以及今后接任我的CEO都必须按照这个目标走，这个我不跟大家讨价还价。文化，我们今天的价值观不是因为阿里巴巴的成功而存在，而是中国几乎所有的企业要成功都必须要拥有这样的价值观、使命感，所以我们不管购买任何公司，不管我们做任何事，都会按照这条路走下去。

企业文化最终将体现在企业的品牌形象上，马云对于企业文化的精心培养为阿里巴巴形象起到了关键作用。马云对品牌形象的塑造达到了显著的营销效果，阿里巴巴的品牌形象得到了公众最大的认可。2007 年 7 月阿里巴巴 B2B 公司向香港联交所提交了上市申请。马云在上市之前一直说："阿里巴巴一定会上市，但是我们上市不是为了圈更多的钱，我们上市是想实现我们的理想，做一个中国人创办、全世界都感到骄傲伟大的公司。"2007 年 11 月 6 日，阿里巴巴(1688.HK)在香港联交所挂牌上市，股票上市当日高开 30 港元，较发行价 13.5 港元涨了 122%，早盘前半段窄幅振荡，一度下探 28 港元，11:08 后开始单边上扬，尾盘收于 39.5 港元，较发行价大涨 192%，问鼎当年港股新股王。

正是由于马云极富社会责任感的品牌形象塑造，才使得阿里巴巴成为中国最有价值的品牌。如今，即使对阿里巴巴的业务不甚了解的家庭主妇，也至少知道马云及其创立的阿里巴巴。

2008 年 5 月 12 日，汶川地震发生当天，远在欧洲出差的马云立即通过邮件号召员工充分发挥阿里巴巴平台资源为灾区人民做一点事。12 日晚，阿里巴巴就已决定捐款 200 万元，集团员工捐款 397 万元。13 日凌晨，淘宝网和壹基金合作开展大型网络救助活动，筹集捐款 2 000 万元。5 月 19 日，阿里巴巴集团再次决定投入 2 500 万元作为专项基金，专门用于灾后重建。阿里巴巴的举动再次让公众相信，阿里巴巴是一家有社会责任感的企业。

全球最大的中文网上购物商城卓越亚马逊(Amazon)创始人兼行政总裁 Jeff Bezos 说:“品牌就是指你与顾客间的关系,说到底,起作用的不是你在广告或其他宣传中向他们许诺了什么,而是他们反馈了什么以及你又如何对此做出反应。对我们来说,口碑极其重要。简而言之,品牌就是人们私下里对你的评价。”阿里巴巴的口碑是长期形成的，是履行其一再宣称的价值观承诺得来的。

为客户着想的阿里人

马云一直致力于为阿里巴巴培育一种服务客户的企业文化。在传统的营销思维里，企业面对潜在客户，就是希望对方给自己投的钱越多越好，马云不赞同这样的营销思路。马云一直强调为客户着想，要在客户之前想到客户的需求。

在现代经济环境中，人们一定不会对服务营销感到陌生。所谓服务营销是指企业在充分认识消费者需求的前提下，为充分满足消费者的需要在营销过程中所采取的一系列活动。随着社会科技与生产力水平的迅猛发展，产品数量与种类增加、差异缩小，企业要从众多的竞争对手中脱颖而出，就必须提高自己的服务水平，增强服务营销能力。在现代商业的发展中，服务已经逐渐融入了产品，成为产品整体概念的有机组成部分，高质量的服务往往能带动产品销量的增加。

巴菲特曾经强调两点最基本的商道：一、把能人凝聚在周围；二、向顾客提供超凡的、不断改进的产品。

百事可乐世界饮料部的主任罗杰斯·安瑞曾非常感慨地说："如果企业确实做到了以顾客为中心，为顾客提供他们所需要的服务，那么，其他一切便不在话下。"

在任何领域都存在激烈的竞争，网络企业也不例外，比如

B2B 平台,光亚洲就有近 40 家。B2B 网络平台也是一种服务性产品,要在行业中战胜对手,脱颖而出,更应该在营销上注重服务的质量。

马云一直致力于为阿里巴巴培育服务客户的营销理念。在传统的营销思维里,企业面对潜在客户,就是希望从客户那么赚的钱越多越好。马云不赞同这样的营销思路。马云一直强调为客户着想,想办法为客户提供帮助,希望每一位阿里巴巴的员工都以这样的思路去做营销工作。为此,他经常给员工讲自己的一个亲身经历:

杭州有家出名的饭店,几年前,马云到那里去吃饭。当时这个饭店规模还不大。他点好菜后在那等,过了 5 分钟,大堂经理过来对马云说:“先生,您的菜重新点吧。”马云问缘由,经理说:“您的菜点错了,您点了四个汤一个菜。您回去的时候,一定说饭店不好,菜不好。实际上是您点得不好,我们有很多好菜,您点四个菜一个汤试试如何?”

马云觉得这个饭店很有意思,为客人着想,不会像其他饭店看见有客人来,就说龙虾怎么样,甲鱼也不错。他要通过这件事告诉员工:只有为客户着想,客户成功了,你才会成功;假如客户不成功,那就是你不成功。马云告诉员工,普通企业看到客户口袋有 5 元钱,想的是如何把它赚到手,而阿里巴巴员工的责任是帮助客户把 5 块钱变成 50 块钱,再从中拿出我们应得的 5 块钱。

为了真正体现为客户着想的服务营销理念,马云要求在网站的设计上尽量人性化。为此,阿里巴巴网站努力做到简单易懂,让客户一看就明白。马云曾这样调侃:“我觉得技术,就应该是傻瓜式服务。技术应该为人服务,人不能为技术服务。阿里巴巴能够发展得这么好,主要是它们的CEO不懂技术。大批懂技术的人跟不懂技术的人工作,蛮开心,我也觉得很骄傲,因为有85%的商人跟我一样不懂技术。我要求阿里巴巴的技术非常简单,使用时不需要看说明书,一点就能找到想要的东西,这个就是好东西。”

在品牌定位上,马云把阿里巴巴定位为一家服务公司,而不是一家IT企业。马云说:“讲自己是高科技公司是为了拿优惠政策。而对于客户来说,你是高科技,他们会崇拜地看你,而不会买你的产品,因为高科技离自己太遥远。”

阿里巴巴在行动上落实了“客户至上”,做到一切为客户着想。为了让客户真正能够利用电子商务获得更多的利润,阿里巴巴主动对客户进行培训。马云曾告诉员工:“客户永远是对的,但是大部分时间他们是错的,因为很多成功需要的是配合。而只有充分认识到电子商务的意义,他们才会来配合你、才会来使用这个工具。要达到这个目的,就需要自己去培养客户。”

2004年9月10日,阿里巴巴与杭州电子科技大学、英国亨利商学院联合成立了“阿里学院”。创建“阿里学院”除了要培训员工外,另一个重要目的是培训客户;强化他们的电子商务知识,包括做出口贸易的政策法规等的培训。另外,阿里巴巴公司的两层楼内都设有培训室,每天都有客户在那里接受培训。而且阿里巴巴网站上总有举办关于电子商务讲座的最新消息并邀请公众参加。

通过这些努力,阿里巴巴不仅为自己塑造了一个负责任的企业形象，提高了品牌的知名度与美誉度，而且为自己培养了大量忠实客户。这在营销上可谓是一个巨大的成功。1999 年初，阿里巴巴定下的目标是会员数量达到 8 万，提出这个口号的时候，网站还只有 3 000 名会员，但是到年底会员数已经达到 8.9 万。2000 年阿里巴巴提出要做 25 万会员，年终做到了 50 万会员。即使在互联网不景气的 2001 年，也实现了 100 万会员的目标，到 2007 年 12 月，阿里巴巴会员总数已超过 2 000 万。

如今，不管是马云个人，还是阿里巴巴集团，还是阿里巴巴网站本身都在世界享有巨大的知名度和美誉度。这与马云服务营销的理念是分不开的。阿里巴巴的服务营销总是那么"自然得体"，真正给客户一种亲近贴心的感觉。马云可以毫不避讳地与客户推心置腹地谈话；可以慷慨解囊对客户进行各种培训；可以推出最便捷的技术来吸引客户。他对于服务营销的应用到了炉火纯青的地步。

在已经进入消费者时代的今天，产品的技术性与质量相差不大，许多企业都理解了服务营销的重要性。这些企业都把客户工作放到极其重要的地位，并根据自己的实际情况进行灵活的服务营销。比如国内高科技企业华为在公司基本法中就明确写道："满足客户需求、全心全意为客户服务是我们生存的惟一理由。"华为掌门人任正非曾讲过："华为的产品也许不是最好的，但那又怎么样呢？什么是核心竞争力？选择我而没有选择你就是核心竞争力！"而他所说的"核心竞争力"就是指华为"经营客户的能力"。再如美国通用电气的口号是："立足于客户，服务于客户(At the customer,for the customer)。”为将此工作推向极致,董事长伊梅尔特努力改变着通用电气的运营方式,其中就包括以利润为主导性的销售人员的绩效考核标准的改变。对于每个人工作最重要的考核依据是:你最近为客户做了什么?

沃尔玛创始人山姆·沃尔顿说:“没有顾客的忠诚度, 就没有生存权。只有得到全球用户的忠诚度,才能换取全球的美誉;只有拥有全球的美誉,才能参与新经济时代的竞争,否则事倍功半。”马云以他那直率的方式,表达了阿里巴巴对客户的坦诚,并以最忠诚的服务赢得了客户的信任。

在服务营销方面,慧聪相比于阿里巴巴有较大差距。首先,在服务意识上, 慧聪没有像阿里巴巴那样站在客户的角度考虑需求。特别是阿里巴巴为了让客户真正从电子商务中获得利润,对客户进行培训,这不仅是一种培育市场的行为也是忠诚服务营销理念的体现。其次,在网站的设计上,慧聪对自己的业务缺乏整理,以至于主次不分,功能繁杂。而马云为了让阿里巴巴网站更加人性化,强调要求将网站做得简单易懂。

以企业文化推动营销

阿里巴巴的鲜明企业文化不仅给客户留下了一个崇尚快乐、锐意创新的品牌形象，而且让客户真实地感受到了人性化服务的温情，这是马云作为一位企业领袖，将自我人格特性最大限度地赋予企业的体现。企业文化营销为阿里巴巴所创造的利润是其竞争对手难以企及的。

美国营销大师罗泰尔·拉派尔说："在全球新的文化背景下，文化营销将成为21世纪最有力的营销手段。"罗泰尔的这句话有深刻的时代背景。进入21世纪以来，文化型社会逐步成形，社会文化正以各种方式渗入生活的方方面面。在这样一个被文化包围的社会里，消费者自然而然地对充满文化形态的产品产生亲近感。因此，利用良好的企业文化进行营销必可以产生突出效果。

我们知道，企业文化是企业所有员工一致接受并共同捍卫的核心价值观念，它影响着企业成员的基本思维模式和行为方式。优秀的企业文化可以吸引企业外部的优秀人才来为本企业效力，还可以使企业团队紧密结合起来，为共同的目标而奋斗，从而提高企业效率，为企业带来生机和活力，为企业创造良好的销售业绩。

从营销角度看，全球已经进入了知识经济时代，人们在消费产品时，不仅关注有形的内容，而且更加注重文化方面的无形内容。在这种情况下，由文化所创造的利益在企业赢利中所占的比率越来越大。文化营销逐渐成为现代企业推动自身发展、创造利润的重要手段。

所谓文化营销，就是利用企业文化进行营销，在内部创立文化营销理念，对外部塑造文化营销形象，两者在具体的市场运作中，相互融合而形成的一种营销模式。

阿里巴巴成功地应用了企业文化营销理念。马云一直非常重视阿里巴巴企业文化的建设，而且对外塑造了一个近于完美的企业形象。当阿里巴巴收购雅虎时，马云曾明确指出："有一样东西是不能讨价还价的，就是企业文化、使命感和价值观。"长期以来，马云一直致力于建设一种推崇个性、崇尚快乐工作的阿里巴巴文化。

马云本人便是阿里巴巴文化形象的一个很好象征，马云有一个美好愿景："到60岁的时候，和现在这帮做阿里巴巴的老家伙们站在桥边上，听到喇叭里说，阿里巴巴今年再度分红，股票继续往前冲，成为全球……那时候的感觉才叫真正成功。"马云的这种推崇个性、快乐坦率的形象被赋予企业文化中。马云经常坦率地宣称自己的创业理念——"赚钱并不是第一目标"，他不是要做商人而是要做一个企业家。马云现在已经是一位国际化大公司的总裁，但和其他总裁存在明显区别，他总是以一个普通人的形象出现，向周围人传递着快乐信号。

马云酷爱金庸武侠小说，常以"风清扬"的ID出现在淘宝网社区和网友交流。马云对剑情有独钟，平时脑筋转累了，就要耍剑，或者提着剑，在公司四处晃晃。一个青年员工称："马云和所有的人都没有距离,这是让人最吃惊的。”马云每次出门时会坚持和每个员工一一道别。每有新员工来,他都会主动谈心。马云不仅会告诉员工他小时候的趣事,也告诉他们:“把复杂的事情简单化,要用胸怀去对付。”

马云很自然地将自己的个性及所崇尚的文化赋予了阿里巴巴。他成功地为阿里巴巴营造了一个“快乐、单纯”的核心文化。对这种企业文化,阿里巴巴的一位部门经理这样描述说:“阿里巴巴是个不穿衣服的公司,没有像别的公司那样一层层的框架外套,剥开一层还有一层,我们这儿一眼看到底。”

有一首歌唱得好,“阿里巴巴是个快乐的青年”,这是对古老故事中的阿里巴巴的歌颂,在外人看来,这句歌词同样适合于阿里巴巴集团的形象。

个性、快乐、坦率的企业文化刺激了员工的积极性与创造性。阿里巴巴组织发展总监 Echo Lu 在一次电视谈话节目中说:“阿里巴巴倡导的是 Work with fun(快乐工作)的氛围,工作越是艰苦,越要用快乐的心情去面对。阿里巴巴管理人员的平均年龄是 31 岁,总体人员平均年龄是 27 岁,他们在这么年轻的时候,承担着电子商务中强烈的竞争压力。他们追求工作上的成就感,也追求工作快乐、个人快速成长。”

阿里巴巴有支非常出色的创意团队,但设计师们的工作很沉闷,整天对着电脑重复劳动。阿里巴巴员工关系部就此推行了“UI 联盟设计大赛”,让他们发挥创意,设计校园招聘海报、圣诞贺卡和电子拜年卡等进行竞赛。优胜作品不但被公司采纳,还能制作在员工制服上。这些活动不是靠奖金吸引员工参与,而是令参加比赛的员工感受到一种荣耀和认同。

在工作环境上，公司的布置也充分体现出彰显个性的主旨。金属化的整体构造配以散发着大自然气息的岩石，墙面不太处理,办公室也不堆放过多东西,整个环境让人感觉轻松活泼。

在软环境方面,公司倡导营造一种“有话能讲、有意见能发表、心声能被听到”的氛围。员工有畅通的反映问题的渠道。员工可以在互联网平台上进行互动,畅所欲言。面对重大管理问题,员工可以通过“Open”邮箱和集团高管直接进行沟通。在阿里巴巴，每个子公司和业务单元的人力资源主管都扮演着“政委”的角色，帮助业务主管——“军长”、“团长”们做员工的“思想政治”工作，了解员工的想法,解决他们的实际问题。

2005 年 10 月 19 日,2005 CCTV“中国年度雇主”调查活动揭晓,以阿里巴巴公司为首的国内 10 家企业被选为年度最佳雇主,马云多年缔造的“快乐工作”企业文化为阿里巴巴赢得了高分。获奖后,马云笑逐颜开地告诉记者:“在阿里巴巴,员工可以穿旱冰鞋上班,也可以随时来我办公室,总之一定要让员工爽。”

作为企业价值观的体现,“六脉神剑”也是企业文化的重要体现。所谓“六脉神剑”是马云以金庸小说式的语言表述阿里巴巴的一种管理制度,它包括企业员工在价值观上的六项要求:一是“客户第一”,指关注客户的关注点,为客户提供建议和资讯,帮助客户成长;二是“团队合作”,共享共担,以小我完成大我;三是“拥抱变化”,突破自我,迎接变化;四是“诚信”,诚实正直,信守承诺;五是“热情”，永不言弃，乐观向上；六是“敬业”，以专业的态度和平常的心态做非凡的事情。

阿里巴巴的鲜明企业文化不仅给客户留下了一个崇尚快乐、锐意创新的品牌形象，而且让客户真实地感受到了人性化服务的温情，这是马云作为一位企业领袖，将自我人格特性最大限度地赋予企业的体现。事实证明公司的企业文化营销为阿里巴巴带来了大量客户，让阿里巴巴成长为全球最有影响力的网上贸易市场和商务交流平台。企业文化营销为阿里巴巴所创造的利润是其他企业难以企及的。

慧聪网作为中国比较优秀的互联网商务网站，也形成了其独特的企业文化。多年来，慧聪国际资讯有限公司(集团)(HK8292)根据商家对有效信息的需求，将各类企业及经销商信息收集起来，分类整理后在媒介上统一发布，为客户提供了便捷的信息服务，为买家和卖家创造了价值。在此基础上，慧聪形成了“让知识拥有财富，用学习改变人生”的价值观。这种价值观成为了慧聪企业文化的重要内容。为了表现自己作为优秀网络企业的精神面貌，体现信息服务商的严谨态度，郭凡生对员工的商务礼仪提出了严格要求，即每个员工都必须接受各项商务礼仪培训，在日常工作中必须西装革履、谦逊有礼，为客户提供具有专业水准的服务。尽管如此，慧聪在文化营销方面比阿里巴巴仍然逊色许多。原因在于慧聪的企业文化并没有在内部形成核心凝聚力，员工们严格的礼仪要求也流于表面，并没有产生精神共鸣。另外，慧聪没有形成鲜明的文化定位，也没有进行进一步的对外宣传，公众对其文化的认识不清晰，有种陌生感。

阿里巴巴不仅在内部推崇快乐、个性、激情的企业文化，凝聚了所有员工的力量，而且在外部让自己人性化的服务文化深入人心，这为阿里巴巴创造了巨大利润。谁也不能否认，阿里巴巴在文化营销方面给中国企业做出了典范。

让媒体为己所用

现代营销中媒体的作用不容小视。马云堪称是一位表演大师,在他的表演之下,媒体几乎成了他的私人传声筒。在中国的企业家当中,在应用媒体方面,几乎没有谁能够像马云这样完全做到随心所欲、收放自如。

菲利普·科特勒说:“在现代营销当中,媒体的作用是不可代替的。”现代营销理论认为,现代营销是一个集系统性与综合性为一体,并与时代共振的专门学科。现代营销的基本内涵包括营销策划、营销管理、营销实施(包括促销手段)、渠道及网络构建和售后服务等许多板块的内容,而媒体几乎对每个板块都产生影响,特别是对策划、管理、实施这几个板块的影响尤其突出,因此企业形象的树立和产品的宣传不能忽视媒体的作用。

麻省理工学院院长在华尔街日报上发表言论时指出:“SARS病毒本身并不可怕,目前最可怕的是什么病毒呢?媒体病毒,所以我们整个这一场恐惧是媒体造成的。”由此可以看出,媒体对现代人精神的控制与生活的影响有多么严重。因此,现代营销绕不开也不可能放弃媒体的巨大作用。

也许会有传统营销主义者认为,营销就是营销,媒体就是媒体,这是风马牛不相及的两个体系。这种看法是不合时宜的。随着社会不断向前发展，商业的信息化逐渐代替了机器化，传统的销售模式已无法适应时代要求，营销已成为一门涵义广泛的综合性现代科学。传统意义上的销售与媒体各成系统或体系、互不关联的关系已不复存在。正如日本最杰出的营销咨询和营销实践大师牟田学所说："现代营销与媒体越来越像一对孪生兄弟。"

在中国的企业家中，马云可以说是善用媒体的典范。早在创立阿里巴巴之前，马云还在做"中国黄页"的时候，就借助过媒体的力量。当时马云为了"中国黄页"北上造势，将自己撰好的文章发表在《中国贸易报》的头版头条，后来又成功说服《人民日报》上网，这些都在国内产生了一定影响。但这时候的马云在对媒体的耕耘上，还只是个初生牛犊。

1999 年 2 月，已经酝酿多时、正要把阿里巴巴推向舞台的马云参加了"亚洲电子商务大会"。大会有许多欧美国家电子商务界名人，也有很多知名媒体。崭露头角的马云不失时机地发表了新颖的演讲，吸引了众多目光。

如果这些都只是马云在媒体前表演的开幕式，那么后来随着阿里巴巴发展的需要，马云渐渐把媒体变成了自己的私人舞台。马云非常喜爱武侠文化，特别是金庸的小说，在金庸的小说中，那些武功已臻于化境的大侠往往不会拘泥于武器，他们已经把武器融为身体的一部分，一招一式完全来自于内心的意念。所谓"剑由心生，心与剑随"，就是指达到了人剑合一的地步。马云也已经把媒体当作了在现代商业社会中打拼的武器，使得随心所欲、游刃有余。马云在应用媒体营销方面主要有以下一些特征：

1.利用媒体树立个人与品牌的形象。在金庸的笔下，少林是武学源头，有高深的武学典籍，如少林七十二绝技。但少林寺武僧如果要习练高深武学，就必须先从罗汉拳等最基本功夫学起。只有基本功练扎实了，才可能层层逐上，练就超凡武功。企业营销同样如此，如果只重视眼前利益，热衷于制造轰动性效应，必然不具备持久效果。20世纪90年代，中国的企业就走过了一段这样的路程。特别是当时的保健品行业，铺天盖地的广告宣传尽显营销的不成熟和心态的浮躁。

媒体营销必须着眼于企业的长远发展，其中为企业塑造一个完美的形象就是核心要务。一个完整的品牌形象包括企业的经营理念、企业文化、产品定位和品牌定位等。一个品牌的确立，就是公众已经接受并对这些信息产生了习惯性认知，它对企业的长远发展是至关重要的。

塑造品牌形象是媒体营销的基础。马云充分利用媒体的作用，为阿里巴巴塑造了一个网络时代新企业的形象。在塑造品牌形象时，马云采用了一种与众不同的方式——把对自己形象的塑造与对品牌的塑造合为一体。在阿里巴巴成立以后，经过短时间的韬光养晦，马云就开始高调出现在媒体面前。特别是2004年以后，马云在媒体前面大动作亮相的频率大大提高。人们发现，各媒体对马云的描绘渐渐趋同，一个完整的新时代企业家形象正在浮现。特别是在2004年底的“中国企业家峰会”上，马云以独家赞助商的名义闪亮登场，为各大媒体的“塑像活动”创造了条件。马云当天也刻意帮助媒体点出自己与其他企业家的不同之处。马云风趣、高调、不拘一格的发言与正统、严肃、刻板的互联网精英张朝阳产生了鲜明的对比。终于让各媒体以点眼之笔将一个具有独特形象的企业家——马云清晰地描绘出来了。接着,马云又成功获选"CCTV 中国经济年度人物",一夜之间让自己的形象定格在媒体的胶片中,定格在中国观众的心里。

从此,媒体在报导马云时,总是不忘强调那个早已清晰的形象——"狂妄、执着、疯癫"。久而久之,这一形象被人们很自然地赋予了阿里巴巴,成为了人们对阿里巴巴最普遍的认识。这一形象得到了越来越多的网络青年的接纳。它成为了一代人创新与追求的象征。

2.出其不意,攻其不备。最有效的防卫是进攻。金庸武侠小说中那些练就上乘武功的大侠,因为有了深厚的内在修为,使用兵器时随心所欲,在招术上变化多端,出其不意。只要把媒体所曝出的马云的言论编成语录,我们不难发现马云天马行空、汪洋恣肆的演讲风格。这是一种自信的表现,更是一种媒体策略,其目的是达到一鸣惊人的宣传效果。

语不惊人死不休的马云赢得了媒体的青睐。然而,不论媒体曝他"疯狂"也好,"疯子"也好,多少都带有一点欣赏与钦佩。这就是马云的成功之处, 同一句话在别人说来肯定会被指为骄傲,在他说来却被誉为"特色"。

中国互联网界在经历泡沫与寒冬的考验时, 马云却敲锣打鼓:"互联网寒冬过得太快,如果可能我希望当时能再延长一年。"

当整个中国沉浸在一片创业的热潮时, 当所有人忙于寻觅

“新的机会”、“新的可能”时，马云却高呼：“CEO 的主要任务不是寻找机会而是对机会说 NO。机会太多，只能抓一个，抓多了，什么都会丢掉。”

当媒体想要给互联网扣个“互联网=烧钱”的帽子时，马云勇敢地跳出来说：“免费制是淘宝烧钱战术的一部分”、“我已准备了供未来 5 年烧的钱”。

当互联网界都在讨论如何利用互联网赚钱时，马云又说：“不在乎赚钱”、“有人说，要晚上睡觉都能挣钱的，那才是电子商务。我认为，真正晚上躺着睡大觉也能赚钱的，那是网络游戏。我们真正实现赚钱可能是未来三五年的事。现阶段，我们就是不喜欢赚钱！”他甚至还说：“我们不需要钱，如果真的需要钱做资金储备，摆在我们面前的有两条路，要么上市融资，要么私募。”

在人们还没有对电子商务产生信心时，马云早就高唱：“阿里巴巴很孤独，拿望远镜也找不到对手”、“视沃尔玛为最大对手”。

这就是马云，总是以令人意想不到的方式，在媒体还措手不及的时候，已经争取了无数的镜头。

3.收放有度，进退自如。一等一的大侠在进攻时如万马奔腾，修身时却静如处子。高调、自信的马云并不只会在媒体前面哗众取宠，天天投放重磅炸弹，他更懂得何时该进，何时该退。进要进得恰如其分，退应退得时机合宜。

纵观马云出道以来在媒体的作为，我们可以看出，他有时采用非常出格、高调、怪异的手段吸引媒体的镜头，制造轰动性效应；有时又在媒体的聚灯光下消失得无影无踪。至于何时见媒体，完全视需要而定，他总是能够不失时机地做出正确的选择。

在 1999 年之前，马云为“中国黄页”积极造势。为了让世人对互联网有更多的了解，一年内连续三次北上造势，还到全国各大城市进行演讲宣传。后来为了推出阿里巴巴，马云又参加了“亚洲电子商务大会”。但在阿里巴巴上路之后，马云却立即避开了媒体的视线，原因是要让阿里巴巴在一个安静的环境下做好自己的事。

阿里巴巴相续推出贸易通、诚信通和淘宝之后，马云又开始了高调出击，不惜与对手进行口水战。这时候，阿里巴巴遇上的对手国外主要有 eBay、国内主要有慧聪。在进行口水战时，马云丝毫不示弱，给公众留下一个睚眦必报的小男人形象。然而，不久之后，马云导演了一场全球 IT 界最大的买卖——收购雅虎中国。马云为了这次收购，在媒体上的表演堪称是前无古人，后无来者。关于他如何花 3 000 万元请国内三大导演拍广告片、如何与电台合作导演“雅虎之星”活动，在前面其他章节中已经提到了，这里就不再赘述。从这里，人们又看到了他大气的一面。

2007 年 11 月 6 日，在阿里巴巴前景一片大好、成功上市的情况下，马云又在当日下午举办的阿里巴巴 B2B 子公司上市新闻发布会上表示，本次的发布会将会是他未来一年内最后一次接受媒体采访。从此，那个喜欢在媒体前“大放厥词”的阿里巴巴突然变得非常沉默。

4.以退为进，迂回而上。大侠除了身怀绝技，在临阵对决时还必须有良好的心态与应变能力，只懂进攻而不懂策略的战斗方式必然会自露破绽，给敌人以可趁之机。真正的大侠懂得在必要的时刻转攻为守、以退为进，或者采取迂回的策略，通过其他途径达到目的。

阿里巴巴刚成立时，中国的互联网进入了泡沫时期，整个行业笼罩着浮躁的气氛，大型门户网站都不惜一掷千金进行自我宣传，连一些较小的网站也纷纷效仿。阿里巴巴当时接连收到了高盛、软银的两笔投资，资金非常充裕，但马云却不愿意沿用他人的创意来宣传造势，而且当时有关互联网的造势活动已经令公众陷于视觉与审美疲劳。这时候马云采取迂回的方式，把金庸及当时互联网的其他几大掌门人请来，举办了一场名为"西湖论剑"的活动，讨论互联网行业的发展。结果，这一迂回的策略取得了极大的成功，马云轻而易举赢得了大量的镜头。"西湖论剑"也因此连续办了五届，阿里巴巴以最低的投入做了最有效的宣传。

很多中国公众对 CCTV 主办的"赢在中国"栏目很熟悉。在节目中，主办方请来了许多点评嘉宾，都是中国企业界的明星，他们大都在经历了真刀真枪的搏杀后获得了成功。然而，公众惟独对那个又矮又瘦、下巴突出的男人记忆犹深。他的观点新颖、分析精辟、风格幽默，总能让人信服，他就是马云。有人就说过，参加"赢在中国"的 CEO 日理万机，日进斗金，完全可以采取其他宣传方式，何必在百忙之中跑去参加"赢在中国"呢？但对于马云来说，"赢在中国"给他带来的其他媒体不一定可以做到。很多老百姓就是通过 CCTV 认识马云及阿里巴巴的。如果在百度搜索里输入"赢在中国"的词条，与它同时被搜索出现的人名当中，马云占绝大多数。2008年，“赢在中国”项目组把马云的点评发言编辑成书，由中国民主法制出版社出版，该书一上市就受到好评，成为全国畅销书，连续半年成为社科类畅销书。可以想像，CCTV“赢在中国”所起到的宣传效果要比花几百万元甚至上千万元在电视台黄金时间做广告划算得多。

其实，马云通过以退为进、迂回的策略吸引媒体的做法不止这两件。在他的导演下，他个人和阿里巴巴总是新闻不断，总以最小的代价创造出最大的宣传效果。

从以上这些可以看出，马云不愧为一位表演大师，在他淋漓尽致的挥洒之下，媒体几乎成了他的私人传声筒。在中国的企业家当中，在应用媒体方面几乎没有谁能够像他这样完全做到随心所欲、收放自如。

马云“忽悠”了全世界

马云独特的“忽悠”能力是他搏击人生、打拼事业的秘密武器，当然也是阿里巴巴营销最有力的武器之一。马云曾经是一名大学老师，站在讲台上，一讲就是6年，在演讲方面的功力深厚。马云在演讲方面的“独门秘诀”足以令无数企业家羡慕不已。

美国通用电气公司前任首席执行官杰克·韦尔奇被誉为20世纪最成功的企业家和首席执行官。在他执掌通用电气的20年中，通用电气公司连续四年被《财富》杂志评选为“全球最受赞赏的公司”的第一位。这一得票率比位居第二的微软公司高出50%。由此可见，企业家的表现对企业的影响非常之大。余世维在某次演讲开头这样说：“性格左右命运，气度决定格局。”可见企业家的性格与气度从某种程度上能够决定企业的走势。

第二次世界大战期间，美国人曾将“舌头、原子弹、金钱”视为赖以生存和竞争的三大战略武器；半个多世纪过去了，商业时代的美国人又把“舌头、美元、电脑”作为三大战略武器。时代的变迁让科学代替了武力的炫耀，而舌头的霸主地位却丝毫没有改变。其实这里的“舌头”暗含了营销的涵意。企业的“舌头”是企业攻城略池的战略武器，而企业家的“舌头”可谓是企业的重要战术武器。世界上许多知名的企业家都是演讲家。比如美国著名的企业家卡耐基,他又是一位非常出色的口才艺术家。在中国企业家当中也不乏演讲天才,比如IT业"教父"柳传志在演讲口才方面就得到了大家一致推崇。现在,中国IT界年轻一代的企业家中,马云的演讲口才可谓"拿着望远镜也找不到对手"。

马云独特的"忽悠"能力不仅是他搏击人生、打拼事业的秘密武器,也是阿里巴巴的杀伤性武器。马云曾经是一名大学老师,站在讲台上一讲就是6年,在演讲方面的功力深厚,否则怎么能够用短短的6分钟谈话让孙正义投资2 000万美元。马云在演讲方面的"独门秘诀"足以令无数企业家羡慕不已。

虽然马云的声音不够浑厚,不够高亢,但他的演讲总是能够控制听众的情绪,启发听众的思考。在每一场演讲中,马云忽而天马行空,忽而拨云见日的妙语引人入胜,时不时还会冒出一两句脍炙人口、耐人寻味的经典语句。这使得马云在很早以前就为中国人所熟识,很多人是因为先认识了马云才知道阿里巴巴。

马云把激情洋溢的演讲留在了中国的大江南北。他在并购雅虎中国、阿里巴巴进驻西部、北京大学、深圳、宁波网商大会、阿里巴巴社区大会等场合不断发表演讲,每一次演讲都是神采飞扬、幽默风趣,绝无陈词滥调,赢来满堂喝彩。

从2000年开始,马云将自己的讲台搬到全世界。他多次应邀在美国的哈佛大学、斯坦福大学、耶鲁大学和伯克利大学,英国的沃顿商学院等全球培养MBA的顶尖学府演讲。马云虽然是个土生土长的中国人,但是他的英语"说得比英国人都要好","演讲水平丝毫不差于国内演讲。"

2005年8月,阿里巴巴宣布收购雅虎中国。这次“雅巴联姻”轰动了整个互联网,也轰动了中国IT界。不过还有一件几乎引起了同样轰动的事情——马云对中国雅虎员工的演讲,也给人留下了深刻的印象。在这次演讲中,马云“语不惊人死不休”,以一篇名为《爱迪生欺骗了全世界》的演讲,令所有听众措手不及,因而博得了“精神教父”的美名。在演讲中,马云“大放厥词”:

世界上很多非常聪明且受过高等教育的人,无法成功。就是因为他们从小就受到了错误的教育,他们养成了勤劳的恶习。很多人都记得爱迪生说的那句话吧:天才就是99%的汗水加上1%的灵感。并且被这句话误导了一生。勤勤恳恳地奋斗,最终却碌碌无为。其实爱迪生是因为懒得想他成功的真正原因,所以就编了这句话来误导我们。

……

懒不是傻懒,如果你想少干,就要想出偷懒的方法。要懒出风格,懒出境界。像我从小就懒,连长肉都懒得长,这就是境界。

这就是马云的演讲风格:汪洋恣肆、不拘一格,总是抛出异于常人的想法,认人们去回味、去思考。这也让马云得来了一个“狂人”的称号。“狂”是马云的风格,正是这种风格让他经常语惊四座,给人们留下了深刻印象,为阿里巴巴塑造了鲜明的品牌形象。如果把马云的经典言论集合起来,一定可以汇成一本“狂人语录”。

马云曾针对公众对他独特个性及“非凡”长相的评论,回应说:“与众不同不是我做出来的,而是我的本能。”“一个男人的才华与其容貌往往是成反比的。”

在2004 CCTV"中国年度经济风云人物"颁奖典礼上，马云在领奖时说："阿里巴巴是拿着望远镜也找不到对手。"

2004年12月25日，马云在上海接受媒体采访时抛出了对实力雄厚的eBay易趣颇具挑衅性的言论："我再给它一个月的时间，到时候淘宝就针对eBay致命弱点发动反击。"

在淘宝网首轮战胜eBay易趣后，马云又称："淘宝能活下来，是因为对手的臭棋出得太多了。华尔街一向认为，雅虎和eBay会所向披靡，但它们的战车在中国受到了阻碍。想想5年前，当当、卓越一味拷贝别人的模式，易趣也是如此。一年半前淘宝网的杀入，才促进了eBay易趣的成长，而淘宝的成长也得益于竞争对手的封杀。"

2005年，马云甚至放言将战败Google，而此时正是Google在中国发展最好的时期。

从上面种种事件中可以看出马云不拘一格狂放的演讲风格。他以高调甚至是夸张的形式，或者"炮轰"竞争对手，造成一种咄咄逼人的气势，或者吸引公众与媒体的注意，起到良好的宣传效果并使之成为阿里巴巴有杀伤性的营销推广武器。

当然，马云这种狂放的演讲风格经常会遭到人们质疑。在竞争如此激烈的今天，市场环境变幻莫测，企业之间的差距逐渐缩小，任何企业都不敢肯定说一定能战胜对手，古话讲得好，"骄兵必败"。但马云的"狂放"并不是"骄傲"，马云疯狂的言论只是为了造势的需要，这源自于马云本质上的自信。所以只要仔细观察就会发现，"狂"不过是马云个性的一方面，在许多场合下，马云的表现是那么的谦虚、冷静。

2004年底，马云在参加2004 CCTV“中国年度经济风云人物”评选前时，对媒体说：“对eBay和邵亦波也很佩服，只是易趣今年不走运，从国外派了一批管理者来中国，明年它们可能会醒来。”马云进一步阐述了淘宝战胜eBay易趣的原因：如果把淘宝网比作三轮车，那么eBay就是装甲车，说无论是在资金、管理方式、人力资源方面，还是对电子商务的理解方面，eBay都比淘宝强得多。淘宝赢在比eBay更了解中国市场。

2005年9月23日，“雅巴”杭州大会上，马云对员工说：“我也可以预感到未来3年我们的竞争非常的残酷，无论是自觉也好，不自觉也好，我们惊动了全世界最强大的竞争对手，在电子商务领域里面，eBay今天还是全世界最强大的竞争对手。我们也碰上了这世界上发展速度最快的公司Google公司，它也成为了我们的竞争对手。我们互联网国内各大公司，新浪、搜狐、网易、QQ全部把我们当成竞争对手。”

由此可见，马云“狂”而不“骄”，那些近似“疯狂”的言论只是马云的一种演讲策略或者说营销策略。但不管是“疯狂”也好、“谦虚”也好，马云的演讲总是能引发人们思考，赢来满堂喝彩。马云的“疯狂”被人们理解、接受甚至赞扬，这是因为马云背后有强烈的自信。这也是为什么在中央电视台举办的《赢在中国》节目中，马云成为最受欢迎、给人印象最深的一位点评嘉宾的原因。

《赢在中国》节目组邀请马云担任评委，希望他能够将自己的心得与大家分享，并为正在创业途中的选手们指点迷津。在嘉宾的点评发言中，马云的演讲不但令所有参赛选手折服，也让电视机前的观众受益匪浅。比如在《赢在中国》第一赛季晋级篇第二场中，马云对选手邵长青的点评堪称经典：

“小企业的战略是几个字，活下来，挣钱……这里的‘小企业’是相对而言的，从时间和空间这两个维度来看，企业处于初创时期，其年龄偏‘小’；与此相对应，此时企业的规模偏‘小’、实力偏‘弱’。而当小企业经过持续经营和成长，走入了较稳定的成熟期时，就开始拥有较大规模和较强实力，在这个阶段的此类企业就已经脱离了小企业的范畴。

“小企业并不一定都能做得成大企业，那些目光短浅、只希望赚钱养命的小企业，就缺乏进一步做大的内在动力。只有理念正确、目标远大而且孜孜以求的小企业，才有机会不断发展壮大并做成大企业。

“小企业的战略核心是业务，企业的一切行为全部都体现出明显的业务导向。由于规模和实力的限制，‘生存’是小企业最紧要的问题，活下去是硬道理，企业必须死死抓住生产、销售等命脉领域的工作，紧紧围绕市场、研发等业务功能来配置资源。”

可以这么说，很多普遍老百姓正是因为看到马云在《赢在中国》的精彩点评才知道有阿里巴巴这家公司的。马云高超的演讲才能和突出的演讲风格成为了阿里巴巴最廉价的宣传工具、最有效的营销手段。

第二编
王老吉营销

YINGXIAODASHI

许多认识王老吉和加多宝的人，始于2008年那场惊天动地的“汶川大地震”。在2008年5月18日中央电视台《爱的奉献——2008抗震救灾募捐晚会》上，加多宝公司捐款一亿元人民币，这家民族企业瞬间吸引了全中国乃至全世界的眼球。其实，王老吉一直在缔造着自己的传奇，一直在营销战场进行精彩的表演，如今的王老吉在国内罐装饮料市场上打败了可口可乐和百事可乐，以不可阻挡之势加冕“中国饮料第一罐”。王老吉的飞速成长，是我国营销史上的一个神话。

好名称是营销成功的第一步

一个品牌需要一个好的名称，好的品牌名称使品牌传播更加有效和简便。《牛津管理评论》说："一个到位的、与众不同的品牌名称，就像是产品营销的翅膀，帮助产品飞入消费者的视野。而对消费对象来说，他们对产品的认知心理也随着品牌名称的更改而发生变化。"

俗话说："题好一半文"，一个好的品牌名称是营销成功的第一步。著名管理学家彼得·杜拉克说："名称不仅仅是一种文字符号，更是一种文化内涵的凝聚体，在树立品牌、扩大影响、广告宣传方面发挥着神奇的作用。"的确，一个好的品牌名称更容易使人记住，在心里留下深刻印象，从而扩大品牌的知名度。

在竞争激烈的商业社会，最重要的商业策划之一就是给商品取个好的名字。每一位企业经营者，无一例外都会精心设计自己产品的名称。一个具有高度概括力和强吸引力的名称，对大众的听觉刺激和心理等各方面都会产生重要影响；一个设计独特、易读易记，并且富于艺术性和形象性的产品名称，能够迅速抓住大众的眼球，诱发他们浓厚的兴趣和丰富的想像，使产品在他们心中留下深刻的印象。同时，品牌名称对树立良好的品牌形象有着重大的影响。

“王老吉”这一名称并非是由香港加多宝公司(王老吉由于种种原因分为广州王老吉和香港王老吉。香港加多宝公司租用广州王老吉的品牌名称，用香港王老吉提供的配方生产罐装王老吉)于1995年推出第一罐红色罐装王老吉时开始启用，而是至今已有175年的沿用历史。王老吉凉茶创于清道光年间,具有“凉茶始祖”的美誉。

王老吉创始人原名王泽邦,又名王阿吉。相传清道光年间,广州爆发瘴疠,疫症蔓延。王老吉凉茶创始人王阿吉为挽救患者,不惜以身试药,研制出一种凉茶配方,不仅解除了乡民的病痛,也帮助乡民躲过了天花、疫症等灾难。从此王阿吉声名大振,被文宗皇帝召入皇宫,封为太医院院令。当年钦差大臣林则徐微服入粤查烟,亲身体验过阿吉凉茶的奇妙后,派人送来了一个刻有“王老吉”三个金字的大铜壶赠于王泽邦。从此,王泽邦以“王老吉”为号,首创凉茶铺,兼卖王老吉生药茶包。由于疗效显著,适用面广,价格低廉,饮用方便,因此王老吉凉茶声名远播,驰名内外。

王老吉这一名称沿用了170多年,虽然当时的命名根本就谈不上营销战略意图,但是无心插柳柳成荫,以现在的营销眼光来看,“王老吉”这一名称却显示出独特的策略性。

第一,“王老吉”这个品牌名称看似简简单单,土里土气,但是从营销传播的角度思考,“王老吉”这一名称却有它的独特性。“王老吉”这个名称好念、好记、好写,很容易传播。可口可乐和百事可乐之所以能够风靡全世界,简单、好记且琅琅上口是一个重要原因。

第二,凉茶作为我国传统中医药文化及岭南地区养生文化的衍生品，广东和广西地区的老百姓把凉茶当作清热止渴解暑驱寒的保健养生饮品流传了上百年，具有悠久的历史和纯正的本土文化特征。在广东老字号的凉茶非常多，2006 年被定为非物资文化遗产的凉茶就有 18 个品牌。“王老吉”颇有返璞归真意味的品牌名称与“凉茶”的产品属性是非常匹配的。同属于广东的黄振龙凉茶也具有悠久的历史和地道的本土文化特征，因此黄振龙凉茶在南方地区也比较容易打开市场和具有较高的知名度。

第三，“王老吉”这一品牌名称同时也是产品创始人的名称，创始人名称与品牌名称完全一致赋予了品牌具有历史感和文化感，尤其是加多宝公司竭尽全力地把创始人“王老吉”塑造成凉茶始祖，更是使王老吉成为了“凉茶”的代名词，这种品牌印记的形成是其他品牌难以跨越的壁垒，也就是说，其他品牌的凉茶不可能再造一个凉茶始祖出来。有了这种品牌印记，王老吉便有了得天独厚的优势。王老吉成了凉茶的代名词，是惟一正宗的凉茶。

第四，区隔竞争对手。目前我国凉茶市场品牌众多，市场上销售的凉茶有几十种。王老吉因其品牌名称独特而与其他品牌形成鲜明的区隔，在消费者的脑海里抢先占位；不需要特别说明王老吉是凉茶，在两广以外的市场推广中节省了“凉茶是什么”的营销费用。我们知道很多凉茶产品都要加上“凉茶”二字，如黄振龙凉茶、白云山凉茶、邓老凉茶等，惟独王老吉这一品牌不需要加“凉茶”二字便知道是凉茶。

第五，中国人向来喜欢吉利和喜庆的字画。“王老吉”三个字不管拆开还是合在一起都非常吉祥和喜庆，迎合了中国人万事讲兆头的风俗。浙江地区在结婚或乔迁的时候,总要摆上“三小件”,分别是中华烟、茅台酒和王老吉。王老吉代表吉祥和喜庆,这就不难理解浙江地区的这些“风俗”了。

一个品牌需要一个好的名称，好的名称使品牌传播更加有效和简便。《牛津管理评论》说:“一个到位的、与众不同的品牌名称,就像是产品营销的翅膀,帮助产品飞入消费者的视野。而对消费对象来说，他们对产品的认知心理也随着品牌名称的更改而发生变化。”美国辉瑞制药公司庞大无比,但是很少有人知道。此公司生产的万艾可很少有人知道是什么东西,但是一提到“伟哥”,几乎就无人不知无人不晓。其实伟哥就是万艾可,香港人把“万艾可”翻译成“伟哥”之后,很快就引起了人们的关注。一个产品也好,一个企业也好,要吸引人的眼球,要引起人们的关注,必须有一个好的品牌名称。这个名称可以是从字典里找出来的,也可以像王老吉一样沿用以前的,总之,就是要使产品迅速被人知晓,并不会遗忘。

王老吉凉茶的成功首先是“王老吉”这个品牌名称的成功。这个名称简单好记,有着丰富的历史底蕴。专家学者们在谈到王老吉的优势时,都为其有一个好品牌好名称而大加赞赏。好的品牌名称对于营销的重要意义不言而喻。当年马云创办阿里巴巴网站时,多次调查这个名称的认知程度,最后经过讨论才决定正式命名为“阿里巴巴”。马云说:“取名‘阿里巴巴’是我最得意的事情之一。”品牌名称,不是简单的文字符号,它隐含着非常多的东西。特别是我们中国人历来喜欢联想,讲究一种品牌形象。因此,良好的品牌名称,这是营销成功的第一步。

产品包装，吸引消费者的眼球

任何一种产品都需要包装，包装和产品是如影随形的。产品包装对于营销非常重要。好的产品包装，就是营销的利器。我国台湾著名营销专家薛达镇说："包装是产品的营销战力。"

蒙牛乳业总裁牛根生说："如果在一个超市饮料架上，有一种饮料最先吸住消费者的眼睛并使消费者产生购买的冲动，那么这种饮料的包装就是成功的。"说实话，产品包装要达到这种程度很难，但并不是不可能，红罐王老吉的包装就能达到这一效果。放眼货架，红色的王老吉与众不同，非常突出。

在中国人的眼中，红色是福、是禄、是寿、是禧，红色代表吉祥，红色是喜庆的象征，是中华民族的主色调；黄色是中华民族文化和中华文明的象征，也是中华民族的主色调。黄色象征高贵与财富。王老吉是传统中医药文化和岭南养生保健文化的衍生品，有着悠久的历史，在包装中使用红色和黄色表达王老吉是十分恰当的。王老吉的包装透露着喜庆和吉祥，因此许多消费者在有喜事的时候都买王老吉庆贺。随着王老吉打开全国市场，在全国都兴起逢喜事买王老吉的消费观念。正因为如此，王老吉在过年和过节时期销售量就会有很大的提高。

王老吉用红黄作为主色调除了考虑文化因素外,也考虑到了红黄两色的物理因素。根据物理学,红色和黄色波长较长,对人的视觉有较强的冲击力。同时,这两种颜色都为暖色,增添了消费者的亲近感。日本科学家认为:“色彩是人体视觉诸元素中对视觉刺激最敏感、反应速度最快的视觉信息符号。人对色彩的注意力占人视觉的80%左右,而对形态的注意力仅占20%左右。”合理地搭配红黄两种色彩,使得红红火火的易拉罐王老吉摆放在货架上十分抢眼,视觉效果非常突出。

红罐王老吉简单大方,给人一种包装土气的感觉。但是从营销的角度来看,却是恰到好处的。我们知道王老吉不是可口可乐、百事可乐,而是消暑解毒清热止渴的凉茶饮料。毕竟,产品包装不仅仅是美学意义上的艺术,还是视觉化的“市场策略”。研究王老吉的市场营销专家说:“红罐王老吉的包装是最适合王老吉凉茶的,红罐突出了王老吉和其他饮料包装的差异,深受广大消费者的喜爱。”

任何一种产品都需要包装,包装和产品是如影随形的。在产品的营销过程中,产品的包装设计非常重要。好的产品包装,就是营销的利器。我国台湾著名营销专家薛达镇说:“包装是产品的营销战力。”

包装是为产品销售服务的,在产品包装设计方面,必须包含以下理念:

1.促销理念

在消费者购物过程中，产品包装充当着无声的广告或无声的推销员角色。要达到促销这一目的，包装设计者应充分考虑商业、工业和消费者心理等各方面的因素，并且本着“实践—设计—再实践—再设计”的原则，从实际出发，使产品包装设计得到越来越多的消费者的认可与接受。

2.艺术理念

产品包装设计本来就是一门艺术。任何优秀的包装设计应当具有完美的艺术性。产品包装应该满足消费者的审美要求，表达消费者的情感心声。据英国的一项市场调查显示，家庭主妇到超市购买东西时，由于包装设计富于艺术性而购买的产品通常超过预算的45%，由此可见包装设计的魅力之大。

3.视觉传达理念

有形的产品是需要给人看的，只有通过眼睛感知，才能产生购买行为。王老吉和可口可乐的红，百事可乐的蓝都是注重视觉传达的典范。

王老吉的包装设计是非常成功的，不但产品在饮料市场独树一帜，就是包装也独树一帜。独特的包装引来其他凉茶饮料包装上的跟风。2006年，加多宝公司状告三水华力公司，因其生产的“二十四味”凉茶包装罐与“王老吉”凉茶包装罐高度相似。加多宝公司状告三水华力公司要求其停止侵权、赔偿损失10万元等。

2007年，福建达利集团推出凉茶饮料和其正。有意思的是，和其正凉茶不但广告语和王老吉相似，就连包装和王老吉也相似。这种包装足以使消费者混淆购买产品，但是从另一面也反应出王老吉产品包装设计的成功。

王老吉的产品包装是成功的，虽然引来其他凉茶在包装上的模仿，但是红罐王老吉的形象在消费者眼中是无法替代的。现在人们认为，红罐就是王老吉，王老吉就是红罐装的。这种意识的形成是王老吉包装设计成功的显示，也是王老吉成功营销的重要保证。

定位:开创一个凉茶蓝海

良好的产品定位是一个产品营销成功的关键，王老吉的定位不仅破解了“凉茶”概念的地域困局,同时也开创了一个“凉茶”的蓝海。如今消费者想到“去火、降火”,首先想到的就是王老吉。虽然王老吉的功效不仅仅是预防上火,但是仅预防上火这一项功效,就使王老吉独步天下,大获成功。

一个产品有没有明确详细的定位,很大程度上决定了这种产品在市场上的认知程度和消费者的接受程度。试想,消费者不知道这种产品有什么独特性,对自己有什么作用,消费者会购买这种产品吗?显然不会。“世纪经理”杰克·韦尔奇说:“产品定位就是让别人知道你的产品是什么，在消费者购买的过程中有针对性。产品定位是不可或缺的重要一步。”营销大师菲利普·科特勒在《营销管理》中概括:“定位就是对公司的产品进行设计,从而使其能在目标顾客心目中占用一个独特的、有价值的位置的行动。”

红罐王老吉问世后的7年时间，产品销售一直不温不火,也始终没有走出两广(广西广东)和香港地区。究其原因,很重要的一个因素就是没有给王老吉一个清晰的定位。很多观众都看过王老吉这样一条广告:一个非常可爱的小孩为了打开冰箱拿一罐王老吉,不断地用屁股蹭冰箱门。广告语是:“健康家庭,永远相伴。”

这样一条广告，完全没有突出王老吉的独特价值，除了让人们知道有王老吉这种产品存在之外，不会产生其他的宣传效果。

发展的瓶颈终于使加多宝公司走上了求新求变的道路。2002年底，加多宝公司找到成美营销顾问有限公司，初衷是拍摄一个关于赞助奥运会的广告片。成美营销顾问有限公司是国内知名品牌战略顾问公司，旨在运用先进的品牌定位(positioning)与管理理论，为企业制定完整的品牌战略(解决产品“怎么说”、“说什么”等问题)，同时协助企业实施有力的市场推广。成美顾问发现，王老吉所出现的问题不是拍摄广告片能够解决的，而是王老吉缺少产品定位所致。于是加多宝公司接受成美顾问公司的建议，对王老吉进行产品定位。

产品定位是个艰难的过程。成美顾问公司在两广和浙江地区调查研究发现，两广消费者饮用王老吉主要在烧烤、登山等场合，主要原因是烧烤和登山容易上火，喝王老吉预防上火；而在浙江地区，外出就餐、聚会、日常饮用都喜欢喝王老吉。初步确定消费者喝王老吉是怕上火的根据后，成美顾问公司再对其他竞争对手进行调查研究，发现菊花茶、清凉茶等茶饮品并没有占据“预防上火的饮料”的定位；可乐、果汁饮料、水等饮品根本就不具备预防上火的功能。最后，成美顾问公司追溯于王老吉的历史，发现王老吉自诞生以来就是以“清热祛火”而闻名于世，175年的历史、凉茶始祖的身份，这些因素使王老吉当仁不让地占据着“预防上火的饮料”这一定位。

“预防上火的饮料” 这一独特定位使王老吉与可乐等其他饮

料区分开来，开创出饮料的一个蓝海之地。在有明确的定位之后，消费者知道为什么要买王老吉，企业知道怎么去卖王老吉。而且随着人们保健意识的增强，预防上火成为众多消费者的诉求，而王老吉的这种定位恰好迎合了消费者的需求。王老吉的这次定位是非常成功的：

1.避免了与国内外饮料巨头的直接竞争，形成独特区隔

在饮料市场上要直接和可口可乐、百事可乐竞争几乎是不可能的，要与它们竞争，最好的办法就是形成区隔，瓜分饮料市场。王老吉是预防上火的凉茶，打开凉茶市场，并没有和可口可乐或百事可乐正面竞争，这是王老吉没有像其他饮料被挤垮的主要原因。2008 年 3 月份，国家统计局、中国行业企业信息发布中心发布的数据清晰地表明，王老吉获得了“2007 年度全国罐装饮料市场销售额第一名”的称号，进入市场仅仅 13 年的红罐王老吉已经超越可口可乐和百事可乐，成为罐装饮料的黑马。

2.有利于王老吉走出两广、浙江等地，走向全国和全世界

如果王老吉仅仅定位为凉茶的话，那么凉茶就很难走出南方这些地区，而定位“预防上火“，则全国人民都有需求。上火是一个普遍的中医概念，也是每一个人都很容易产生的症状。这样，具有防上火功效的饮料自然会受到全国乃至全世界人的欢迎。

3.有利于把王老吉的劣势转化为优势

王老吉是由中草药熬制而成的，虽然加多宝公司把王老吉调配成甜味的饮料，但是仍然带有一股淡淡的中草药味道。有许多消费者因为味道的关系而不喝王老吉，但是因为可以“预防上

火”，还是有很多人乐于接受这种有中草药味道的饮品。另一方面，王老吉的零售价是3.5元一罐，相对于同等分量的其他饮料来说，价格贵了很多，但是因为可以预防上火，价格就变得“可以接受”。花钱买健康是众多人共同的认识。

这一成功的产品定位是王老吉走向成功的关键转折点。2002年王老吉的销售额为1.8亿元人民币，但是到了2003年，这一数字激增到6亿元人民币，后来更是成倍地增长。

产品定位最重要的就是要名副其实。王老吉定位为“预防上火的饮料”，而王老吉也的的确确有预防上火之功效。定位是建立在产品基础上的，只有定位符合产品的实际，才能取得理想的效果，否则就是欺骗消费者，搬起石头砸自己的脚。

准确、科学的产品定位是一个产品营销成功的关键，王老吉的定位不仅破解了“凉茶”概念的地域困局，同时也开创了一个凉茶的蓝海。如今消费者想到“去火、降火”，首先想到的就是王老吉。虽然王老吉的功效不仅仅是预防上火，但是仅预防上火这一项功效，就使王老吉独步天下，大获成功。这是营销史上的奇迹。

将《岭南药侠》推向荧屏

通过电视剧的形式再现王老吉悠久的历史和深厚的文化底蕴，一方面传播了王老吉凉茶这一品牌，另一方面更加坚实地奠定了王老吉“凉茶始祖”的形象。无论从营销策划和实际效果来看，这都是一次非常成功的品牌运作。

红罐王老吉2003年的销售额达到6亿元，在这样大好的发展形势下，王老吉希望进一步提高自己的知名度，扩大销售量。2003年，王老吉的宣传投入是4 000万元，而这一数字在2004年则增加到了1亿元，其中就包括联合中国电视剧制作中心、广州王老吉股份有限公司(利乐包装王老吉)三方投资1 200万元拍摄大型电视连续剧《岭南药侠》。

《岭南药侠》讲述的是神奇岭南神奇药侠王老吉的传奇故事。通过电视剧的形式再现王老吉悠久的历史和深厚的文化底蕴，一方面传播了王老吉凉茶这一品牌，另一方面更加坚实地奠定了王老吉“凉茶始祖”的形象。无论从营销策划和实际效果来看，这都是一次非常成功的品牌运作。

王老吉凉茶诞生于1828年，而可口可乐诞生于1856年，也就是说，王老吉比可口可乐还要早28年。王老吉凉茶的创始人王阿吉更是一个具有传奇色彩的人物，他抱着“救世于人”的胸怀赢得了上至朝廷，下至黎民百姓的欢迎。

加多宝等三家公司把王老吉的故事搬上屏幕，使更多的消费者了解了王老吉的历史，加强了对王老吉品牌的信任。《岭南药侠》于 2004 年 8 月 30 日在中央电视台第八频道首播，同时也在地方电视台播放，取得了极大的成功。国内国外不少电视台争相购买播映权，我国台湾也有意购买，其中每集价格高达 1.7 万美元，共计 52.7 万美元。加多宝公司除达到品牌传播的效果外，投资也得到非常可观的回报。加多宝公司相关负责人说："这种以电视剧为载体的'隐性广告'体现了王老吉传播品牌的良苦用心，收到了很好的品牌宣传效果。"据统计，红罐王老吉 2004 年的销售额达到 15 亿元，同比增长 150%。很多经销商和合作伙伴就是冲着这个电视剧来的，不少消费者也是因为看过这部电视剧而了解了王老吉，喜欢上了王老吉。这次通过拍电视剧扩大了品牌的知名度，提高了销售量，加深了王老吉"凉茶始祖"的形象，无疑是非常成功的。以至于不少民族药业集团都极力主张拍摄一部关于本企业历史的电视剧或者电影来提高企业的知名度，实现品牌的营销。

其实通过电视屏幕来实现品牌传播最早的应该是海尔集团。海尔集团为了提高公司的知名度，拍摄了国产最经典的动画片《海尔兄弟》。《海尔兄弟》长达 212 集，海尔集团投资 3 000 万元，历时 8 年才制作而成，是企业投资制作的最长的动画片。著名动画导演刘左锋为说明《海尔兄弟》工程之浩大，做了个非常直观的比喻："如果把全部画稿排成画廊可长达一千公里。"

海尔集团以自己的标识为主人公制作动画片这一举措，是一次成功的品牌营销，具有深远的意义。第一，通过《海尔兄弟》这部动画片体现了海尔优秀的企业文化，也为社会先进文化的建设和未成年人的思想建设做出了重大贡献；第二，宣传海尔，提高了海尔的知名度。消费者总会把海尔的标识和《海尔兄弟》动画片联系在一起，一种好感油然而生。海尔集团这次的营销策划是成功的，也达到了海尔集团总裁张瑞敏品牌形象塑造的要求。

2008年5月，海尔集团与美国一家公司签订了《海尔兄弟》在美国电视台的播出计划。这样，海尔集团就将在国际市场上提升自己的品牌知名度，扩大市场占有率，而海尔集团的合作伙伴东方红叶动漫制作集团也将在国际市场上获得国内市场无法实现的经济回报。

成功是可以复制的，加多宝公司通过投资拍摄《岭南药侠》电视剧，所获得的成绩有目共睹。有媒体评论说："《岭南药侠》在历史、文化、价值取向和道德审美等方面，对王老吉的文化内涵做了一个全面的展示。其成功首播，使国内外片商纷纷购买其播映权，随着剧片的走红，王老吉的品牌影响力也获得了难以预计的提升效果。"在电视剧播出后，很多人开始接触并且购买王老吉饮料。

在状告中提升知名度

对于如何处理危机，沃伦·巴菲特说："首先清楚地说明你并不了解全部情况，然后迅速将你知道的说出去。你的目的是正确对待、迅速处理、公布消息，最后将问题解决。你一定要懂得，问题不会因为时间的推移而自行得到改善。"处理危机一定要及时，要在最短的时间内把危机化于无形，只有这样，才能安然度过危机，赢得继续发展的机会。

任何一家企业都会有遇到危机的时候。所谓危机，是指不论客观还是主观因素，抑或是不可抗力所引发的能够导致企业处于危险状态的一切因素。一个企业可能产生的危机多种多样，据不完全统计，大约有20种危机模式。包括人力资源危机、产品/服务危机、客户危机、行业危机、财务危机、媒体危机、工作事故、诉讼危机、侵权危机、合同危机、政策法规变更危机、天灾人祸危机、破产危机、并购危机、企业战略危机、供应链危机、文化冲突、多元化危机和权力交接危机等。

面对危机，有的企业因为处理不好而倒闭，有的企业因为巧妙地、合理地处理危机而转危为安，促进了企业更大的发展。对于如何处理危机，沃伦·巴菲特说："首先清楚地说明你并不了解全部情况，然后迅速将你知道的说出去。你的目的是正确对待、迅速处理、公布消息，最后将问题解决。你一定要懂得，问题不会因为时间的推移而自行得到改善。”处理危机一定要及时，要在最短的时间内把危机化于无形之中，只有这样，才能安然度过危机，赢得继续发展的机会。

2005年，突飞猛进的王老吉突然遭遇职业打假人刘殿林的一纸诉状。这件案件引起了众多媒体的关注，主要是因为王老吉是饮料界的知名品牌，影响巨大；其次便是原告知名打假人刘殿林，他曾因为状告著名品牌王守义十三香而闻名。

2005年2月4日，职业打假人刘殿林在北京王府井百货股份有限公司东安商场购买了一罐加多宝公司生产的王老吉，价格为人民币10元。购买之后他发现，包装的配料表中显示含有“夏枯草”这一味中药。经过详细的咨询和调查，刘殿林发现“夏枯草”仅可用于药品生产，而不得在普通食品饮料中加入。《卫生部关于进一步规范保健食品原料管理的通知》“附件一”中明确载明了“既是食品又是药品的物品名单”，但是附件中没有标注“夏枯草”这一物品。2000年版的《中华人民共和国药典》中收录了“夏枯草”这一中药，其功能主治为清火、明目、散结、消肿，用于目赤肿痛、目珠夜痛、头痛眩晕、乳痈肿痛、甲状腺肿大、淋巴结结核、乳腺增生和高血压等。由此可见，“夏枯草”是一味纯中药而非既是食品又是药品的物品。

刘殿林认为，王老吉凉茶只是普通的食品饮料，擅自添加法律禁止加入的药品是违法的。加多宝公司生产、销售王老吉违背了《中华人民共和国食品卫生法》的相关规定，构成事实上的欺诈行为，故要求法院判令被告北京王府井百货股份有限公司东安市场退还货款 10 元，并赔偿他 10 元，判令广东加多宝饮料食品有限公司停止生产该饮料。

虽然刘殿林并没有提供证据证明“夏枯草”有毒副作用，也未能证明饮用王老吉凉茶会对人的身体构成伤害，但是他认为“是药三分毒”，强烈要求停止生产王老吉。他同时在北京市的海淀区、西城区、东城区等法院对王老吉提起 5 起类似诉讼。

如此重大的事情对王老吉的影响无疑是无法估量的。这个危机处理不好，所受到的影响是不可想象的。为了应对这次危机，加多宝公司管理层迅速向媒体澄清事实，积极应付危机。

1.《中华人民共和国食品卫生法》规定“食品不得加入药物，但是按照传统既是食品又是药品的作为原料、调料或者营养强化剂加入的除外”。加多宝公司声明：夏枯草作为“王老吉”凉茶中添加的一味中药药材，不属于《中华人民共和国食品卫生法》明令禁止添加的“药物”范围，因为“药材”只是“药物”的原材料。按照传统既是食品又是药品的物品清单是一个开放性的清单，随着社会的发展，清单中的内容必将有所增加。刘殿林所说的名单实际上是第一批“既是食品又是药品的物品名单”，公布于 1987 年，2004 年卫生部就专门发文（卫监一便函[2004]195 号），进一步汇集拟作为普通食品管理的产品目录，第一批中没有夏枯草，并不表明第二批、第三批就没有夏枯草。

2.加多宝公司认为，在古今的任何一部药典记载中，夏枯草都是没有毒副作用的草药。不单是王老吉使用夏枯草作为配料，在我国岭南地区、港澳地区，包括东南亚地区的凉茶饮品中，都有夏枯草的成分，有些菜品还专门以“夏枯草”作为配料，这是妇孺皆知的事情。上百年来，王老吉都是无毒无害的。为证明“夏枯草”成份的安全性，加多宝公司还提交了有关专家所作的安全性论证书，证实饮用含有夏枯草的饮料，对消费者的健康不会产生危害。刘殿林并不能提供夏枯草有毒的证明，状告是没有说服力的。

3.为了证明自身的清白，使广大消费者打消对王老吉的疑虑，加多宝公司还拿来20多份证明材料。作为名符其实的凉茶第一品牌，王老吉已有170多年的历史，是岭南地区的传统名牌。红罐王老吉是在传统工艺和现代需求相结合的基础上，经质检和卫生部门定期检查、批准而许可生产的，是同时具有《良好操作规范》(GMP)、《危害分析和关键控制点》(HACCP)证书和通过ISO900质量认证体系的为数不多的产品之一。2005年3月12日，加多宝公司特别邀请了由广州中医药大学等单位组成的专家组对“王老吉”凉茶进行食用安全性论证。经过论证，专家得出“王老吉”安全的结论，东莞卫生监督所在这份论证书上盖了公章。

4.加多宝公司认为，公司生产的王老吉凉茶，无论是在产品包装上的“配料”说明中、产品宣传上，还是在上报政府主管部门的审批文件中，均明确标示了含有夏枯草成分，所以，根本不存在“欺骗、误导消费者”的主观动机。

5.揭示刘殿林的炒作目的。刘殿林曾经表示，之所以选择王老吉作为诉讼对象，而没有选择其他产品，正是看中王老吉的品牌效应。他说：“王老吉是最好的品牌，选择别的产品，可能没有这么好的反弹力度，不能在短期内引起公众的注意和社会的反思。”刘殿林同时在北京的 5 家区级法院提起诉讼也是出于同样的考虑。加多宝公司在 2005 年 3 月 16 日庭审结束后马上举行新闻发布会，指责刘殿林“恶意诉讼”，“明显有炒作痕迹”。这个诉讼损害了一个优秀企业的合法权益，使其陷入不必要的诉讼，浪费了我国紧张的诉讼资源。

“状告王老吉”事件最终以王老吉的胜利结束。因为这次事件，不少媒体做了详细的报道。特别是王老吉为自己申辩时所出示的各种证书，更是坚定了消费者对王老吉的信任。著名营销专家冯大伟说：“加多宝公司的积极应对不但使此次诉讼事件对它们无害，反而有益。这是一个非常好的证明自己的机会，加多宝抓住了。在胜券在握的时候，把事件放大化了。”正因为如此，王老吉在这一年的销量不但没有受影响，而且飞速增长。

面对危机，王老吉是高调、积极地回应，而同样被诉讼的王守义十三香却采取低调的处理方式，结果对十三香有不小的负面影响。我们常说“塞翁失马，焉知非福”，被人诉讼，对有的企业来说是灾难，但对王老吉却是另一种结局。此事之后，王老吉的知名度更高了，客户更多了。按照营销学的观点，这也是一种事件营销，是一个祸福并存的机会，只有最善于营销策划的企业才能获得成功。

与消费者开心度假

2006年，这是王老吉在节假日营销方面不得不提的一年，因为在这一年里面，王老吉在所有的节假日里都做了大量营销，并且取得了成功，加强了王老吉品牌在凉茶领域的影响力，同时提升了在消费者心目中的地位。

普汇创展管理咨询机构高级合伙人况杰说："节假日是一个树立品牌的非常好的机会，所以营销和销售还是有区别的，除了做销售之外，通过节假日一定可以树立很好的品牌形象。"节假日营销，在全世界已经都不是什么新鲜的事情。而且，随着竞争越来越激烈，通过节假日营销的商家会越来越多，几乎每一种最接近消费者的商品都进行过节假日营销。

所谓节假日营销，是指节假日期间，利用消费者的节假日消费心理，综合运用广告、公演、现场售卖等营销手段进行的产品、品牌的推介活动，旨在提高产品的销售力和提升品牌形象。归属上，节假日营销是整个营销规划的一部分。

目前我国有 115 天节假日，几乎占到全年的 1/3。对于快速消费品来说，节假日的营销有着非常重要的意义。2006 年，据上海的一家大卖场统计，"五一"、"十一" 黄金双周期间的销售额几乎占到全年销售额的 40%。平时卖场冷冷清清的，但是一到节假日，顾客就会成倍地增长。不但快速消费品如此,就是其他的商品在节假日也有大增的趋势。迪信通商贸公司副总裁金鑫用企业的销售情况直观地表示了节假日营销的重要性:“从我们的销售情况看,两天假日基本可以跟那五天划大于等于号,就是卖五天的,还不如这两天的销售结果。从客观上说,我们非常重视节假日销售。其实一直有几个节盯着,元旦、春节、五一、十一,是个滚动式的。”节假日商品销量的大增每个商家都可以亲眼目睹,至于为什么节假日销售量会激增,被誉为“主持人圈内最懂企业的营销管理专家”的张会亭说:“节日更多的可以理解成大家为了想促进自己的一种消费找到的一种借口或理由,或者总能够给自己一个冠冕堂皇的支撑依据。”

节假日的商机之好不言而喻,作为一直善于营销的王老吉当然不会错过这样的机会。几乎每个节假日王老吉都要大做文章,争求取得销量提升和品牌推广双丰收。2006 年,这是王老吉在节假日营销方面不得不提的一年,因为在这一年里面,王老吉在所有的节假日里都做了大量营销,并且取得了成功,加强了王老吉品牌在凉茶领域的影响力以及提升了在消费者心目中的地位。

1.“福到吉到团圆到”春节促销活动

春节是中国最重要的传统佳节,是合家团圆的日子,春节也是饮料的销售旺季。在 2006 年的春节期间(1~2 月),王老吉在全国范围内举行了“福到吉到团圆到”的促销互动。消费者只要购买王老吉产品就可以参与抽奖,就有机会获得价值 1 680 元的团圆饭一桌。全国共提供 1 000 桌。评论专家钟孝富说:“王老吉的这次活动很出彩，很实在，主题突出且形象分明，符合一贯的‘吉庆时分，当然是王老吉’的利益诉求。”这次活动赢得了众多消费者的认同。当中奖者吃着团圆饭，喝着代表喜庆吉祥的王老吉，就潜在地和王老吉产生了一种情感交流，从而认可和接受这种饮料。

2.“开心假期，王老吉相伴”“五一”促销活动

每年的5月份是天气转热的时候，也是饮料市场转向销售高峰的时候。“五一”黄金周无疑是一个非常重要的时段。2006年的“五一”黄金周，王老吉在全国范围内进行了“开心假期，王老吉相伴”的“五一”促销活动。这次活动有动感十足的路演活动和商场买赠活动。每个销售区域有10~20场的路演活动，吸引大量的消费者前来观看；商场买赠活动奖品丰富。除此之外，王老吉还专为假期办喜事的新人推出了婚庆促销活动。

王老吉“五一”促销活动形式多种多样，紧紧扣住“开心假期，王老吉相伴”的活动主题。通过内容丰富的宣传造势活动，大大地提高了产品的知名度和销售量。特别是婚庆促销的亲情牌，更是提升了王老吉“健康家庭，永远相伴”的品牌形象。

3.“双节庆团圆，好礼送万家”中秋促销活动

2006年的国庆节和中秋节重合，双节合一。在这样的大好时机下，王老吉在全国范围内展开了“双节庆团圆，好礼送万家”为主题的促销活动。据有关商场人员反映，有些消费者一到节假日就会到超市来询问王老吉有没有促销活动，节假日购买王老吉成了众多消费者的惯性。

营销专家吴勇毅说：“如今重要、特殊的节令往往是商家很好

的营销卖点,节假日已成了商家掘金挖银的难得商机。假日经济为企业打开了市场通路,为抢占市场份额提供了良好的空间和契机。"王老吉节假日营销的效果是立竿见影的。品牌知名度在全国都有很大的提升,销售额也大幅度增长。

节假日营销是一个老生常谈的话题,虽然每年的节假日都相同,但并不是每年的市场都相同。同样的节假日,有的商家挣得盆满钵满,而有的商家却"望节兴叹",一无所获。因此,节假日的营销成功不是偶然的,而是由过程和细节决定的。王老吉节假日营销的成功,是因为制定了有效的策略。

第一,产品营销烘托节日氛围

虽然每一个节假日都应该是开心快乐的,但是具体的节日氛围还是有所不同的。比如过年讲究的是喜庆、团圆;"五一"、"十一"讲究的轻松、游玩;中秋佳节讲究的也是团圆,但是喜庆的气氛没有过年那么浓烈。王老吉在策划营销方案时,就是针对不同的节假日塑造不同的活动主题,把最多的消费者吸引到卖场来。春节送团圆饭,"五一"推出婚庆促销活动,都是非常能烘托节假日气氛的。

第二,产品营销传达品牌内涵

任何一个品牌都是有内涵的,如果能够在营销过程中把这种内涵传达出来就再好不过了。在营销中传达品牌内涵,在带来良好市场效益的同时,也树立了企业的良好形象。王老吉春节营销送团圆饭,就传达了王老吉表示喜庆、吉祥的品牌内涵。

第三,产品营销增强品牌亲和力

王老吉的节假日营销都给人以一种亲切之感,而不是完全赤裸裸的商业营销。在商场的产品摆设方面，非常有创意并且给人以温馨的感觉。营销的人性化、温情化，就能快速地增强品牌的亲和力。

王老吉在节假日期间，通过情感关怀、利益刺激和娱乐互动等方式吸引消费者，扩大了产品销售量，提高了知名度。但是作为企业，应该力求长久地打动消费者，而不是瞬间地刺激消费者，从而达到节日营销效果的最大化，实现节假日营销的质变，这是王老吉应该前进的方向。

拥抱世界杯,给所有球迷"降火"

为了抓住四年才一次这样难得的机会，王老吉和星际传播机构在德国世界杯开始的半年前就开始策划,最终以"不怕上火的世界杯"为主题,抓住事件的热点结合王老吉产品的特性,在特定的时间内扩大了品牌的认知度,促进了产品的终端销售。

市场营销领域里程碑式的人物、曾担任《哈佛商业评论》主编的西奥多·莱维特说:"在营销的时候,如果你能找到具有重大影响力的事件为切入点,那么你必将获得成功。在我看来,四年一届的足球世界杯,是最有影响力的事件之一。"我们知道足球是世界第一运动,是当今世界上开展最广、影响最大、最具魅力的体育项目。据统计,国际足联的成员国比联合国的成员还要多。世界杯是代表世界范围内水平最高的足球赛事,与奥运会、F1 并称为全球顶级三大赛事。

为了抓住四年才一次这样难得的机会,王老吉和星际传播机构在德国世界杯开始的半年前就开始策划。最终王老吉以"不怕上火的世界杯"为主题,抓住事件的热点结合王老吉产品的特性,在特定的时间内扩大了品牌的认知度,促进了产品的终端销售。

由于时差的原因,2006 年德国世界杯所有的比赛都在凌晨进行,这就使得中国的观众必须熬夜看球赛。中医认为,熬夜引起睡眠不足会破坏人体的正常代谢,出现上火症状。因为会上火,所以就必须降火。中医专家李德行说:“熬夜的时候采取一些预防上火的措施是非常必要的,简单快捷的凉茶饮料是理想之选。”王老吉正是基于球迷降火的需求,才提出了“不怕上火的世界杯”这一主题。这一主题的提出是极其恰当的,星际传播机构相关人员解释说:“不怕上火,强化王老吉一贯的品牌主张;不怕上火,充分体现了王老吉的凉茶产品特性;不怕上火,在夏季这个上火的季节,引起市场在世界杯期间新的话题;不怕上火,针锋相对地满足了球迷的迫切需求。”王老吉在提出这一主题之后,接着便是一系列的活动。

1.游戏竞猜

为了调动球迷的热情,王老吉并没有像众多商家一样玩猜测比赛结果的游戏,而是只要猜中了每场比赛中两队红黄牌数量的多寡,就可以获得王老吉提供的奖品。王老吉深知竞猜能否有吸引力,关键在于奖品是否丰厚以及获奖机会的多寡,因此王老吉设置了“不怕上火球迷奖”、“超级不怕上火球迷奖”和“至尊不怕上火球迷奖”等三种奖项,共有 12 821 个机会。

球迷在看球的同时又可以获得意外惊喜,这极大地刺激了球迷的热情,王老吉也获得了众多球迷的认同。

2.电视广告和户外广告

电视广告是王老吉最主要的广告投入方式。电视广告和户外广告的主题画面用透明、动感的“冰上足球员”在巨大的王老吉罐子上激情地一射,爆发出来的力量感和冰凉感,让人为之一震。世界杯期间王老吉广告的播出频率极高，可以说赚足了观众的眼球。

3.报纸和网络

王老吉配以各城市主流大众报纸的世界杯专栏及专业体育报纸《体坛周报》进行传播，兼顾了球迷与非球迷，扩大了受众面。新浪网投放了全屏、浮标和通栏等形式的广告。为了配合有奖竞猜活动，王老吉还设立了活动主题网站作为信息传播的辅助渠道，方便了球迷即时进行信息查询。

4.电台

王老吉的广告投放无孔不入无处不在，即使在媒体中处于弱势的电台也不放过。王老吉特别制作了电台广告，投放于重要市场省份的交通台，特别是收听率较高的频道。听众可以通过听广播的形式参加王老吉的有奖竞猜和获取获奖信息。

5.店内促销

王老吉为了配合“不怕上火的世界杯”活动的开展，全国各大卖场的王老吉销售点也启动了相应的主题促销活动。在以买王老吉送礼品的终端促销中，通过特别设计的赠品与世界杯期间球迷们的生活形态紧密相联。同时，组织者还通过生动化的终端促销包装为店内促销造势。除了在传统的商场、超市进行大规模的促销活动外，在遍布全国的800家餐饮店也同期进行了主题活动的促销。

2006年世界杯期间，王老吉可以说是全面组合，大力传播。

2006年，王老吉的广告投入达到2亿多元，比2005年增长了一倍。王老吉的投入是有根据的，因为世界杯有太多的观众，所以王老吉敢于投入。据中央电视台的估计，中国有超过100亿人次通过各种方式观看了德国世界杯比赛。中央电视台体育中心的负责人说："很难估计有多少人观看世界杯大赛。但是，从我的经验来看，64场比赛的观众累计数字将超过100亿。"中央电视台的另外一位著名体育节目制作人也表示："中央电视台将24小时播出世界杯节目，因此100亿人次的数字毫不惊人。"

著名的体育运动品牌阿迪达斯的品牌CEO艾里克·斯特明格说："世界杯其实就是一个平台，不仅有球队在比赛，各个公司也都在这个平台上展示产品，为自己的公司创造利润。"以"预防上火的世界杯"为主题宣传的王老吉火了，许多球迷熬夜看球放弃了喝可乐之类的碳酸饮料，转而喝王老吉。王老吉的有关负责人表示："王老吉在世界杯期间借助各种促销和宣传活动，不仅成功带动了销量上升，其品牌和影响力也在全国范围内得到了很大的提升。"在广州，以王老吉为代表的凉茶销量增幅超过50%。王老吉2006年全年的销售额达到了35亿元，比2005年增加了15亿元。2006年，王老吉可以说是既赚足了眼球，又装满了钱袋。在2006年的世界杯十大营销案例评选中，王老吉的"不怕上火的世界杯"排名第三，可见王老吉这次营销的成功。

亨利·福特(Henry Ford)说："最伟大的营销家总是善于发现最好的机会并且重拳出击，取得令人意想不到的效果。"因为德国世界杯，王老吉又成功了，再一次为它迈向全国市场铺平了道路。

进军消费者生活前沿

王老吉始终相信，终端为王，只有占有终端市场才能生存，只有消费才能促进生产。王老吉接二连三地在全国建设生产基地，就是产品销量急剧增长的结果，是不断开拓新销售渠道形成的结果。

著名营销专家尼古拉斯·查姆福特说："谁控制了渠道，谁把握了终端，谁就占领了市场。"所谓终端，是指与消费者直接发生买卖关系的经营场所，是惟一实现实际销售的环节。产品从概念产生直到消费者手中，前期大量工作价值的体现都取决于终端的销售。在销售的过程中，产品只有占领了终端市场，在零售点上与顾客见面，才有可能被顾客所购买。即使是世界上最好的产品，具有最强大的广告支持，但消费者不能在零售点买到它们，也就无法完成销售，实现利润。没有终端，生产就没有任何意义。

终端最典型的代表就是商场、超市、专卖店等场所。随着市场经济的完善和通讯的越来越发达，终端也变得越来越多样化。进入 21 世纪以来，很多消费者都通过网络来购买产品，与传统的终端相比，这是巨大的变化。终端的变化发展永远多样并且无穷尽。

王老吉传统的销售渠道是商场、超市和小店铺。传统的渠道是最主要的销售渠道，因此王老吉对这些渠道的经营非常慎重和大方。我们可以看到不管是一线还是二线城市的商场、超市和小店铺都有王老吉的身影，就是农村的杂货铺都可以买到王老吉。如果说可口可乐的销售终端最多,那么王老吉的销售终端应该排名第二。王老吉不但要求终端销售点多面广,而且还特别重视终端的布置和摆设。几乎所有的大中型卖场都配有冰柜实物陈列、旺点空罐陈列、挂式小货架陈列以及 POP 张贴等。王老吉在商场的摆设总是非常显眼,最能吸引人们的眼球。王老吉在超市的摆设做到了无孔不入,就是在结账处放益达木糖醇和养生堂牛肉棒这种利用随机消费的地方,也可以经常看到王老吉的 310ml 的小罐子。

虽然王老吉在传统的销售渠道做得非常出色,但是王老吉并不满足这些竞争激烈、又没有多大改变的渠道。于是王老吉在销售渠道上又大胆创新,紧紧抓住“预防上火”这一卖点,把产品的销售通路向目标消费者的生活前端延伸,开辟了新的蓝海。

1.进入餐饮店

在消费者的认知中,饮食是上火的一个重要原因,特别是“辛辣”、“煎炸”和“水煮”食品。在精心的策划下,王老吉推行了“火锅店铺市”和“合作酒店”计划,选择主要的湘菜馆、川菜馆和火锅店作为“王老吉诚意合作店”。因为王老吉给合作店提供了实惠利益,王老吉迅速进入了餐饮渠道,并且成为主要推荐饮品。这样王老吉的超市渠道与餐饮渠道互相补充,互相影响,相得益彰。

王老吉在这些诚意合作店投入资金进行促销,使得销售量大增。同时也把这些终端场所变成了广告宣传的主要战场。王老吉制作电子显示屏、红灯笼、牙签盒和菜牌等宣传品免费赠送。王老吉打开餐饮店的渠道投入巨大,收获也是十分显著。

2.进入肯德基店

2004年8月,广州王老吉凉茶进入了善于创新和本土化的肯德基店。肯德基将王老吉作为中国的特色产品,确定其为餐厅现场销售的饮品,这是中国大陆目前惟一进入肯德基连锁店的中国品牌。王老吉与肯德基合作,希望借助肯德基品牌和网点资源来拓展市场,将广东凉茶作为时尚饮料向全国乃至全球市场拓展,志在把王老吉凉茶打造成中国草本饮料第一品牌。肯德基在中国大约有2 000家分店,虽然首次只是在广东范围内的200家分店推出王老吉凉茶,但是只要经营得方,就可以在全国范围内联网销售,这种合作必将前途无量。

3.进入网吧

网吧是一个巨大的消费场所。据中国互联网络发展状况统计报告,目前我国的网民超过1.62亿人(截止2007年6月30日),而网吧的数量达到11万家,其中还不包括不计其数的黑网吧。因此,网民是一个非常巨大的消费群体。王老吉看重这个消费终端,于是大举进入网吧。王老吉在网吧销售非常有优势,许多网民熬夜上网,容易上火,因此他们大多数都买王老吉来降火。一位网吧主说:"王老吉卖得非常好,尤其是晚上,王老吉几乎是通宵网民的首选。”王老吉营销人员还与网吧合作，在网吧内张贴广告、举办有奖促销活动等。

王老吉除了开拓以上三个终端外，还进入了酒吧，进入它所能想到的终端市场。营销专家何峰说：“不放过任何一个存在消费需求的场所，通过消费者的功能需求把通道向消费者生活前端延伸，王老吉这种终端思维使其赢得了更大的市场份额。”的确，王老吉始终相信，终端为王，只有占有终端市场才能生存，只有消费才能促进生产。王老吉接二连三地在全国建设生产基地，就是产品销量急剧增长的结果，是不断开拓新销售渠道形成的。

终端为王，不重视终端者亡。大豆饮品“豆立方”管理层因不重视终端的开发，迟迟打不开市场，最终只得“关门大吉”，工厂设备闲置几年。2005年，台资永和豆浆以3~5年免费使用设备的方式进驻生产，为该品牌注入行销概念，带入商业经营手法，大力开拓终端市场，让豆立方豆浆重新活了过来。

飞兆半导体公司亚太区总裁郭裕亮说：“现在制造业过剩，消费是不足的，消费不足怎么办呢？就是要在终端市场想办法才行。终端是什么呢？是商业，是渠道。”在市场经济竞争激烈的今天，终端的重要性达到了一个无以复加的地位。终端是最终实现价值的领域，终端环节是最终决定成败的关键，占领终端或者顺利进入终端就意味着成功了一半。王老吉之所以能够在凉茶领域一枝独秀，注重终端开发是一个非常重要的因素。王老吉无孔不入的终端开发，必将进一步促进王老吉销量的再次飙升。

终端形象建设遍地开花

王老吉相关负责人说："从战略战术、塑造品牌形象、宣传造势、打击竞争对手和提升企业品牌形象来考虑，王老吉必须加大终端形象的建设。"王老吉的终端形象建设不仅仅局限于超市，而且还扩大到公园、商业街、度假村和广场等地。和王老吉的户外广告宣传一样，王老吉的终端形象建设也在全国遍地开花。

通用电气前任总裁杰克·韦尔奇说："现在的市场竞争不仅仅是产品与产品的单纯竞争、企业与企业的竞争，而且还包括生产经营管理、产品流通渠道、终端形象建设和服务体系等综合实力的竞争，只有树立这样的发展理念，企业才会基业长青，才会有顽强的生命力与活力。"终端形象建设就是在终端市场上建设一个良好的品牌形象。营销大师哈罗德说："终端形象的好坏直接影响着品牌形象的影响力；另一方面，也直接影响着产品的销售量。"一直以来，终端形象的建设于企业都是非常重要的。一个优秀的终端形象，展现的是一个优秀的品牌形象；而一个邋遢的终端形象，展现的是一个邋遢的品牌形象。作为消费者，肯定希望看到一个优秀的、有新意的终端形象而不是邋遢的、没有创意的终端形象。

王老吉自从投放市场以来，就一直着手于终端形象的建设。

加多宝公司相关负责人说："从战略战术、塑造品牌形象、宣传造势、打击竞争对手和提升企业品牌形象来考虑，王老吉必须加大终端形象的建设。"王老吉的终端形象建设不仅仅局限于超市，其范围还扩大到公园、商业街、度假村和广场等地。和王老吉的户外广告宣传一样，王老吉的终端形象建设也在全国遍地开花。

2006 年，加多宝公司为了表彰各地办事处的终端形象建设，以便更好地丰富品牌形象和推广终端品牌形象建设，市场部在各地开展了第一届"全国终端形象布建创新大赛"。在上级的鼓励和支持下，王老吉各地办事处更加注重终端形象的布建，各个城市的终端形象布建也得到了广大消费者的喜爱和支持。经过专业评委的几轮评比之后，最终评选出最佳创新奖 1 名、表现力奖 2 名、影响力奖 3 名。评委会对这次比赛的评语是："这些作品设计新颖、制作精良，很好地传播了品牌的核心功能利益，或者紧扣促销活动主题，而且对终端销量有明显的促进作用。"

获得最佳创新奖的是湖南衡阳香江百货世界杯堆头形象制作。2006 年是足球世界杯年，王老吉借助世界杯赛事的强势广告，各个商场同时配合世界杯搞促销活动。衡阳香江百货全部用王老吉实罐堆成了一个足球场，非常有创意。这样的终端形象建设很好地迎合了火热世界杯的气氛，更重要的是熬夜看球易上火，而王老吉的"预防上火"功能正好迎合了消费者的需求。这一次的终端形象是一个"完美的杰作"。

2007 年，王老吉举办第二届"全国终端形象布建创新大赛"。在这一年王老吉的终端形象布建又涌现出了一大批优秀作品。由于参赛的优秀作品太多，彼此难分伯仲，经过评委几轮评比后，最终确定了最佳创新奖 1 名，表现力奖 2 名，影响力奖 3 名，精工细作奖 6 名。这届比赛评委会的评语是："在这些作品中不仅仅设计突破创新且制作工艺精良，而且对售点的销量提升有明显的促进作用，更能充分展示王老吉的品牌形象。"

这次获得最佳创新奖的是海南明珠广场的春节形象展示。明珠广场的春节形象展示通过对王老吉罐体的组合运用，使之四面均呈现出"吉"字形状，从而最直观地表现"王老吉"与"吉祥"的内涵联系，使消费者能即刻、轻松地在"王老吉"与"吉庆"这两个概念中建立起联想。这个终端形象还装上了饰灯，晚上也一样光彩夺目，吸引众多人前来观赏，更有不少人拍照留念。这样一个充满创意的终端形象，所取得的营销效果非常显著。

加多宝公司相关负责人表示："终端形象的布建是我们展示王老吉品牌形象，提升销售量和知名度的重要窗口，我们会一直把这个比赛举办下去。"2008 年的形象布建创新大赛已于 2007 年 11 月启动，相信这届大赛可以为王老吉的品牌形象建设做出更大的贡献。

近些年来，终端形象建设的重要性越发突显出来。特别是超级连锁大卖场的迅速发展，大卖场终端越来越强势，甚至威胁到传统的销售渠道。诸多厂家将卖场终端建设提到了战略的高度。对于终端展台，各个厂家更是不惜巨资打造优秀的展台形象。虽然说快速品市场并不像家电市场那样注重终端形象建设，但是也日趋激烈。王老吉通过做好终端形象来营销，走在了众多快速品商的前面，所取得的营销效果是可以预想的。

王老吉的终端形象建设在商场、广场和公园成了一道亮丽的风景线。王老吉的终端形象建设之所以能够广受好评大获成功，主要是因为它们特别注重两个方面：第一，选择最好的展台位置。为了达到最好的营销效果，王老吉的终端形象建设总是在人口最密集的地方。比如北京的王府井，各个城市的中心广场等地；第二，最有创意的造型。终端形象要吸引消费者的眼球必须要新、要奇。我们可以看到王老吉的许多终端形象建设都给人以惊喜之感。如世界杯期间做成足球场。除新奇之外，还要有内涵。终端形象本身对消费者的吸引是很有限的，更能吸引消费者的是终端形象所折射的内涵。做好以上两个方面的终端形象建设，无论是提高知名度、塑造品牌，还是提高产品销售量，都可以轻易达到。

终端形象可以说是广告的另一种形式，但是又比广告高明，因为终端形象可以传达品牌内涵，可以塑造品牌形象。其实每一个商家都应该做好终端形象建设，在终端上走好关键的一步。志高空调国内市场部周干说："我们要强调加强终端建设的重要性，提升我们的终端形象，提升我们的品牌形象。希望我们奋战在一线的将士们在备战旺季销售的时候，关注我们的终端形象建设，毕竟终端形象建设与销售、与品牌建设紧密相关。"我们常说得营销者得天下，而注重终端形象建设，就是得天下的重要一步，王老吉在终端形象建设这一步走得非常成功和稳健。

文化节搭台，王老吉唱戏

吃一口纯正的川香麻辣，喝一口清凉的王老吉凉茶，已经成为美食节期间各餐饮店消费者的一种时尚。王老吉在活动中给市民带来了实用和实惠，同时也使活动变得更加丰富。通过美食文化节这一平台，王老吉成了主角，演绎了一场营销大戏。

著名营销专家田德龙说:“我国各种各样的文化节越来越多，如果能够抓住文化节这个特殊时期进行营销的话，必定会取得非常的效果。”文化节是一种颂扬、宣传某种文化的节日。由于这种文化具有广泛的群众基础和较强的影响力，因此能够吸引众多人的关注与支持。文化活动的举办需要经济支持，在商业社会，文化节很难与商业支持脱离关系，因此文化节和商业赞助并不是一种排斥的关系，相反是一种互相吸引的关系。这就为商家借助文化节营销有了基础，从而达到双赢的目的。

中国的饮食文化历史悠久，博大精深。川菜作为我国八大菜系之一，早在20世纪80年代就流行于全国，进入21世纪，川菜更是异常火爆，在全国掀起一股食辣的热潮，被越来越多的消费者接受。广州是一个饮食文化非常繁华的国际大都市，素有“吃在广州”的美誉。据统计数据显示，在广州大大小小的餐饮企业有近3万家，竞争非常激烈。每年的餐饮贸易额达到400多亿元人民币，每年产生的餐饮广告贸易也有近2 000万元。餐饮业是一个非常庞大的消费终端，其销售额占全广州市社会消费品零售总额的25%左右，自然就成了各种食品、饮料、酒水类企业的必争之地。

消费需要文化，透过品牌的文化力去赢得社会对企业和产品的认同，已经是现代饮食企业扩大销售的主要方式。企业需要联合，餐饮需要卖点，于是王老吉整合媒体资源和川菜企业，在2006年推出了首届中国川菜美食文化节，王老吉全程冠名赞助。

2006年11月30日，由广东四川商会、广东四川商会餐饮分会、加多宝公司主办，南方都市报承办的“王老吉·中国川菜美食文化节”暨“广州首届川菜美食文化节”新闻发布会在广州陶然居川菜大酒楼拉开帷幕。参加开幕式的有四川省人民政府驻广州办事处经济合作处副处长、广东四川商会会长、广东四川商会餐饮分会会长、南方都市报副总经理、活动的策划承办单位广州金羊广告公司总经理、赞助商加多宝公司代表以及50多家川菜企业的经营者和厨师长，大约有150多人。此外，参加开幕式的还有南方电视台、广州电视台、南方都市报、广州日报、南都周刊、21世纪经济报、广州巴士周刊和新浪网等众多媒体记者。参加餐饮企业之多，参加报道媒体之多，“王老吉·中国川菜美食文化节”成为了我国迄今为止规模最大的美食节。

随着美食节一同被人关注的是王老吉凉茶。因为冠名的关系，“王老吉·中国川菜美食文化节” 的横幅挂上了每一家参与活动的餐饮店的门口和店内。王老吉也在每个餐饮店搞促销活动。活动期间，只要是到活动指定酒楼点食美食节推荐菜式的食客，均可免费获得加多宝公司赠送的王老吉。我们知道川菜的主要特点就是麻辣,而且火锅尤为著名。针对这一特点,王老吉打出了"畅享麻辣——怕上火,喝王老吉"的广告语。为了配合美食文化节的气氛,王老吉在店内的宣传也颇有特色,比如制作与王老吉罐状相似的灯笼等。食客只要一进店内,就能感受浓厚的节日气氛和看到王老吉精心包装的形式多样的广告。

众多媒体的宣传造势和跟踪报道使王老吉的知名度迅速提升。首站广州川菜美食文化节持续了一个月,南方都市报做了六期整版的活动内容宣传和一系列的美食资讯采写;南方电视台做了美食节专题报道;新浪网也做了美食节专题报道,同时广州各大电视媒体、平面报纸、网络媒体都有新闻式报道。虽然新闻报道的重点是美食文化节,但是作为赞助商的王老吉也是报道的热点。在宣传和促销两结合的前提下,王老吉可谓是"名利双收"。

"全国联动,共推川菜"是"王老吉·中国川菜美食文化节"的终极目标。广州站的隆重开幕和顺利举行仅仅是一个开始。2007年1月12日,王老吉中国川菜美食文化节深圳站隆重开幕,同年1月16日北京站隆重开幕。据策划这次文化节在广州、深圳、北京、上海、杭州、武汉、重庆、成都等八个城市举行。美食节在全国各大城市推行,对王老吉来说,就是更大范围更大规模的宣传和促销。加多宝公司相关负责人表示:"美食文化节从广州移植到深圳、北京、上海等地,整合当地的市场资源和媒体资源,活动得到横向推广,其影响力非凡,王老吉将会更大限度地提升知名度和销售额。"

吃一口纯正的川香麻辣，喝一口清凉的王老吉凉茶，已经成为美食节期间各餐饮店消费者的一种时尚。王老吉在活动中给市民带来了实用和实惠，同时也使活动变得更加丰富。通过美食文化节这一平台，王老吉成了主角，演绎了一场营销大戏。美食节结束后，加多宝公司在总结时说："在整个行业的推动中，我们的品牌影响力和企业知名度都得到大幅提升，同时在短时间内的销售额也大大提升。"从这一结果来看，王老吉的这一冠名赞助是非常成功的。

"文化节搭台，商家唱戏"这一营销模式早已有商家尝试，并且取得了非常好的营销效果。2004年，广州香雪制药借助荔枝文化节大做营销策划，花费了几百万元，就让企业的品牌价值得到有效提升。香雪制药总经理牟永新对这次策划活动非常满意，此后对文化节营销情有独钟。

王老吉发起的这次全国性的大规模促销活动，与政府、媒体合作，在全国上下引起巨大的反响。特别是在餐饮店，消费者可以亲自证实王老吉预防上火的效果。王老吉是百年凉茶，预防上火是其主要功能，王老吉过硬的品质，赢得了消费者的口碑。美食节之后，许多消费者养成了就餐时喝王老吉的习惯，造就了一大批忠实的消费群。文化节搭台，王老吉唱戏，这是王老吉的一次"全面性胜利"。

4.2亿元夺央视标王

生产王老吉饮料的加多宝公司以4.2亿元成为2007年央视广告的标王。王老吉的突出重围令许多企业感到惊讶，但是加多宝公司绝对不是盲目地夺标，而是在仔细掂量的情况下做出的决策。广东加多宝公司总经理杨国伟在2003年就说过："央视黄金广告时段对于企业来说，也许是快速扩大市场份额的最好跳板。我们看重央视这一平台是不会错的。"

由全球最顶尖的营销战略专家杰克·特劳特创办的品牌战略咨询有限公司从中央台的广告中，根据投放量和行业代表性选择了10大品牌进行广告效果点评并得出结论："现阶段中国市场要达至良好广告效果，品牌的定位取向起到了决定性的作用，但媒体的选择和投放量也非常重要。"选择一个好的媒体，可以实现一个品牌知名度的迅速提升，可以取得非常好的营销效果。管理大师彼得·杜拉克说："在什么媒体上做广告，是非常具有科学性和经济性要求的。因为媒体选择得当，100万元的广告可发挥出400万元的效果，选择不当则很容易打水漂。"

2006年11月，备受关注的2007年中央电视台黄金资源广告招标大会在北京举行。经过一天的激烈争夺，最终中央电视台2007年黄金资源广告招标会招标总额达67.96亿元，同比增长

15.8%(2006 年 58.69 亿元)。生产王老吉饮料的加多宝公司以 4.2 亿元成为 2007 年央视广告的标王。王老吉的突出重围令许多企业感到惊讶,但是加多宝公司绝对不是盲目地夺标,而是在仔细掂量的情况下做出的决策。广东加多宝公司总经理杨国伟在 2003 年就说过:“央视黄金广告时段对于企业来说,也许是快速扩大市场份额的最好跳板。我们看重央视这一平台是不会错的。”

王老吉夺得 2007 年央视广告标王,在 2008 年来看,这一投标是物有所值。央视是我国最大最好的媒体平台,央视的节目全国人口覆盖率高达 95.9%, 观众超过 11.88 亿人。在国内收视市场,央视的收视份额基本保持在全国收视市场的 30%左右。据统计,我国观众人均每日收看央视节目的时间为 52 分钟(人均每日收看电视时间为 154 分钟); 央视各频道的观众满意度也占据着全国卫星频道满意度排行的前茅。

中央电视台作为国家电视台除在收视率占绝对优势外,品牌上的优势也是王老吉力争标王的重要原因。中央电视台这些年来不断提升自身的品牌力量, 已经入选为世界最具价值品牌的 500 强。在中国的观众心目中,央视是国家电视台,是值得信赖的大品牌, 央视的公信力和影响力必然影响到在央视做广告的企业,因此广告影响力在更高的关注度和信赖度基础上不言而喻。王老吉常年在央视做广告,品牌的知名度和信赖度有了非常大的飞跃。

王老吉是第一个在央视做广告的凉茶品牌。在营销理论中有一个第一法则的说法。即作为行业里第一个出现在媒体上的企业,其广告的力量是非常惊人的。如不温不火多年的学习机市场,突然冒出个好记星，整版平面广告和电视广告轮番轰炸，愣是轰出了一个市场奇迹。王老吉在广告中定位准、攻势猛、力度大，投放广告后很明显地取得了良好的效果。这个效果可以从销售成绩上看出来。2003年王老吉第一次在央视做广告，这一年的销售额就达到6亿元；2004年达到10亿元；2005年一举跃升到30亿元；2006年已达到40多亿元；2007年达到50亿元。虽然这是王老吉多种营销并发的结果，但是在央视做广告是最主要的因素之一。

王老吉从巨额的广告投入中尝到了市场迅速增长的甜头，有专家估计，在未来的几年，王老吉将继续以销售额10%的资金投放广告轰炸市场。

央视是一个非常好的营销平台。著名杂志《成功营销》这样写道："在中国存在一种情况，想要成为名牌几乎必须到央视做广告，在央视做了广告就可以马上打上'中国名牌'的字样。"北京大学新闻与传播学院副院长陈刚教授也认为："在一段时间内，电视广告是企业最好的宣传方式。同报纸、杂志、广播等比较起来，电视的沟通能力最强。央视处于一个全国性媒体的地位，可以帮助一个企业从区域性产品发展到覆盖全国的产品。"

我们可以发现，国内的大企业几乎都在央视做过广告。和王老吉一样，蒙牛集团也是央视最主要的客户之一。2004年，蒙牛以3.1亿元的价格成为了央视的标王。蒙牛集团总裁牛根生说："蒙牛和中央电视台不敢说是母女关系，至少是唇齿关系。"蒙牛乳业创造的"蒙牛速度"，和在央视投放大量的广告是不可分割的。

王老吉选择央视作为平台是其飞速前进的重要原因。《哈佛商业评论》撰文写道:“正是这种疾风暴雨式的投放方式保证了红罐王老吉在短期内迅速进入人们的头脑，给人们一个深刻的印象,并迅速红遍全国大江南北。”王老吉在把央视这一全国性品牌最好的孵化机器当作打造品牌的第一平台，同时针对区域市场的营销需，要在地方卫视上投放广告弥补央视广告到达率的不足,在营销中起到了有力的支撑作用,共同促成了王老吉的营销奇迹。

大打奥运会“擦边球”

“祝福北京”、“2008” 等这些字眼都与北京奥运会密切相关，王老吉通过“祝福北京”的字样调动了不少消费者的奥运热情，王老吉“民族品牌”的形象更加深入人心，也更加接近于一个全国性强势品牌的形象。可以说，王老吉与奥运会“完美地擦了一次边”。

国际奥委会市场开发委员会主席海博格说：“奥运会这样一个强大的品牌必定为企业的发展搭建一个全新的、不断上升的平台，这样一个具有独特魅力的营销平台对于塑造企业品牌行为具有长远的战略眼光。”奥运会，四年一次，全世界的人都在关注这场体育盛会，其中隐藏着不可估量的商业价值。

如果说奥运赛场上的比赛是一场充满火药味的“战争”的话，那么奥运赛场外所进行的奥运营销大战则是一场没有硝烟的战争。这场营销战争的激烈程度丝毫不亚于奥运赛场上的比赛，而且随着企业营销意识的增强，营销战争也会越来越激烈。

2008 年，因为北京奥运会的缘故，众多大企业围绕奥运会的营销战争再次升级，热火朝天。据摩根士丹利预测，2008 年广告市场将出现增长高峰，较 2007 年大幅增加 25%，达到 2 450 亿元。

在这场商战中，最有利的就是奥运会的赞助商和合作伙伴。

著名营销专家冯大伟说:“北京奥运会,为中国企业提升品牌价值创造了历史性的机遇,也为国际品牌更深入地贴近中国市场搭建了最好的舞台。”联想自2004年签约成为国际奥运会TOP赞助商之后,经过三年近乎完美的奥运营销,联想的品牌价值由307亿元激增到658亿元,三年增长351亿元。同样,伊利成为北京奥运会惟一乳制品赞助商之后,其主营业务收入达到了163.39亿元,是2004年87.35亿元的两倍。

奥运会是企业宣传品牌、提升知名度的最佳时期,是“商家必争之地”,正因为如此,可口可乐才会从1928年起就赞助了每一届奥运会,并且在2008年4月又继续签约赞助奥运直到2020年,成为赞助奥运会历史最久的品牌。但是,因为赞助奥运会需要很高的门槛,并不是所有的企业都能够赞助奥运会,而且奥组委严格规定,对于2008年北京奥运会的一些称谓字样,如“北京2008”、“2008”、“奥运会”等没有获取官方合法权益的企业不能使用,这就限制了非奥运赞助商和合作伙伴的奥运营销。面对奥运的商机,每一个商家都不甘心受制于人,王老吉就利用“祝福北京”的字样打起了北京奥运会的“擦边球”。

王老吉遗憾没有成为北京奥运会的赞助商,但这并不表示善于营销的王老吉会在奥运营销方面无所作为。为了响应国务院新闻处和北京奥组委宣传部联合推出的“我的奥运亿万网友祝福北京”活动,王老吉联合国家体育总局社体中心和少数民族体协主办了“祝福北京——王老吉56个民族祝福之旅大型全民健身活动暨共同为北京祈福盛会”活动。2007年6月,活动正式在全国展开。该活动主要包括两部分:一是在全国发起56个民族祝福使者寻找和评选活动;二是在全国一百多个城市举行300多场以民族体育为主题的全民健身大型活动,活动期间还将征集百万民众祝福北京签名。

加多宝公司请来4A专业团队为王老吉打造专家级的营销解决方案。"祝福北京——王老吉56个民族祝福之旅"活动通过北京电视台《我与奥运,祝福北京》节目在全国发起56个民族祝福北京使者寻找和评选活动。每周从一个民族的三位参赛选手中,由电视观众投票选择一位作为该民族的使者,代表其民族祝福北京奥运。为了提升观众对节目和王老吉的关注度,王老吉在活动中辅以有效的短信通告形式,针对消费者进行全面的覆盖。

为了取得最大的营销效果, 策划团队在短信通告的投放类型、投放时间、投放范围和互动形式上都做了精心设计。在投放类型方面,通过向目标受众发送节目预告信息,提醒观众准时收看,从而有效地保证了节目的收视率;在投放时间方面,由于节目播出是在每周四的晚上六点,因此将发送时间定在每周四的16点左右;在广告投放范围方面,有针对性地将每周所评选的民族重点聚居区作为重点覆盖范围,极大调动了该民族的参与热情,取得了良好的效果。同时,王老吉每周还通过短信平台从发送短信参与投票的观众中抽取幸运者,给予金币大奖,从而更有效地刺激了观众的参与。

在活动期间,王老吉的销量有了明显的提高。为了配合产品销售,王老吉还展开了购买刮刮卡参与抽奖的促销活动。消费者只要把刮刮卡上的密码发送到活动的互动平台,就有机会获得王老吉为活动准备的大众祝福奖和大众祝福使者名额。大众祝福使者奖共 2 008 名，奖品为纪念金币一枚，价值 2 008 元；大众祝福使者名额奖共 56 名，奖品为纪念金币一枚和参与祈福盛会，价值 4 999 元。“祝福北京”、“2008”等字眼都与奥运会密切相关，通过这次活动调动了不少消费者的奥运热情，王老吉“民族品牌”的形象更加深入人心，也更加接近于一个全国性强势品牌的形象。可以说，王老吉与奥运会“完美地擦了一次边”。

每一次奥运会都有不少商家打奥运会的“擦边球”，推行自己的奥运营销。李宁在与阿迪达斯争夺 2008 年奥运会赞助商失败后，也打起了奥运会的“擦边球”。2006 年 12 月，李宁公司与中央电视台体育频道正式签署合作协议，由李宁公司提供旗下李宁、艾高品牌的服装、鞋帽、配件及装备用于包装 2007~2008 年期间中央电视台体育频道播出的所有栏目以及主持人和出境记者。根据合作协议，双方的合作内容涵盖体育频道在 2008 年奥运会期间“奥运频道”所有栏目及赛事栏目的演播室主持人和栏目出镜记者服装、鞋帽、配件及装备的独家赞助权。此外，围绕着“08 奥运”的相关广告宣传也被大量投入市场，引起了巨大的反响。

成功的企业总是善于利用各种事件进行营销。王老吉虽然不是奥运赞助商和合作伙伴，但却成功策划了奥运营销，使得有不少公众认为王老吉是奥运会的赞助商之一。加多宝公司相关负责人表示：“面对奥运会这样难得在家门口举办的机会，我们是不会错过的。这次奥运营销，我们取得了满意的结果。”王老吉总是善于捕捉营销机会，王老吉又一次获得了成功。

“王老吉·学子情”，亲情长跑

《定位》的作者阿尔·里斯说：“企业举办各种媒体关注度高、消费者集中的大型活动，是企业形象及产品获得大量媒体新闻传播的捷径，更是企业形象及产品获得公众现场体验的有效平台，举办大型活动，对企业形象及产品的美誉度、亲和力、公信力的塑造比广告更有效。”王老吉多年来举办的资助贫困学子的活动，得到社会的广泛认同，自然也提升了企业的知名度、美誉度和公信力等。

2008年的“中国首善”陈光标接受采访时说：“我感觉到，我回报了社会，社会无形也给了我回报。第一个，产生了社会对企业和我个人美誉度的一种认同。”美誉度说简单点就是声誉。一个有着良好声誉的企业，有着很强的吸引消费者的能力。

王老吉为了塑造公益品牌形象，提升王老吉品牌的美誉度，提高社会各界对王老吉企业文化内涵的认识和了解，从刚建立企业时，就不断地为社会做贡献，积极回报社会。在这些回报社会的活动中，不能不提到具有“悠久历史”的“王老吉·学子情”爱心助学活动。

1999年，加多宝公司以外资的形式在广东省东莞市的长安镇设立生产基地。2001年，王老吉秉着“圆今日学子梦，造未来栋梁材”的爱心理念举办了爱心助学活动。这项活动旨在帮助有理想、有追求、成绩优异、品德端正，却因生活贫困而无法上学的学生，帮助他们实现上学理想。2001年，加多宝公司出资5.5万元奖励温州高考文理科状元，并资助11名特困生顺利进入大学。随着加多宝公司的发展，“王老吉·学子情”活动的范围也逐渐扩大。2003~2004年，先后出资52.5万元，帮助温州、台州、丽水、宁德105名贫困学生圆了他们的大学梦，以后几年，一发不可收拾，获得捐助的学子一年比一年多；2005年加多宝公司出资60万元帮助温州、台州、丽水、金华、福州、宁德、南平、广州、佛山和汕头等地120名特困生上大学；2007年的助学活动，范围进一步扩大，由2006年的8省24市发展到包括广东、福建、浙江、江苏、海南、湖南、湖北、广西和江西在内的9省31市。人数随之逐年增加，2007年资助人数达到400人。截至2008年，“王老吉·学子情”助学行动已经成功资助了一千多名贫困学生。目前，此项活动已经成为各地助学的一个平台，并且吸引了越来越多的社会人士加入到帮助贫困学子的行列中，在整个社会形成了广泛的影响。

2007年，王老吉携手沃尔玛强强联手资助贫困学生。在中华慈善总会和沃尔玛（中国）投资有限公司的大力支持下，加多宝公司展开了为期15天的王老吉凉茶义卖活动。活动从2007年6月15日开始至6月30日结束，涉及全国14个城市的32个沃尔玛门店。在店内进行学子情主题陈列，进行一个档期的义卖，义卖所得全部金额作为本次活动的捐赠款项。

王老吉不但资助贫困学生，而且还给贫困学生提供勤工俭学的机会。作为“王老吉·学子情”爱心助学公益活动的一部分，王老吉设立了勤工俭学奖金，鼓励贫困学生通过自己的劳动换取报酬，倡导大学生进行“自助求学”的积极理念。比如2006年，王老吉规定，贫困学生到海口市福利院和团省委进行为期一个月的公益性服务，王老吉就会给予一定额度的工资。每年的公益勤工俭学活动都能吸引大批贫困学生前来参加，为学生减轻家庭负担，锻炼自身能力提供了很好的机会。

加多宝公司举办“王老吉·学子情”活动的根本目的是为了提高品牌的知名度和美誉度，因此，公司的营销目的非常明显。王老吉每一年都会利用平面、网络、终端等进行宣传，并且有不少媒体全程跟踪报道，通过对优秀学子的事迹、活动执行花絮等进行发掘和报道，进一步放大了活动的效应，引起了广大民众的关注、支持和参与。据统计，2007年王老吉的资助活动获得各地主流媒体的报道就在400篇以上，这么多的报道起到的营销效果是不可估量的。《定位》的作者阿尔·里斯说：“企业举办各种媒体关注度高、消费者集中的大型活动，是企业形象及产品获得大量媒体新闻传播的捷径，更是企业形象及产品获得公众现场体验的有效平台，举办大型活动，对企业形象及产品的美誉度、亲和力、公信力的塑造比广告更有效。”王老吉多年来举办的资助贫困学子的活动，得到了社会的广泛认同，自然也提升了企业的知名度、美誉度和公信力等。

除此之外，“王老吉·学子情” 助学活动还得到了各级地方政府和慈善机构的支持。在发放助学金的仪式上，都是和各地方政府机构一起将助学金顺利地发放到贫困学子手中。福建省一个厅长为了参加助学金的发放活动而推掉了当天重要的政府会议，可见政府机构对活动的重视程度。在政府机构的支持与配合下，提高了助学活动的公信力和社会影响力，自然就更加提升了王老吉的美誉度和传播力度。

从营销学上来讲，公益性赞助须遵循三个原则：第一，时机性原则。恰当的时机进行恰当地赞助；第二，商业化运作原则。商业化运作包括：如何赞助、赞助多少、何时举行新闻发布会、是否邀请政府官员见证、媒体宣传计划如何执行等。只有考虑充分，把握得当，才能使企业避免成为"无名英雄"；第三，长期性原则。公益性赞助需要持续性地赞助，才能最终获得政府、媒体的认可和持续关注。"王老吉·学子情"活动已经走过了8个年头，并且将长久地走下去。加多宝公司负责人说："这不仅仅是一个活动，还是一个工程，一个为国家未来添砖加瓦的工程，是我们应尽的义务。"加多宝公司恪守以上三个原则，因此取得了非常好的营销效果。

持续八年的"王老吉·学子情"活动，将自助和助人的信念贯彻始终，把关爱和帮助始终延续和传递下去。王老吉的这种善举，展现了"中国饮料第一罐"企业所应有的大家风范以及良好的营销策略。

登上国宴舞台

成为“国饮”，是比任何一种广告方式都更有效的宣传方式，这不但使王老吉尽人皆知，而且更加坚定了人们对王老吉的信任。如果说茅台酒因为太贵普通消费者无法品尝的话，那么王老吉则是普通百姓都消费得起的“国宴级”饮料，通过自己的舌头去断定王老吉是名副其实还是徒有虚名，这是其他“国宴级”产品难以比拟的优势。

当人们被问到对于茅台有什么印象时，绝大部分人会说出两个字：“国酒”。除去茅台酒其他的营销传播不说，单就成为“人民大会堂特供酒”这一点，就使很多人知道了茅台这一品牌，知道了茅台还是品牌和质量的代名词。每一个消费者都相信，能成为“国酒”，质量、品位肯定是最好的。营销学专家陈栋说：“如果一个产品能够登上国宴舞台，就是对产品做了最好的宣传和对品牌做了最成功的塑造。登上国宴舞台，是最成功的品牌营销。”

茅台被称作“国酒”，而“国饮”在2007年也有了揭晓。2007年9月，人民大会堂管理局颁发了《王老吉荣获“人民大会堂宴会用凉茶饮品”称号》的证书，王老吉正式成为中国首个且是唯一一个进入国宴饮品行列的凉茶。百年老字号王老吉在过去的十年中在中国饮料市场上一路攻城拔寨领跑行业，成为21世纪民族饮料工业的标志性符号。

王老吉成为人民大会堂宴会用凉茶饮品，知道王老吉的人就会问王老吉凭什么成为“国饮”，而不知道王老吉的人则开始了解王老吉。成为“国饮”，是比任何一种广告方式都更有效的宣传方式，这不但使王老吉尽人皆知，而且更加坚定了人们对王老吉的信任。如果说茅台酒因为太贵普通消费者无法品尝的话，那么王老吉则是普通百姓都消费得起的“国宴级”饮料，通过自己的舌头去断定王老吉是名副其实还是徒有虚名，这是其他“国宴级”产品难以比拟的优势。

王老吉成为国饮，是一次非常成功的品牌营销。在这成功的背后，是王老吉过硬的品质和良好的发展。人民大会堂管理局相关负责人介绍了属于中国饮料行业特殊荣誉的条件：要成为“人民大会堂宴会用指定产品”，必须是省级以上优质产品或驰名商标，向该管理局提交企业相关证照和优质产品证书。经过3~6个月审核期后，才能确定是否有资格成为“指定产品”。更重要的是，“该产品要真正获得了广大消费者的认可，这是入选‘国宴饮品’的最基本条件。”

获得“人民大会堂宴会用凉茶饮品”荣誉的条件红罐王老吉不但具备而且非常成熟。红罐王老吉相关负责人说：“当选‘国宴饮品’首先是我们的产品品质获得了广大消费者的认可。王老吉作为一种健康草本植物饮料，其质量管理体系覆盖从原材料采购、生产制造至售后服务的整个过程，极其严格。”的确，红罐王老吉的全部生产过程都有自动仪器监测，按照GMP(优良制造标准)

良好操作规范进行质量监控,保证产品优质卫生,满足消费者的健康需要。在进入市场前,工作人员还以超声波真空检测系统对整箱王老吉进行百分之百检测,确保不会出现任何问题。好品质总是能够吸引众多消费者。2007年,罐装饮料市场销售额指标上王老吉名列全国第一,荣获"2007年度全国罐装饮料市场销售额第一名",以无可争议之势成就"中国饮料第一罐"。从以上的成绩来看,王老吉是成为"国饮"的最佳产品。

不仅如此,王老吉"国家级非物质文化遗产"的荣誉是其获取"国饮"资格非常重要的一枚砝码。2006年6月25日,王老吉被认定为首批国家级非物质文化遗产,将受到《世界文化遗产保护公约》及我国有关法律永久性保护。人民大会堂管理局相关负责人说:"王老吉作为非物质文化遗产中的一个典范品牌也是其入选'国宴饮品'的重要因素。"该负责人还表示:"茅台之所以成为国酒,是因为它拥有独特香型,这种香型是技术、工艺、自然条件的综合作用形成的,是一种技术层面的垄断性品牌基因。王老吉在历史和文化上的品牌基因则同样是其独特魅力的根源所在。作为一个拥有超过170年历史的中华民族饮料品牌,王老吉纯中草药配方下预防上火的特性已经深入人心,其已然成为中国饮料行业的标志性品牌。王老吉的入选,正是其悠久的历史文化渊源和商业创新的完美结合。"

茅台酒成为人民大会堂特供酒之后,连普通老百姓都知道"茅台"为何物,市场上销量一直旺盛,以致出现不少不法分子制造假茅台酒的事件。虽然茅台酒有着悠久的历史,口碑也非常好,但是成为“国酒”却使茅台全国皆知，迅速提升了知名度。王老吉被评选为“国饮”后所取得的影响相比于茅台有过之而无不及。现在消费者既可以在偏僻的小山村买到王老吉，也可以在国家宴会上看到王老吉的红色身影。王老吉既可以预防上火，价钱又可以接受，使王老吉在凉茶饮料市场遥遥领先，成为销售量最大、知名度最高的饮品。我们不能说王老吉入选“人民大会堂宴会用凉茶饮品”是多加宝公司的一种品牌营销策略，但是因为成为“国饮”其声名四播却是不争的事实。正因为如此，不少饮料企业都希望自己生产的饮料成为国宴饮品，迅速提升知名度，获得品牌效应。王老吉的这一次成功，必将促成王老吉更大、更快地发展。

著名营销学大师菲利普·科特勒说：“真正的广告不在于制作一则广告，而在于让媒体讨论你的品牌而达成广告。”无疑，通过成为“国宴饮品”，王老吉达到了让消费者和媒体讨论品牌的目的。人们品论王老吉悠久的历史、独特的去火功能、安全的生产过程和惊人的增长速度等。通过媒体和口头的传播，王老吉成了消费者信得过的产品，这就是王老吉获得最大的成功之处。

浇灭“冬天里的一把火”

医学专家说:“北方冬季漫长,室内供应暖气之后,由于空气非常干燥,非常容易导致人体上火。”虽然北方消费者对干燥有明确的认知,但是对于干燥容易导致上火的理解并不清晰。正因为如此,加多宝公司决定在北方地区以北京为中心举行王老吉冬季推广活动。在推广活动中让广大消费者意识到:冬季干燥,怕上火喝王老吉。

有的商品有季节针对性,比如凉鞋、草帽等,只有在春夏季节才可能把产品卖出去;有的产品没有季节针对性,一年四季任何时候都有消费者光顾。有的商品季节性强些,有的弱些,这些都是由产品的性质决定的。美国营销专家霍华德·P.史蒂文斯说:“一个企业应该牢牢把握住产品与季节的关联性,并且在最恰当的时间里大力营销,这样就可以取得非常好的营销效果。”的确,时间在营销里面是一个非常重要的因素。一场战争的胜利需要天时、地利、人和,一场营销战争的胜利同样需要天时、地利、人和这些重要因素。

定位于“预防上火”的王老吉,最主要的功效和营销卖点无疑就是“防火”和“降火”。我们知道夏天天气炎热,是最容易上火的季节。但是不可忽略的是,冬天也是特别容易上火的季节,尤其是北方的冬天。医学专家说:“北方冬季漫长,室内供应暖气之后,由于空气非常干燥，非常容易导致人体上火。”虽然北方消费者对干燥有明确的认知，但对于干燥容易导致上火的理解并不清晰。正因为如此，加多宝公司决定在北方地区以北京为中心举行王老吉冬季推广活动。在推广活动中让广大消费者意识到：冬季干燥，怕上火喝王老吉。

王老吉的冬季推广计划是伴随着国家击剑队开始的。从2006年开始，中国国家击剑队的整体实力有了很大的提高，不但在国际大赛中获得了多项最高荣誉，而且多个剑种全面开花。优异的表现让人期待中国击剑队在北京奥运会会有精彩的表现。

2007年11月12日，在新落成的北京击剑训练馆举行了“为健儿护航——王老吉助力国家击剑队冬季集训捐赠仪式暨王老吉冬季防上火行动启动仪式”，标志着王老吉的冬季推广计划正式开始。国家击剑中心副主任王伟、中心经营开发部主任朱孟武、中心市场推广部部长陈健、加多宝公司代表，及国家击剑队名将谭雪、王敬之等70多人出席了这次活动。

在启动仪式上，加多宝公司的代表说：“击剑是一项室内运动，冬季尤其容易受到干燥环境的影响引发上火。冬季开始供暖后，室内湿度大大下降，空气极其干燥，而激烈运动也加大了排汗量，这就使击剑队员经常处于身体缺水状态；如果再加上2008奥运给队员们带来的紧张感和比赛压力，‘上火’危机随时可能爆发。”上火对运动员的训练非常不利，据击剑队队医表示，上火会带来营养摄入不足、心情烦躁等，这将会大大消耗运动员的精力，削弱他们的注意力、反应力和攻击水平，是身心健康和训练的大敌。击剑名将王敬之说:"室内太干、我们的运动量又大,上火是很平常的事情,口干舌燥算是轻症状了。"另一名将谭雪则说:"上火带来的不适会影响到我们的训练,这个时候我们会吃点清火药,而中心则会及时为我们补充饮料和水。"冬天上火,已经成了国家击剑队乃至整个体育界都面临的难题。

为了让击剑运动员"以最佳的身心状态投入到训练中,'亮剑'奥运,一举夺金",在启动仪式上加多宝公司向国家体育总局击剑管理中心赠送了1 200箱罐装王老吉凉茶。"充分利用我们自己产品的特点和优势,为击剑队员的健康护航、为他们夺金奥运尽一份力量!"对于加多宝公司的捐赠,击剑中心领导说:"我们从专业训练到饮食结构都非常注意科学性。但身体上火这种情况的确很容易被忽视,非常感谢加多宝从身心健康上给予击剑队员们的关心和支持。相信我们的队员在社会的关怀下将以最大的努力向金牌挑战。"

国家击剑队近年来的突飞猛进,成为了人们关注的焦点,王老吉捐助国家击剑队,相应地成为了关注的焦点。加多宝公司的这次捐助及预防上火启动活动得到了媒体和社会各界的广泛关注,王老吉关注人们身心健康、支持奥运的形象再一次获得提升。更重要的是,通过国家运动员表态这种方式,让广大普通消费者意识到冬季天气干燥易上火,而王老吉是专门预防上火的凉茶。

王老吉的冬季推广计划是一个系列活动,捐助国家击剑队仅仅是活动的一部分。在2007年北京供暖日当天,也就是11月15日,王老吉冬季推广专案地面活动全面启动。王老吉的地面推广活动取得了非常好的效果。特别是许多从没有喝过王老吉的居民，也都开始购买王老吉并囤积起来，王老吉成为家中必备饮料。居民们认为，国家击剑名将都喝王老吉，我们也喝，肯定错不了。事实上王老吉的防火十分有效，消费者能够切实感受到王老吉的防火和降火功能。在一些写字楼，员工们争相购买王老吉。写字楼的员工一般都是年轻人，冬天皮肤干燥，多发青春痘等，因此他们以喝王老吉来降火气，需求量非常大。2007 年冬天，由于王老吉的冬季推广活动，销量有很大的提升，尤其是在推广的重点地区北京。加多宝公司负责人说："整体效果令人满意，我们还需不断努力，争取做得更好。"2007 年，王老吉的销售额突破 50 亿元，这一数字令所有同行企业震惊。

和其正是近年来知名度迅速提升的一个凉茶品牌。同样是凉茶，同样是以"预防上火"为卖点，但是和其正凉茶却不知道抓住冬天易上火来推广自己，导致和其正凉茶一年四季的销售额都平平淡淡。而消费者先入为主的消费习惯，也必将导致和其正很难在"冬天干燥防上火"这一块有所作为。

王老吉"灭火"得法，结果是自己"上火"。营销专家何峰说："王老吉的这一仗打得确实漂亮。要知道，如果所有北方人都形成冬季干燥、怕上火喝王老吉的意识，这将是一个多么大的市场。王老吉在北京地区的推广取得了胜利，有理由相信王老吉在其他地区的推广也能成功。"2007 年的冬天，王老吉火了一把，只要王老吉年年都做足宣传，用力营销，相信每年都可以通过"防火"来"上火"，火遍全国。

捐款一亿元，遭到“封杀”

捐款一亿元，遭到“封杀”，王老吉无疑捐得值。评论家周芳说：“王老吉捐款一亿元所获得的营销效果，别的企业就是花几亿元做广告都达不到。”企业只有真正抱有社会责任感，真诚地推行慈善事业，才能获得公众的真正认可。王老吉就是这样做的。

庶正康讯商务咨询有限公司总经理王大宏说：“慈善工作可以提升企业的公众形象，也可以赢得消费者的心，能提升企业的品牌价值和整体形象，带来的社会效应常常超出其广告投入，取得事半功倍的效果。”现在有不少国内外企业都会利用慈善来营销，但并不是所有企业都取得了理想的效果。究其原因，是因为这些企业的慈善活动给人感觉的是在“作秀”而非“慈善”，广大消费者并不买账。在汶川大地震中，王老吉以一种高度的社会责任感阐释着慈善的真实含义，赢得了全国人民的赞扬和对王老吉品牌的尊重。

2008 年 5 月 12 日，对于中国人民来说，这是永远都不会忘记的日子。这一天我国四川的汶川地区发生 8.0 级特大地震。据统计，截至 7 月 8 日 16 时，因地震造成 69 197 人死亡，374 176 人受伤，18 379 人失踪，受灾人数达到 4 624 万人。在经济损失方面，据西南证券初步估计，汶川地震造成的全部损失可能在 1050 亿~

1900亿元之间,预计是唐山地震经济损失的15倍。汶川地震伤亡之多,损失之惨重,天地为之动容,举国为之悲痛。灾难之后,全国人民都伸出援助之手,帮助灾区共渡难关。

2008年5月18日,我国建国以来宣传文化界最大的一次募捐活动《爱的奉献——2008抗震救灾募捐晚会》在中央电视台一套、三套和四套并机直播。在这次活动中,王老吉所属的加多宝公司向灾区捐款1亿元人民币,创下了国内单笔最高的捐款数额。据《广州日报》报料:"从王老吉方面在地震之前公布的财务报表可以看得出,它们2007年在凉茶业务方面的总利润也就是1亿元左右。也就是说,本次汶川地震捐款,等于是捐出了企业2007年的全部利润。"王老吉在大灾大难面前的这一善举,感染了所有的中国民众。一时间,王老吉"一举成名天下知"。但是,王老吉的"成名"还得感谢天涯论坛上一篇《让王老吉从中国的货架上消失!封杀它!》的帖子。

2008年5月19日19点46分,一篇《让王老吉从中国的货架上消失!封杀它!》的帖子引起了网民的热情关注。这篇帖子的内容是:王老吉你够狠!捐一个亿,胆敢是王石的200倍!为了整治这个嚣张的企业,买光超市的王老吉!上一罐买一罐!不买的就不要顶这个帖子啦!帖子一出,众多网民本来是进来开骂的,一看原来是对王老吉的褒奖,所以大家都跟帖表示支持。许多网友激动地表示:不能再让王老吉的凉茶出现在超市的货架上,见一罐买一罐,坚决买空王老吉的凉茶;今年爸妈不收礼,收礼就收王老吉;支持国货,以后我就喝王老吉了,让王老吉的凉茶不够卖;让它们着急去吧! 捐款就捐一个亿,要喝就喝王老吉……

这个帖子在获得高点击率的同时, 也几乎被全国所有的论坛转载。在谷歌搜索“封杀王老吉”,就能找到34 700个符合的结果,这是一个非常惊人的数字。惊人的转载量、回复量和点击量让这个帖子登上了各大论坛的首页,也引起了传统媒体的关注,5月20日的《北京晨报》就有一条关于这个帖子的报道:“这个‘正话反说’的‘封杀王老吉’的倡议,昨天在天涯社区发出后,迅速成为最热门的帖子,很多网友刚看到标题后本来是要进去愤怒驳斥,但看到具体内容后却都是会心一笑并热情回帖。到昨天下午,这个帖子几乎已遍及国内所有的知名社区网站与论坛。”

王老吉的迅速升温和网友的大力支持,导致许多一线城市出现了王老吉脱销的情况。更有一些不法经销商,因为王老吉销售紧俏就擅自涨价,损害了消费者的利益。王老吉在这次大地震之后成了人尽皆知的品牌,赚足了人气。

王老吉的成功很容易使人联想到炒作、事件营销。虽然加多宝公司相关负责人表示:“此时此刻,加多宝公司、王老吉的每一位员工和我一样,虔诚地为灾区人民祈福,希望他们能早日离苦得乐”,但是,说王老吉的捐款是一次营销事件一点不为过,毕竟通过这次捐款,王老吉获得了空前的支持和厚爱。《广州日报》发表评论说:“在感性的同时,也有理性的声音说王老吉此举从主观上或许存在营销策略的考量。即使王老吉方面主观上确实有这种考量,客观上也确实取得了这样的效果,但这种做法,不但无可厚非,反而值得提倡。”众多网友也表示,只要是为救灾出钱出力,这样的炒作、营销我们希望越多越好。最讨厌那些自己不出钱又攻击那些出大钱的企业。可以说,这一次王老吉取得了全面的成功。

从营销的角度来看,王老吉的这次捐款是一次完美的事件营销。

首先,王老吉整合了消费者的爱国意愿。大难当前,每一个人都迫切地关注着灾区的情况。特别是掀起的赈灾潮更是网民关注的热点。在捐款之前,人们大多只知道王老吉,而对于其生产企业加多宝公司知之甚少,这次,加多宝突然捐出一亿元,令人感到惊讶,好感之情油然而生。而且加多宝公司是民族企业,相对于国外某些企业的"吝啬"和捐款滞后,王老吉更能使国人感到支持民族企业才是硬道理。

其次,王老吉整合了时事。时事既包括地震事件本身,也包括"王石的捐款门"事件。和王石的自我抬杠式推广相比,王老吉的知名度和美誉度都得到了很大的提升,以至网上出现大量转载《同捐一个亿,不同的王石王老吉》这样鲜明对比的文章。

第三,王老吉整合了媒体资源。王老吉的善举成了各大报纸、门户网、论坛的头条。特别是关于"封杀王老吉"的帖子,几乎无人不知无人不晓。不可忽略的还有QQ和QQ群传播。QQ群是最广泛的群体即时交流平台,一个普通QQ群有100人,高级群则有200人,现在有两千万个QQ群,在QQ群之间发送和转发,"病毒式营销"在这里得到了最大的体现。

捐款一亿元,遭到"封杀",王老吉无疑捐得值。评论家周芳说:"王老吉捐款一亿元所获得的营销效果,别的企业就是花几亿元做广告都达不到。"企业只有真正抱有社会责任感,真诚地推行慈善事业，才能获得公众的真正认可。比尔·盖茨夫妇拿出自己54%的资产成立比尔·盖茨基金会，比尔·盖茨的捐赠，获得了市场更多好感，从而也让微软产品获得更大市场。有机构算了一笔账：几年来，比尔·盖茨的每1美元慈善投入，换回了1.1~2美元的回报。王老吉在赈灾之后产品脱销，就是慈善最好的回报。

美国营销专家艾德博士说："企业通过回报社会赢得赞誉和树立形象，这种赞誉和正面的形象，又帮助企业赢得消费者的信任和选择，促使企业进一步做大做强，企业的后续发展才会更有力量，才能更好地回报社会，这样的一种良性循环，显然是企业和社会都需要的。"王老吉这次顺民心的慈善之举，再次把王老吉推上了一个新的高度。

第三编

《征途》网络营销

YINGXIAODASHI

史玉柱是一位营销奇才，无论是汉卡、脑黄金、脑白金、黄金搭档还是《征途》，所有概念型的产品在他泼墨般的写意挥洒中渐入人心。充分调动受众的积极性可以称得上是史玉柱式营销战略的必胜法宝。史玉柱的每一次营销策略的组合、实施，都有如一场最广泛群众运动的发动过程。进入网络游戏行业之后，史玉柱清醒地认识到：网游仅靠网络广告、博客、电子海报和搜索引擎等这些传统网络宣传手段以及网吧广告等简单的地面推广手段难以满足已经产生“审美疲劳”的受众。他另辟蹊径，合理利用脑白金的营销渠道，用强大的广告攻势结合地面营销队伍的推动来扩展市场。

渠道为王，营销制胜

渠道营销是指以渠道为对象进行的营销活动，企业日常的销售其实就是在做渠道。任何成功的企业都有一种属于自己的成功渠道模式，而不成功的企业除了缺乏一种成功渠道模式之外还会有许多其他的原因。史玉柱采取了"农村包围城市"的渠道营销策略，避开了竞争对手的锋芒，在强敌林立的网游市场上杀出了一条血路，抢占了属于自己的市场份额。

马云曾经说过："渠道是长鞭，不好练，练好了敌人就近不得身了。"任何企业或品牌，无论知名度如何，产品想要有好的销量就必须拥有一个健全、成熟、稳定的终端销售网络作为支撑，否则企业就不可能取得真正意义上的成功。即便产品有了知名度，如果没有稳健的渠道作为基础，企业的长期发展也终将是空中楼阁。

渠道营销是指以渠道为对象进行的营销活动，企业日常的销售其实就是在做渠道。市场有三个要素：厂家、经销商和消费者。很少有企业能够直接服务于消费者，只能服务于渠道，因此经销商才是决定着生产企业产品销售和利润的命脉所在。尤其是在产品同质化严重、广告成本过高且受众注意力分散、竞争日趋激烈的市场环境下，渠道的重要功能也就因此而凸显出来。

托尔斯泰有一句名言："幸福的家庭是相似的，不幸的家庭各不相同。”将这句话带入渠道营销中也同样适用，任何成功的企业都有一种属于自己的成功渠道模式，而不成功的企业除了缺乏一种成功渠道模式之外还会有许多其他的原因。史玉柱成功地为《征途》构建起了一个遍及全国的庞大营销渠道，而他的秘诀则来源于毛泽东思想。

中国革命成功的关键在于毛泽东找到了一条正确的适合中国国情的革命道路，把立足点由城市转向农村，在农村建立根据地，最后占领城市夺取全国胜利。史玉柱同样采取了“农村包围城市”的策略，避开了竞争对手的锋芒，在强敌林立的网游市场上杀出一条血路，抢占了属于自己的市场份额。

与丁磊、陈天桥这些网游界中游戏规则的建立者相比，史玉柱这位游戏规则的破坏者以其对中国市场的敏锐洞察提出了“农村包围城市”的口号。史玉柱对农村消费者的需求进行深入细分，提炼出最具杀伤力的需求：免费游戏和发工资，这对那些有时间的穷人、学生、二三级小镇里无所事事的青年来说有着莫大的吸引力。

在激烈的营销战中，史玉柱最擅长的就是用强大的广告攻势结合地面营销队伍的推动来扩展市场，在史玉柱看来：“市场营销的关键是空军和陆军的配合。”“空军”就是广告的轰炸，“陆军”就是渠道营销的全面撒网。

在不久的未来，营销渠道将会成为互联网公司的核心能力，而农村市场精耕细作将成为新的革命性力量，而史玉柱最擅长于此。在巨人网络的招股说明书里，详细描述了这种竞争优势：“我们已经建立了全国性的经销和营销网络，用于销售和推广我们的预付费卡和游戏点卡。截至2007年8月31日，我们的经销网络由200多家经销商组成，覆盖了超过11.65万家零售店，包括中国各地的网吧、软件商店、超市、书店、报刊亭以及便利店等。”

2007年8月11日，史玉柱对《21世纪经济报道》的记者说：“我们的目标是在全国1 800个县设立办事处。”相比盛大、网易、九城等竞争对手，巨人网络有着天然的优势：史玉柱旗下遍布全国各地的保健品销售渠道为网游业务的渠道建设带来了极大的便利。网络游戏属于高利润行业，其利润完全可以建立并支撑庞大的销售渠道。而渠道人员的收入与业绩挂钩，公司所支付的额外成本并不高。这种人海战术在渠道构建和营销推广上的优势非常明显，就连史玉柱自己也得意地声称：“只要需要，我们可以一夜之间在全国5万个网吧刊登征途网络的广告。”而且，公司的营销人员几乎每天都会去网吧等渠道进行调研，查看《征途》的海报是否被竞争对手的海报覆盖，而占网游份额最大的网易旗下的营销队伍则需要一周的时间才能完成这些工作。

《征途》网络的庞大销售渠道还会在全国各地开展一些推广活动，例如在周末包下全国各地的网吧供玩家玩，包场时网吧只能玩《征途》游戏，这不仅提高了《征途》的人气，增加了收入，还蚕食了竞争对手的市场份额。

《征途》网络的渠道主要是遍布全国各地的办事处，这些办事处先在各地市级城市寻找代理商，由代理商直接向《征途》总部购买点卡，销售模式是代理商先付款再拿点卡。办事处主要负责营销推广，与代理商之间并不产生现金交易。这种模式最大限度地将资金流扁平化,便于总部对现金的直接管理。

中国国土面积大,各地市场之间的差异也是巨大的,市场策略要想获得成功往往取决于推广渠道的开拓和顺畅。史玉柱在经营脑白金、黄金搭档等保健品业务时,发现只有真正把产品送到每一个用户的身边,才有可能赢得更多的市场,由此推导出了符合中国国情的“农村包围城市”的渠道营销策略,并将其运用到网游的推广中。对此,史玉柱深有感触地说:“网络游戏行业的很多公司都不太注重二三线城市。国内一线城市的人口才几千万,虽然处于金字塔的顶端,但是整个市场规模有限,而二三线城市聚集了数亿的人口,只要推广得好,其市场空间相当大。”

在北京、上海等一线城市中,网易、盛大、九城等市场先行者抢占了绝大部分的市场份额。《征途》要想有所建树就需要付出更多的推广费用,而且一线城市中大多数玩家都在自己家中玩游戏,想要进行营销推广难度相对较大。但这些大型网游公司忽视了二三级市场的开发和拓展。对于高速发展的网游来说,一级市场的用户需求早已经饱和,企业很难从中牟利。而二三线城市中蕴含着巨大的市场潜力,可以说是一片蓝海。在二三级市场中,不仅推广费用低廉,而且众多玩家都集中在网吧玩游戏,这为《征途》成功进行渠道营销提供了先决条件。

在二三线城市的营销推广中,渠道人员高密度高强度的地毯式的“入侵”让《征途》在短时间内名声大振。几乎所有的网吧都在醒目的位置贴有《征途》的宣传画,甚至连门把手上、厕所里都有《征途》的小漫画。谈起营销心得,史玉柱说:“在一线城市的很多网吧去贴广告画是要付钱的，但是在二三线城市不但基本上不需要，很多网吧老板都很欢迎这种推广方式，甚至还会主动帮助我们张贴。”

《征途》已经占据了中等城市网吧墙面80%的战略性资源，而其他的竞争对手却只能瓜分其余的20%，而在小城市以及县城，《征途》的优势就更加明显了，在渠道营销中，这样的优势无疑相当可怕。史玉柱在二三线市场的这些投入也得到了足够的回报，据上海市广电局的统计报表显示：2006年，征途网络的营业收入为6.26亿元。2007年，市场更是高速发展，到2007年3月份，征途网络的月运营收入超过1.6亿元，月纯利润超过1.2亿元。

如果缺乏渠道，再好的产品也不会有市场份额的支撑，就像埋在沙土中未能淘出的金子，没有任何价值可言。当今市场中产品同质化严重，企业要想培养自己独特的难以模仿的核心竞争力，就需要增加产品特有的无形能力和资源，如广泛的销售渠道、客户忠诚度和品牌增值度等。在这些核心能力中，能够带给企业超额利润的非渠道莫属。

2005年，美的、创维、海尔和格兰仕等众多家电厂商为逃离价格战，纷纷建设自己的销售渠道。对于这些家电制造商而言，国美、苏宁等家电连锁企业的强势已经影响到了企业的排产计划，而且进店费和占用现金流也让家电制造企业叫苦不迭，自建品牌专卖店成为了当时家电制造企业的一剂改革药方。

美的公司着力开发二三级市场及农村家电市场，销售渠道的增加让美的公司能够针对市场和竞争的需要自行决定价格。对于美的公司来说，自建渠道能够让企业跳出连锁巨头们的“渠道价格战”造成的巨大伤害，提高日渐摊薄的利润。而且美的专卖店的销售渠道有覆盖面广、专业性强、售后安装及维修服务更及时等优点，在自建专卖店之初取得了不俗的业绩，保持了30%的年增长率，但这也从一定程度上造成了专卖店泛滥，营销资源浪费严重的现象。

2007年，美的勒令旗下12大事业部不得擅自开设专卖店。此番叫停自建专卖店其实是以退为进，以更积极的态度正视自身渠道资源存在的问题。自建渠道毕竟不是一蹴而就的事情，也不会因一时一地的失利而搁浅。美的审视自身、整装待发，以更加谨慎的态度来选择适合自己的发展模式，对美的自身、对消费者、对家电市场的发展都是有利的。

在现代市场营销环境下，企业一切营销活动都应该以消费者为导向，所有的营销活动也都应该站在消费者的角度，围绕消费者来进行。渠道营销的终极目标是为了更好地为消费者服务，只有消费者真正认可了企业的产品，渠道才能畅通无阻，企业的渠道营销才能战无不胜。

营销界中有这样一句至理名言：“只有牢牢抓住渠道，才能成为市场的王者。”但构建一个健全的渠道毕竟要耗费极大的人力、物力、财力和精力，这是很多企业尤其是网游企业难以承受的。很多公司的渠道甚至不足《征途》的五分之一，而在营销推广模式上，也只是简单地生搬硬套《征途》模式，没有任何新意。这种简单粗糙的模仿效果肯定难以尽如人意，也正应了齐白石老人“学我者生,似我者死"的名言。

聚全力于一点,毕全功于一役。《征途》的渠道营销与竞争对手相比,有其天然的优势。史玉柱用卖保健品等传统产业的营销方式来对网络游戏进行推广,这种先入为主使《征途》占据了绝对的优势,所有的竞争对手们,都要努力地从已经巩固多时的《征途》手中争抢市场份额。对此,史玉柱颇有信心地说:"我不怕别人和我竞争,进入这个市场要交学费,估计对手3年后才能摸到门。"

网游也玩体育营销

体育营销是企业借助各项体育活动而进行的营销活动。在产品竞争日趋激烈的今天，体育营销成为众多企业推广产品和树立品牌的一种常用手段。史玉柱首次将网络游戏的轻松娱乐和体育比赛的拼搏进取结合起来，把《征途》和体育比赛共有的“积极向上”的文化精神融合在一起，取得了极大的成功，开创了一个网游企业体育营销的大场面。

1887年，波兰的柴门霍夫医生创造出一种“世界语”，他希望这种语言能够成为全球性的共同语言，全世界的人们都使用这种共同语言相互了解，实现平等、博爱。可惜最终这种语言并没有被普及。体育作为一种另类的“全球性语言”却受到越来越广泛的关注。全世界不同肤色、不同国籍、不同语言的人通过体育相互沟通、彼此了解。当体育成为一个庞大产业时，体育营销也就应运而生了。

体育营销是企业借助各项体育活动而进行的营销活动。在产品竞争日趋激烈的今天，体育营销成为众多企业推广产品和树立品牌的一种常用手段。2007年，著名调研机构零点研究集团在北京、上海、广州等8个大城市进行了一项不同资源对居民的影响力的研究，该研究主要针对18岁以上人群进行。调查结果显示，体育资源对消费者的影响力比娱乐文化资源更大、更突出。但目前大多数企业对于各种体育资源的认知与理解还仅依赖于传统的经验,缺乏对社会受众群体的洞察和营销方式的创新,因此多数企业的体育营销仍处于较为初级的阶段。

史玉柱认为:“网络游戏的营销方式是国内所有产业中最落后的。”伴随中国互联网的不断发展,中国已经拥有了2亿以上的网民。网络已经以各种形式完全渗透到了人们的现实生活当中,在工作生活的方方面面发挥作用。但与此同时,网游营销却仍像一个足不出户的大家闺秀,固守着网络推广这片“本土”,领域何其狭小,方式何其单一。网游仅靠网络广告、博客、电子海报和搜索引擎等这些传统网络宣传手段以及网吧广告等简单的地面推广手段,很难达到理想的营销效果。其理由有两点:第一,从根本上讲,网络是现实生活的发展和延伸,一切网络经营在其理念上如果脱离现实生活,都难以有长远的发展,网游营销也是如此。现今网络广告可谓铺天盖地,没有地面推广作为基础,网游广告多数会被网民的视线所过滤,仅被老玩家所熟知;第二,网游玩家大多都有从众心理,广泛的地面宣传不但能够聚合更多的新玩家,而且也促进了玩家们在现实生活中对游戏的交流,使玩家获取到在网络世界里无法获得的内心愉悦。

史玉柱曾不止一次抨击国内网络游戏公司都不太注重地面推广,他依靠强大的广告攻势和地面营销队伍,将《征途》网络的宣传和广告推广到了各个方面。他在全国几千个县设立办事处,旗下的营销推广人员遍布全国各个省市,并将广告宣传的规模提高到了前所未有的程度。更加令人佩服的是,史玉柱第一次将网游和体育赛事这两个从未有过关联的事情联系起来,并取得了极大的营销突破。

2006年12月1日,央视首次播放《征途》的形象广告,著名的红衣爆笑女郎首次现身荧屏。在此之后,这则广告还不断出现在亚运会各项赛事直播间隙和滚动新闻中,与耐克、DHL等国际著名品牌一同登场。征途网络开始了与体育营销的第一次亲密接触。《征途》作为网游品牌,选择体育营销的策略,而且又在央视平台上重拳出击看似并不合理。其实体育营销中也存在二八定律:在体育营销中,体育项目本身只占全部工作的20%,80%的工作是在体育项目之外的营销活动。即体育营销不仅是赞助赛事,更重要的是将企业品牌通过体育赛事来与消费者沟通,从而达到提升品牌知名度与影响力的目的。要想达到这一目标需要系统的传播方式,企业也必须进行后续的跟进与维护,这恰恰也是决定体育营销能否真正让商家赢利的核心工作。史玉柱将网络游戏的轻松娱乐和体育比赛的拼搏进取结合起来,把《征途》和体育比赛共有的"积极、向上"的文化精神融合在一起,取得了极大的成功,开创了网游企业体育营销的宏大场面。《征途》之所以能够取得体育营销的成功,归结起来主要有以下两点:

第一,《征途》是网游体育营销的开创者,抢占了体育营销的先机,并借助中央电视台这个平台,将广告效果发挥到了极致。2006年,借助四年一届的亚运会市场影响力,《征途》大做广告,最大限度地吸引了公众的眼球,取得了事半功倍的效果。通过与央视的协商,《征途》获得了在央视五套亚运会期间播出广告的机会，获得了央视一套在新闻联播至天气预报之间的广告时段，借助亚运会这阵劲风和央视的广告平台，《征途》的体育营销之火得以熊熊燃起。

第二，《征途》将游戏与体育运动的共同点最大限度地联系在了一起。《征途》的玩家和体育运动的观众大都是年轻人，因此它们具有共同的目标群体。《征途》将健康游戏、绿色游戏等理念和积极、向上的运动精神融合在一起，不但收获了更高的人气，还成功地借此将网游"绿色、健康、快乐"的理念带进千家万户。征途网络推出的资料片以及广告宣传都力求将游戏与更高、更强、更快的体育精神相联系；将游戏人物成长、玩家操作水平不断提升与积极、向上的运动精神相联系，竭力挖掘游戏中蕴含的体育精神。长期以来，沉迷网络游戏的诸多坏处，特别是对未成年人的危害让整个社会高度重视，相关的媒体报道也屡见不鲜，《征途》作为大型网络游戏在公众形象上不免受到很多负面影响。《征途》将其游戏内涵与体育精神相联系，并且在2006年10月底宣布全面放弃未成年人市场，并将开机画面设为"本游戏针对18岁以上成年人设计"几个字获得了公众的认可。这一系列举动，不但扩大了《征途》的知名度，也树立了征途网游"健康、快乐"的品牌形象。

市场竞争就像一场没有终点的马拉松比赛，不会有永远的赢家，但正因为有了激烈的竞争，企业才会不断成长，行业才会向前发展。体育营销作为品牌建设的有机部分，能够拉近企业与消费者之间的距离，提高自身品牌形象并强化品牌在消费者心中的地位。青岛啤酒积极参与各项赛事，将品牌内涵与体育精神完美结合，“青岛啤酒”这个百年老字号因体育迸发出了万丈激情。

2005年6月，青岛啤酒发布品牌主张：“激情成就梦想”，将这一品牌主张巧妙地与奥运会“同一个世界，同一个梦想”的口号联系到了一起。2005年8月11日，青岛啤酒股份有限公司正式成为2008年北京奥运会国内啤酒赞助商，为2008年奥运会、残奥会、北京奥组委、中国奥委会以及参加2008年奥运会的中国体育代表团提供资金、啤酒产品和其他相关服务。此后，青岛啤酒被指定为都灵冬奥会中国体育代表团正式国内啤酒。

2006年的世界杯对于青岛啤酒来说自然是不能错过的营销造势机会，青岛啤酒与中央电视台体育频道合作为世界杯量身打造了一档名为“观球论英雄”的互动栏目，在央视足球金牌栏目“天下足球”中播出。这档节目是国内首次针对世界杯将“看球”、“评球”、“竞猜”与“短信”进行结合的有力尝试，可以说是青岛啤酒在体育营销上的创新之举。

除了借势世界杯之外，青岛啤酒还携手湖南卫视创办“青岛啤酒——我是冠军”栏目，在全国范围内推行全民健身运动以支持北京奥运会。此后，青岛啤酒又冠名中央电视台经济频道的“倾国倾城”栏目，节目以“最值得向世界介绍的中国名城”为主旨，以全方位展现中国城市魅力作为对2008北京奥运会的献礼。青岛啤酒在这一系列为奥运助威加油的活动中把自身“激情成就梦想”的品牌主张灌输到每一个城市、每一个公众心中，激发了全民参与奥运的热潮，把所有的观众都转变为充满激情的参与者，让公众一起分享奥运的激情与梦想。

这些活动像是一粒粒珍珠，青岛啤酒通过体育营销这根主线，把原本分散的营销推广活动串联起来，成为在传播奥运精神上的翘楚，可谓是知名度和效益的双重丰收。当然，青岛啤酒成功之处不仅在于一系列的成功策划，还在于它探索出了一套真正适合自己的体育营销模式，在竞争中占得先机。

同青岛啤酒一样，史玉柱也为《征途》打造出了适合自身的体育营销，而且这种成功是不能被简单复制的。市场瞬息万变，商机也在不断涌现。企业应该正确认识到体育营销的重要性，并在营销中将企业品牌与体育有机结合。征途网络发力体育营销的成功之处就在于史玉柱打破网游营销局限于网络宣传的旧模式，结合亚运会这一时机将征途与体育的拼搏、进取精神联系起来，成功推出网游“绿色、健康、快乐”的理念，在树立征途网游品牌形象上取得了效果，其营销理念的把握、时机的选择以及得当的实施策略使其从当时众多借势体育营销的企业中脱颖而出。企业在具体营销策略上必须结合自身实际，准确把握商机，才能取得预期的效果。

借势媒体,欲擒故纵

制造热点、利用媒体、引导舆论,是《征途》营销公关的一大特色。无论是最初的涉嫌抄袭还是征途网络上市,在史玉柱四两拨千斤的媒体营销策略下,这些事件非但没有给《征途》带来任何损失,反而挑起了玩家的好奇心,引得众多玩家纷纷加入,想看看集经典游戏之大成、谋海外上市之优势于一身的游戏究竟是什么样的。

史玉柱可以算得上是20世纪90年代中国民营经济的一块活化石,他的身上积淀着那个时代的印记。在东山再起之后,史玉柱通过亲身经历提出了"民营企业的十三种死法"的观点。其中第三种死法和第四种死法值得玩味:"第三种死法是媒体的围剿。比如说媒体一旦围剿银行,银行运转再健康,它说你已经资不抵债了,储户只要去提钱,银行肯定完蛋。第四种死法是对产品的不客观报道。在药品和保健品领域里,任何一个产品都不可能100%有效,如果70%~80%有效就比较好了,如果90%有效,产品就称得上优秀,如果媒体只报道10%无效的,产品马上完蛋。这是因为,在中国,说产品不好的时候,老百姓最容易相信。"这也可以说是史玉柱对媒体心有余悸的证明,也从一个侧面凸显出媒体对公众巨大的影响力。

保健品不可能对所有人都有效，但只要大多数消费者感觉有效果就能说明产品的有效性。产品尤其是保健品的市场动力来自于人们的口碑效应，如果媒体忙于炒作没有效果的个案，对企业的杀伤力是巨大的。当在史玉柱从保健品行业挥师转向网络游戏行业后，他开始重视媒体的力量，此后，《征途》在媒体造势营销中也渐入佳境。

2005年底，《征途》还在内测中，但一些玩家指责该游戏有抄袭《英雄年代》、《传奇》和《魔兽世界》之嫌。这对于还没有正式发布的《征途》来说无异于晴天霹雳，而且国产的网络游戏一直都以创新为卖点，这种棘手的难题很可能会导致《征途》"出师未捷身先死"。但史玉柱却借力打力，顺势以软文新闻的形式发布了玩家质疑《征途》，抄袭《传奇》和《魔兽》一文，文中将《征途》称赞为"博采众长，勇创2D巅峰"的游戏，甚至还声称"2006年，没玩过《征途》，就不算真正玩过2D网游"。该文一经发表就引发了众多媒体和无数玩家的高度关注。在史玉柱四两拨千斤的媒体营销策略下，涉嫌抄袭事件非但没有给《征途》带来任何损失，反而挑起了玩家的好奇心：众多玩家纷纷加入，想看看集《英雄年代》、《传奇》和《魔兽世界》三个经典游戏优势于一身的游戏究竟是什么样的。

2007年，史玉柱在China Joy媒体见面会上透露，有竞争对手向政府部门举报《征途》中含有色情内容，甚至采取每天发上千封举报信的方式进行疲劳轰炸，政府部门的管理人员去检查却并没有发现任何的不妥。其实，《征途》的主要竞争对手都是网易、盛大、九城和金山等大公司，借用低级造谣的方式骚扰《征途》的可能性值得商榷。如果它们没有采取类似的行动，那么史玉柱借机炒作的能力可见一斑。

早在2006年，坊间就流传着星星点点的关于征途网络上市的言论，但内容单一、言之无物。2007年8月16日，《新京报》刊登"史玉柱欲借《征途》海外上市"为题的新闻，独家披露了巨人上市的消息。但这一新闻仅限于猜测，并没有准确的消息来源。《征途》上市的新闻被各大媒体争相转载，迅速流传。第二天，中国投资网进一步披露，征途网络已经聘请美林和瑞银作为其上市的承销商。

9月21日，史玉柱在新游戏《巨人》的内测发布会上宣布，上海征途网络正式更名为上海巨人网络。尽管当时史玉柱对上市闭口不谈，但更名的举动让外界感受到了巨人网络上市计划已经呼之欲出。可是一直到10月初，一直都没有关于巨人网络上市的准确消息，而各种小道消息、未经证实的猜测已经将巨人网络的上市渲染得风起云涌。在这期间，史玉柱及其下属的巨人网络对上市采取了刻意沉默的态度。

10月13日，巨人网络已经向监管当局提交了招股说明书，并选定美林和瑞银为其主承销商的消息登载在美国证券交易委员会官方网站上。这则爆炸性新闻经比特网转载后迅速被各大媒体转载。巨人网络对于上市的长时间沉默让媒体不得其门而入，在有了巨人网络上市的确切证据后，兴奋不已的媒体抓住每一点信息，争相报道，不仅关于巨人网络即将上市的新闻多如牛毛，就连报道的内容也不断深化，从最初对消息的简单转载到对股票发行价格、融资规模、营销手段和盈利水平等进行详尽剖析，媒体把所有可以捕捉到的关于巨人网络上市的题材炒了个烂透。

11月1日,巨人网络在纽约交易所高调上市,与此前的缄默形成了巨大的反差。史玉柱也一改低调姿态,对外宣称:"巨人网络上市后将造就21个亿万富翁和186个百万、千万富翁。"上市前后的天渊之别让传媒及公众感受到了突如其来的震撼,有关巨人网络登陆纽交所的各种报道及史玉柱的照片充斥于各个媒体的重要版面,公众对此的关注度也大大提高。报道中关于巨人网络上市的内容也不再流于表面,而是进一步纵深化,开始涉及到巨人网络上市对网游产业格局的影响、巨人网络未来的战略规划等主题。

在商业广告无孔不入、无处不在的今天,消费者普遍对充斥影视、传媒、网络各个角落中的广告产生"审美疲劳",甚至是厌恶的心理。在这样的大背景下,新闻的表现方式则显得客观、公正,在不动声色娓娓道来之余让君自动入瓮,正是凭借目标受众广泛、商家诉求隐蔽,以及传播成本合理、影响却持久深远的优势,利用媒体进行营销的方式受到很多企业的青睐。

制造热点、利用媒体、引导舆论,是《征途》营销的一大特色。史玉柱在其中体现出的沉稳、从容、按部就班,远比暴风骤雨式的高强度、高密度炒作更能赢得媒体以及受众的关注与认可。史玉柱以极微小的投入使巨人网络获得了难以估量的媒体关注度,牢牢吸引住消费者的目光,再度树立了其"巨人"的高大形象。

只赚有钱人的钱

《征途》就是史玉柱为有钱人设下的精神圈套。它说明了史玉柱在定位营销上已达到了炉火纯青的地步。自古富人求名,穷人逐利,史玉柱用一个虚拟的世界,围绕富人的心理,设下了一个个陷阱。而在精神上受到刺激、在形势上受到压迫的有钱玩家,为了虚幻荣誉,甘愿挥金如土。于是,巨人集团金库金银堆成了山。

正如本书全面的章节中已经提到的，马云给阿里巴巴的定位是“做虾米主管”,而史玉柱给征途公司的定位是“只赚有钱人的钱”。

所谓定位营销,说简单一点就是针对客户的需求,对企业产品、品牌进行合理定位,而且不断满足这种需求。定位营销的关键点是对消费者进行定位,即根据消费者的心理与购买动机,对市场进行细分。消费者定位对企业的品牌定位、产品策略、企业战略都有重要联系,定位营销成为联结三者的纽带。

史玉柱将《征途》游戏的玩家定位在“有钱人”。让“有钱人”成为《征途》的真正玩家并为在《征途》中得到满足而掏钱,是史玉柱的研发团队设计游戏的基点。这一定位决定了《征途》的一切游戏规则都表现出“钱”的力量及“金钱至上”的观念。只要你愿意掏钱,《征途》绝对是最能让你爽的。

对于如何使有钱的玩家掏腰包,让史玉柱动了不少心思。以卖卡点、根据参与时间来收费的方式显然不能达到这一目的,也没有体现史玉柱对有钱人的“照顾”。史玉柱想出了一个绝妙的法子——道具收费,即可以免费进入游戏,但必须付费道具和增值服务。

“在《征途》里,我们所做的一切都是为了装备,一切装备都是为了杀人,一切装备都体现了钱,体现一个人有钱没有,在社会上是否吃得开。”有位玩家说。

史玉柱着重考虑的是如何让有钱人玩得更爽,乐意掏更多的钱。号称中国最牛的营销大师当然知道如何对待有钱人,那就是满足他们的心理需求——需求是营销的立足点。人性中都有权力欲望、征服欲望、好奇心和虚荣感等。史玉柱充分利用人性的这些弱点,让参与者在《征途》的世界中获得无限满足,在满足的同时越陷越深,不断从口袋中掏出钞票。

中国青少年网络协会项目部主任邵德海说:“史玉柱正是充分地认识到这些(指人性的本能需求),于是参照现实生活中的人性本能和弱点,来设计精神世界的游戏规则,利用丰厚的物质引诱、制造仇恨并推波助澜、以及采用野蛮的资源剥夺和剧烈的通货膨胀等方式对玩家进行残酷的剥削,以达到谋求暴利的目的。”

其实,网络游戏越往前发展,它越来越超越了一种单纯的娱乐,而成为了一种生活方式:无数的游戏玩家在互不知底细的情况下,相会于虚拟的世界中,以同一种规则互动、生活,已经构成了一个个真实的精神社会。它怂恿人们去实现一种在现实中永远不能实现的心理欲求。

因此，在史玉柱对《征途》的设计思路中，将玩家分为两种不同类型。一类是有钱人，他们可以花几万元甚至十几万元买一套虚拟装备。另一类是穷人，他们可能是学生，或者是闲散青年，没有多少钱，却可以每天在网上耗掉大把大把的时间。面对这两类玩家，史玉柱采取了不同的"待客之道"：对于第一类，史玉柱不断刺激他们的人性弱点，又满足他们的需求；对于第二类，史玉柱尽最大可能地拉拢，以作为有钱的玩家"宰杀"的对象，满足有钱玩家的欲望。

在《征途》中崇尚这样一种哲学，金钱万能、权力至上。我们知道，在传统的网络游戏中，玩家的游戏在线时间与级别、装备有密切关系，往往是在线时间越长，级别越高、装备越好。史玉柱非常了解有钱人的需求：他们有钱但没时间，希望有另一种途径，在短时间内就能"称霸"。在《征途》中，你只要掏钱，就可以买到各种"超级"装备，享受各种特殊服务；只要掏钱，就可以立即打败比自己级别高许多的玩家。《征途》就是一个充斥着巨大需求的场所，要完成各种任务，进行各种体验，享受各种心理刺激都必须"消费"。

只要玩过《征途》的人就知道，装备是这款游戏的核心。只要谁置办好一套优于其他玩家的装备，就能称王称霸、生杀予夺、一呼百应、横行天下、为所欲为。因此，一般富裕的玩家往往会不惜一掷千金，以期过一把"万人之上"的瘾。与此同时，那些穷玩家则含辛茹苦，为了赚一套好装备，就必须押镖、杀人、打怪……但往往成为有钱玩家的刀下鬼。

史玉柱在《征途》的装备系统上花了大量心思。他一改过去网络游戏的思路,不直接卖装备,而是卖材料。《征途》的一套装备有12件,分别为:衣服、项链、头盔、盾牌、鞋子、护腕、腰带、戒指……每件装备由不同等级的合成材料打造而成,每种合成材料又由各种原始材料合成。合成材料分为九个等级,等级越高,价格越贵。原始材料分为两个等级:高级材料和低级材料。高级材料包括:丝线、硬皮料、水晶石、银矿和乌木料等;低级材料包括:棉线、软皮料、玉石、铁矿和檀木料等。根据系统的规则,其中5种原始材料可以合成一个一等的合成材料,5个一等合成一个二等合成材料,以此类推。我们可以简单地计算一下,《征途》游戏中现在一整套暂时开放的最高装备要多少钱:暂时打造的最高级装备为七等,其材料由五个六等合成材料打造而成。一个六等合成材料约300元,那么一件七等装备就是1 500元,一整套七等装备就是18 000元。

我们在上面计算的还只是购买合成材料所需的耗费。真正要让装备发挥力量,除了有材料外,还必须给装备升级。升级的过程又是一道相当繁琐的程序。也就是说,要让一套"所向无敌"的装备转生(游戏俗语),几万元是很平常的事。据一位玩家计算,若有一日《征途》的材料开放到第九等,一套九等装备价位将高达百万元以上。

史玉柱就是要让有钱的玩家过瘾。在《征途》中,级别并不重要,只要愿意花钱,100级的玩家一样可以杀掉160级的玩家。有钱人往往为了"一个人能把一个国家给灭了"、或者过一把"帝王"瘾,疯狂地升级装备。满足这类有钱玩家心理欲望的是一大帮非人民币玩家。史玉柱为了让有钱玩家玩得尽兴,在游戏中采取各种手段吸引非人民币玩家作为他们的活靶。如《征途》中有不少让非人民币玩家赚钱的方式:智力答题、运镖、采集、种植、骑自行车、泡澡、跑迷宫以及组织团队和帮会。这些都可以升级,但其实程序已经设计好,这类玩家升级的最高限度很低。

总之,在《征途》中,史玉柱创造了一个可以激发无限需求的虚拟世界。如果说,是谁把定位营销做绝了,那非史玉柱莫属。还有谁能够像史玉柱这样用显微镜观察有钱人的心理?像史玉柱那样不需要豪华商厦,只需要设计一个虚拟的消费场所就让有钱人乖乖地把钱往里扔。"我不是一个合格的企业家,也不是一个合格的投资家,但我是一个合格的乃至优秀的玩家,我玩游戏已有21年时间。"这是2006年8月史玉柱在上海推广《征途》时的公开说法,有钱人在这个虚拟世界中消费可以满足现实生活中几乎不可能实现的心理欲望。

在《征途》世界里,狼烟四起、乱世不断、复杂的世界刺激欲望玩家们:快意恩仇、谋图霸业。

史玉柱赋予了有钱玩家生杀予夺的权力。《征途》鼓励杀人,以让有钱玩家在征服中获得满足。传统网游里,杀人者会被红名以示惩罚,但在《征途》里,杀人可以获得"功勋值"。《征途》的鼓励规则是,杀人越多"功勋值"越多,装备越容易升级打造。当有人被你杀了,系统还会通告天下,以示英勇。杀人者会获得征服的快慰及巨大成就感。《征途》还鼓励劫掠。史玉柱为了进一步满足有钱玩家无所不能的欲望,在《征途》中设计了一种高风险任务——运镖。玩家如果想赚些银子，可以去运镖，但必须先交银子给系统做押金，一天可以运5次，每次平均交2锭银子。装备高的玩家可以去打劫这些镖车，打劫成功就可以得到押镖人的押金，而押镖人则得不到任何东西。这种玩法，当然让那些装备好的有钱玩家过足了瘾。

其实说白了，《征途》就是让有钱人拿真实的钱，去换取虚拟世界的虚荣。在史玉柱的安排下，虚拟的《征途》世界就是一个等级分明、弱肉强食的世俗世界，只有金钱才可以博得虚名。有玩家说："别以为《征途》里的有钱人个个都像我这么游手好闲，有不少是私企老板，平时很忙的，他们花多少钱无所谓，就是享受这种号令四方、一呼百诺的感觉。工厂里，他能指挥几个人？在这里，上万号人都得听他的。"

《征途》就史玉柱为有钱人设下的精神圈套。它说明了史玉柱在定位营销上已达到了炉火纯青的地步。自古富人求名，穷人逐利，史玉柱用一个虚拟的世界，围绕富人的心理，设下了一个个陷阱。而在精神上受到刺激、在形势上受到压迫的有钱玩家，为了虚幻荣誉，甘愿挥金如土。于是，巨人集团金库金银堆成了山。

设计一个庞大的需求网络

赛迪顾问互联网产业研究中心副总经理谭斌说:“《征途》正是通过对现有市场的细分，成功地满足了核心用户群的需求,最大化释放出核心用户群的消费能力,从而达到盈利的目的。”从本质上说,《征途》是一款创造需求的游戏。史玉柱利用《征途》为玩家创造了无限的精神需求。史玉柱的需求营销让《征途》平均从每个玩家那里比盛大至少多赚了50元。

菲利普·科特勒在2005年新思维全球巡回论坛上说:“营销就是发现需求,并去满足它。”由此可见,营销需要解决的核心问题是目标客户的需求。企业要做好营销,就必须发现客户的需求,而发现客户需求的关键在于深入市场,对市场进行细分,并站在客户的角度思考问题。只有这样才能开发出让客户真正满意的产品或服务,才能在激烈的竞争中占有一席之地。

可口可乐欧洲太平洋集团公司总裁约翰·W.乔戈斯在第三世界广告大会中说:“你不会发现一个成功的全球名牌不表达或不包括一种基本的人类情感。”从这里看出,每一个成功项目、一件成功的产品都符合人类的某项需求。这种需求或者是物质的,或者是精神的。

从本质上说,《征途》是一款创造需求的游戏。史玉柱利用《征途》,为玩家创造了无限的精神需求。赛迪顾问互联网产业研究中心副总经理谭斌说:"《征途》正是通过对现有市场的细分,成功地满足了核心用户群的需求,最大化释放出核心用户群的消费能力,从而达到盈利的目的。"

《三联生活周刊》中曾对史玉柱的网游模式有过大篇幅的分析:

史玉柱深究网络游戏的玩家,发现他们无外乎两种人:一种是有钱人,他们有钱到花几万元人民币买一套虚拟装备可以连眼睛都不眨,仅为了充分体验顶级装备给自己带来的杀戮快感;另一种是金钱并不充裕的玩家,但每天有很多的空闲时间不知如何挥霍,有的甚至还希望通过网络游戏去挣钱。《征途》所做的事情就是通过合理的模式把这两类玩家聚集到同一款游戏中,并且各取所需,自得其乐。

当然,对于史玉柱来说,他更关照第一类玩家,因为他们才是《征途》真正的财源。第二类玩家不过是史玉柱找来撑人气的,他们的存在不过是为了满足第一类玩家的需求。在《征途》中,我们处处可以看到,史玉柱对有钱人需求的细心照顾。这些需求其实是人性中最普遍的心理与精神上的需求,只是在现实社会中因为法律、道德和环境等各种因素的限制而无法实现。现在史玉柱通过《征途》这个虚拟世界,充分满足了有钱人的心理与精神上的需求。具体来看,《征途》游戏创造也满足了玩家的以下一些需求:

1.创造与满足虚荣心理的需求。心理学认为,虚荣源自于自尊心。当人的自尊心过分表现出来时,便产生了虚荣。每个人在本质上是自卑的,都希望得到别人的尊重。对于有钱人,在现实中他们有充足的物质享受，但在心理上，由于受社会伦理道德等的约束，其需求无法全部得到满足。史玉柱的聪明之处在于设置了一个虚拟的“宝座”，让无数玩家为满足虚荣之心争战不休。有钱人只要愿意掏钱，就可以买到高级装备，具备超级战斗力，一呼百应、称霸世界。

在《征途》中，越有钱就越能够表现自己的强大，越能够满足自己的虚荣心理。与传统收费游戏不同，《征途》玩家并不需要靠持续的长时间投入来获得更高的级别和装备，而是靠金钱的投入。只要投入越多的金钱，就可以获得越高级的装备。这大大满足了那些有钱而没有时间的玩家的心理需求。《征途》是一个完全可以用金钱来体现等级的世界。《征途》中所设置的装备有严格的等级划分，更不可思议的是，连打造装备的原材料也有严格的等级划分。这些都为有钱玩家成为“超人”创造了条件，充分迎合了他们虚荣的心理需求。

2.创造与满足求胜心理的需求。人们都渴望一种成就感，这种成就感是需要一种参照才能体现出来的。人总是以其他人为参照物，当发现其他人在某一方面或者多个方面不如自己时，才有一种胜利感。有钱人也许在现实生活中体验到了不少胜利，但这样的胜利感比较隐蔽，远远不如虚拟游戏中的那么直接。《征途》是一款鼓励杀戮与抢劫的游戏，刻意创造出一个可以通过金钱来衡量力量与地位的世界。它虽然是一个弱肉强食的世界，却可以帮助有钱人体现自己的金钱优势，充分满足了他们的求胜心理。

首先，史玉柱为了给有钱玩家充分表现自己的金钱优势，找来了大量的参照物——非人民币玩家。非人民币玩家并不是史玉柱的财源，但如果没有这类玩家，怎么能够体现有钱玩家的金钱优势？为了不让非人民币玩家因为装备过于低劣，而丧失游戏的兴致，史玉柱不但对外推出了免费的营销策略，还打出了“给玩家发工资”的广告：只要玩家每月在线超过120小时，就可能拿到价值100元的“全额工资”。工资是以虚拟货币的形式发放，玩家可以通过与其他玩家做交易而获得现金。征途公司拿出20%的收入来返还给玩家，按照玩家的等级发放工资。《征途》还为玩家提供了不少赚钱的方法，以吸引更多的非人民币玩家。《征途》还别出心裁地设计了一个“推荐制度”，即你带一个新玩家进入《征途》世界，新人每升一级，系统都会给你发放奖励。这样的“带小号”性质与传销相似，因为利益驱动，牵动每个玩家的人际链条，玩的人便越来越多。

其次，有钱玩家的人民币优势在游戏中处处可以体现出来。人民币玩家只要花了足够的钱，打造一套高级装备，就可以到处杀人、抢镖，将他人的“财产”据为己有。而那些靠打怪、运镖赚钱的玩家只能在蹂躏下忍气吞声。有钱玩家可以利用自己的超凡能力，争夺霸主地位，并一呼百应，带领“国人”入侵“别国领地”，杀人抢劫。这些都让有钱玩家的求胜欲得到充分满足。

3.创造与满足了赌博心理的需求。赌博心理混杂是人类贪婪心理、征服心理以及侥幸心理的混合物或者变异物。赌博心理是人性心理弱点的集中表现。行为主义理论学者则根据巴甫洛夫的条件反射理论和动物实验，认为：“赌博和人类其他活动一样，是一种习得的行为,对赌博活动的耳濡目染是参加赌博的契机。赌博活动中的强化,是一种间歇性强化,而这种强化是行为强化的最有力手段。”由此可见,其实每个人都有赌博的病根,而有钱人由于条件的允许,而容易因接触并沉溺于赌博。赌博心理可以说是所有人的一种基本心理特征。

《征途》不仅毫不避讳赌博,而且千方百计激发玩家的赌博心理。因为只要真正激起了玩家的赌博心理,在赌博心理的驱使下,丧失理智的玩家就会把大把大把的钞票丢进虚拟的赌场中。从2007年2月开始,《征途》中加入了一种名为“密银宝箱”的游戏项目,就是在每个周日可以刷出一批名叫“吉祥三宝”的怪物,如果铲除了怪物,就可以100%地得到“密银宝箱”,宝箱里装有装备——当然不一定都是好装备,更大的可能是玩家根本看不上的东西。如果想知道宝箱的东西是什么,就必须花1元钱去买一把钥匙。这一明显具有赌博性质的游戏方式,立即吸引了众多玩家。结果,《征途》就因为推出这一游戏方式,使得其在接下来的3个月的营业额增加到1.8亿元。有专业人士估计,这1.8亿元中最起码有1/3是来源于“密银宝箱”。邵德海说:“其实这开宝箱,就是彩票。”

其实,开“密银宝箱”只是《征途》中的一种小赌方式,史玉柱还设计这一种大手笔的赌博方式。他在《征途》策划了一种类似赌球的“国战竞猜”活动。赌游戏中两个国度之间的战争胜负,每次最多可以下注10万个“紫金丹”(一种游戏道具),只要赌赢,便可以获得到20~60倍的回报。因此,这一赌博方式让玩家趋之若鹜。但是买一瓶“紫金丹”需要10文金子,《征途》对下注征收10%的税,所以投注一瓶"紫金丹"其实需要11文金子。

由此可见,史玉柱的赢利方式其实就是在游戏中设置繁多的增值产品,创造出一个巨大的需求网络,从而为巨人带来了巨额的收益。事实证明,史玉柱的需求营销为《征途》平均从每个玩家那里比盛大至少多赚了50元。将50再乘以玩家人数,就是一个相当大的数字。因此,巨人比盛大的收益水平要高出一大截,国内其他网络游戏商更是望尘莫及。这里有一组简单的数字可以作为比较:2006年4月到2007年4月,征途网络季度平均净利润率达到67.4%,而盛大只有54.96%。同是平均利润率,2006年国内房地产、电子、银行、采矿、交通运输与仓储等主要行业还不到10%。可见史玉柱做网络游戏的利润有多高,而他在需求营销方面的成功,则是史无前例的。

很多著名的营销案例都说明了一个真理:只有认识市场,才能掌握市场。史玉柱就是能够抓住市场的人。

"如果说行业选择和判断还有时代的因素在起作用,那么史玉柱的出现所带来的极具争议的运营模式和营销手段则体现了他除了想法之外,更具备实现的能力。史玉柱最有价值的核心竞争力就是他的商业模式和营销手段。"知名营销专家李志起如是说。

给玩家发“工资”

做网络游戏，最重要的是有人玩。和一切经营行为一样，消费者才是企业生存的决定性因素。为了最大限度吸引玩家，也就是网络游戏的消费者，史玉柱全力抢占二三级城市市场。为了最大限度地吸引玩家和留住玩家，史玉柱想出了一招令人拍案叫绝的招术，就是给玩家发“工资”。

史玉柱的营销策略总是能够使你眼前一亮，令人不得不佩服。在经营脑白金、黄金搭档的时候，史玉柱是成功的，当他接触网络游戏的时候，人们有一个疑问：他还能够成功吗？巨人网络现在良好的发展势头可以说是最佳答案。一位研究巨人网络（征途网络于2007年9月更名为巨人网络）的美国营销专家詹姆士说：“巨人网络的发展非常顺利，所以能够在短短几年内就在纽约交易所上市。这些应该归功于史玉柱，在大多数网游仍在收费的时候，他推行玩游戏免费，在多数网游免费的时候，他又开始给玩家发‘工资’。不断创新的营销模式成就了史玉柱。”的确，给玩家发“工资”是史玉柱营销策略的精彩之笔。

当我们听到有的商家说“贴本做生意”的时候，那么这个商家的生意多半做得不成功。但是任何事情都会有例外。史玉柱的征途网络产品不但免费给消费者使用，而且还给消费者发“工资”，即使这样，史玉柱的产品仍是赢利率最高的。征途网络之所以能够获得百分之六七十的盈利率，这与史玉柱出奇制胜的营销策略是分不开的。

做网络游戏，最重要的是有人玩。和一切经营行为一样，消费者才是企业生存的决定性因素。为了最大限度吸引玩家，也就是网络游戏的消费者，史玉柱全力抢占二三级城市市场，并想出了一招令人拍案叫绝的招术，就是给玩家发"工资"。史玉柱"给玩家发工资"的广告一经发出，就引起了整个网游界的一片哗然。有的网游商说："史玉柱是不是疯了，不但游戏以免费的方式给玩家玩，还要给他们发'工资'，这简直不可思议。"

"工资"对于二三级市场的玩家具有极大的诱惑力。因为游戏中的装备都需要用真金白银购买，现在有"工资"发了，玩家就可以不用掏那么多钱买装备了。许多玩家为了能够领到"工资"，都坚持每个月的在线时间超过120小时，而能够买到的装备越多，升级越快，他们在线的时间也越长。特别是一些高级玩家，他们在线的时间每个月远远超过120小时。中国青少年网络协会项目部主任邵德海说："很多玩家纷纷沉迷网络游戏，并且开多个账号每天在线超过4个小时，以获得广告中宣称的'工资'。"除了老玩家之外，也有许多新玩家加入到史玉柱的《征途》游戏中来。山西医学院的一名大四学生小王说："听说《征途》不但不花钱，而且还可以领'工资'，有这样的好事我就注册了一个账号，开始玩起了游戏。"据巨人网络公司内部报告，在推出"给玩家发工资"之后，新注册用户和同时在线人数都有极大的提高。这些都是由于"工资"

的吸引而造成的。

史玉柱给《征途》的玩家发“工资”，当他的另一款游戏《巨人》于2008年3月28日公测时，理所当然地也给玩家发上了“工资”。史玉柱说：“要把《巨人》打造成中国美女玩家最多的网游。”而怎样才能打造美女玩家最多的游戏，史玉柱的办法就是给美女发“工资”，而且“工资”比《征途》还要多。巨人网络公司规定：女性玩家可以在公测开始后向系统上传照片与身份验证，巨人公司对玩家资料进行核实和评选，被认证为美女的玩家每月将得到500元的游戏金币，也就是“工资”。一年下来，一个“美女玩家”一年的“工资”将达到6 000元游戏金币。

受“工资”的诱惑，全国各地前来认证的美女络绎不绝，特别是上海、重庆、四川等地的美女见面会异常火爆。据初步统计，《巨人》在全国各地展开的美女认证，仅一天通过认证的就超过上万名，可见前来认证的女性就不计其数了。

“给员工发工资” 这看似赔钱的营销策略却成了史玉柱屡试不爽的吸引玩家的法宝。营销专家杜芳说：“史玉柱的这一策略的确是高明，首先制造了噱头，在业界引起了轰动效应；其次就是制造了一批为领‘工资’而玩游戏的人；再次就是延长了玩家的在线时间。”史玉柱“给玩家发工资”的活动得到了玩家和评论界的一致好评，众多玩家表示，希望有更多的游戏公司“给玩家发工资”。

史玉柱发“工资”的做法直接刺激了其他网游公司对营销策略进行改进。在史玉柱“贴本做生意”之后，中国著名游戏网商久游网也走上了“贴本”道路。

2008年6月16日，第二代主流宠物网游《宠物森林》开放测试激活全面开启。久游网疯狂地拿出10亿元倒贴给消费者。玩家只要注册激活《宠物森林》就能马上获得500元的"安家费"。久游网相关负责人说："之前所有网游的运营手段带给玩家的实惠都不够刺激，这一次《宠物森林》倒贴10亿元来做大市场，目的就是要在短期内迅速拉高游戏的在线人数，打造一款新的旗舰级产品。"10亿元"安家费"发放之后，这笔网游史上最大手笔的玩家财富迅速吸引了全国各地的玩家前来领取"安家费"。玩家热情之高涨，需求量之大，动作之迅速让主办方始料未及。据官方后台数据显示，自2008年6月16日"安家费"发放以来截至到6月19日上午9:30，短短三天时间就有801 872位玩家成功注册激活了《宠物森林》，也就是说有4亿元"安家费"被成功领走。这么快的增长速度可谓是史无前例。

史玉柱的"给玩家发工资"和久游网的"安家费"是异曲同工的，都是给玩家巨大的好处去开发他们，留住他们。只是发放形式不一样，史玉柱是以"工资"的形式按月发放的，而久游网是以"安家费"形式一次性发放的。二者都取得了理想的效果，都是成功的市场运营。

史玉柱除了"给玩家发工资"之外，还不定期地举行抽奖活动，奖金高达国家标准的5 000元。2007年11月，巨人网络在美国的纽约交易所上市，发行股票约6 600万股。史玉柱又策划了给玩家送虚拟股票、让玩家当巨人股东等活动。这些"股票"可以随时按"股价"兑换成游戏币。"股价"与巨人网络在纽约交易所的真实股价数值相同，即巨人的股价是多少，一张"股票"就能兑换多少游戏币。"股价"每周六更新，与纽约交易所同步。这再次让玩家沉迷于游戏之中。

史玉柱是精明的，他首创"给玩家发工资"，他首创给玩家送"股票"，他想尽一切办法去挖掘玩家，留住玩家，而最终取得了良好的效果。网络游戏经历付费到免费的阶段，现在正经历着"付费+返利"的阶段，这是网络游戏发展的趋势，也是史玉柱营销手段求新求变的结果。"给玩家发工资"这一步使巨人网络赚足了眼球，也鼓满了史玉柱的钱袋。

拒绝未成年人，以退为进获好评

所谓"进一步寸步难行，退一步海阔天空。"在社会舆论的压力之下，史玉柱没有"顶风作案"，而是以顺民意的姿态拒绝未成年游戏玩家。这样做除了赢得民众的普遍好感之外，更提升了征途网络的社会形象，降低了政策风险。

有着"经营之神"称号的松下电器创始人松下幸之助说："当没有条件或者不能前进的时候，你就不要前进了，停下来想想，看看有没有其他的道路可走。有时候不前进往反方向走却是一条光明的道路。"有人说经商如逆水行舟，不进则退，可是史玉柱偏偏不相信这一套，在他的思维方式下，退步一样可以达到前进的目的。

2006年10月中旬，一个由40名专家组成的游戏评级委员会对当今流行的6款游戏进行测评。令人惊讶的是，40名专家一致认为：由于暴力度、货币关联度和社会道德度等各项指标严重不合格，史玉柱的《征途》游戏被评定为危险游戏，并且建议史玉柱暂停游戏的运营。

根据专家的描述，征途网络游戏官方公布的顶级作战装备需花费350万元，并且其中还包括部分赌博性质的买卖环节，高消费玩家拥有"秒杀"花费少的玩家的功能；征途网络游戏公司还特意设计了发工资环节，每月一个账号游戏角色达到60级以上就能领

“工资”,达到150级以上的玩家每月可以领相当于100元人民币的“金子”;游戏还设定了“叛国”、“囚禁”等功能。在等级评比中,暴力度、社会道德、货币关联度和游戏内部社会体系秩序度等指标全都被评为三级。委员会在讨论后决定,对白骨连天、赌博成风、毫无道义的《征途》下了“拦腰斩”。

如果由于游戏被定位为危险游戏而停止运营,史玉柱无论如何是不会答应的,但是,对于身心素质不健全,对各类事物是非、善恶还没有形成常识性判断的青少年来说,危险游戏又会对他们造成严重的影响。根据专家的说法,《征途》游戏涉嫌教唆和引导未成年“崇尚”PK、赌博、装酷、耍富、摆阔、暴力以及色情。正因为如此,征途网络接二连三地受到家长和社会媒体的炮轰与批判。

北京大学市场与媒介研究中心主任刘德寰说:“作为一个企业来说,赚钱是第一位的,但对于网游沉迷者来说,企业的社会责任是不可推卸的,企业应该从一个产业的人格精神和社会责任出发,采取措施改变网游中不好的现状。如果大多数的网游企业为一味赚钱而忽视对青少年造成的不良影响,无异于丧失了最基本的道德观念。”史玉柱明白游戏的确对未成年有不良影响,于是他决定顺应潮流,放弃未成年人这一市场。

2006年10月,史玉柱在北京的《征途》媒体恳谈会上表示:“我们不准未成年人玩《征途》,只向成人开放。网管一旦确认玩家是未成年人,会劝其退出或直接将其踢出游戏。实施网络游戏实名制后,我们将改进相关设置,考虑直接拒绝未成年人进入游戏。”他还说:“我们运营的是MMORPG游戏(大型多人在线角色扮演游戏),PK是主线,确实不适合青少年。”

放弃未成年人的《征途》游戏有了很大的改观,登陆游戏界面就可以看到“本游戏针对18岁以上成人设计”的大字。游戏中打怪兽的升级方式如果超过了一定时限，就不会再获得经验值。《征途》游戏设置的措施,有效地防止了未成年的进入和玩家过于沉迷游戏而不能自拔。史玉柱说:“我们把自己定位为成年人游戏,就是想解决未成年人沉迷游戏的问题。”

为了彻底阻住未成年人玩《征途》游戏,史玉柱打算将来推出实名制游戏。通过输入身份证号码,就可以知道玩家的真实年龄。“如果我们怀疑是未成年人在玩游戏,我们会将他踢下线。”史玉柱说道。

目前我国有7 600万游戏玩家,有80%的玩家是青少年,其中有不少是未成年人。史玉柱放弃这一市场,阻止未成年人上网,是一种策略上的考虑。著名媒体杂志特约独立撰稿人赵福军说:“之所以出现对媒体‘恳切’的宣布,放弃未成年人市场,不过是无奈之举,绝非其本意,不过是迫于社会舆论压力,与其被主流社会与媒体完全唾骂、抛弃,不如退而求其次,以退为进,保住成年人的滚滚财源,毕竟与未成年人相比,无论是从消费能力,还是从消费产品选择上,成年人都更理性,其消费潜能更大,这也是为什么腾讯等公司以及网吧等行业都在提倡将消费用户年龄上提两到三年的根本原因所在:既避免社会的咒骂与责任转嫁,也可以开辟新的蓝海市场。”

虽然史玉柱只是无奈退出未成年人市场,但是他绝对不会错过这个宣传自己的好机会。在第四届网络博览会上，史玉柱说："在防止未成年人网游沉迷的问题上，厂商和运营商应该主动承担起责任,在社会价值和商业价值的一个平衡点上需要不断的摸索和总结,也只有这样才能让企业和整个行业走的更顺更长远。"史玉柱高调向媒体和网游界宣布不允许未成年人玩《征途》,赢得了公众和媒体的一致好评,被人认为是"具有高度社会责任感的企业,为中国的游戏网商做出了积极的示范作用"。

所谓"进一步寸步难行,退一步海阔天空。"在社会的舆论压力之下,史玉柱没有"顶风作案",而是以顺民意的姿态拒绝未成年游戏玩家。这样做除了赢得民众的普遍好感之外,更提升了征途网络的社会形象,降低了政策风险。可以说,史玉柱的这一步得到的远远比失去的多。史玉柱禁止未成年人进入《征途》游戏,在大力倡导健康网游、绿色网络的今天,对业界、对社会也有着积极的影响和意义。

史玉柱拒绝未成年玩家并没有造成《征途》玩家数量的减少,玩家数量反而一直在上升。现在《征途》的玩家都是有经济来源的人,游戏收入上也没有减少。史玉柱的这一决策虽然是在无奈的情况下做出的,但却取得了意想不到的效果。在此之后,有不少游戏网商纷纷仿效征途网络的做法，做出了拒绝未成年人的决策。现在征途网络已然成了游戏网商的典范,以网游厂商的道德观承担起保护未成年人健康成长的责任,声誉得到了很大的提高。

敢为天下先

史玉柱的“怪招”总是能够起到出奇制胜的效果。征途网络的“擦边球”广告在央视一套和五套的黄金时段播出，虽然有赞扬的有批评的，但是征途网络的知名度和影响力却得到了很大的提高，并且成为人们讨论话题的热点。如果说这次广告对整个网游业来说是一小步，但是对征途网络来说却是一大步。

世界著名管理大师彼得·德鲁克说：“做企业要敢为天下先，敢走前人没有走过的路，敢做前人没有做过的事情，做事情不能因循守旧，要有创新的态度、创新的思维和创新的举措，只有这样才能比别人走得快，走得远，才能使企业取得更大的成功。”敢为天下先是一种创新精神，是一种能够使企业基业长青的重要因素。美国企业英豪艾柯卡说：“不创新，就死亡。”这绝对不是一句危言耸听之语。

近年来，随着网络游戏毒害青少年的报道越来越多，抵制网络游戏的家长也越来越多，可以说，“游戏害人”的说法成了当今社会的主流声音。一方面人人谴责网络游戏害人之深，但另一方面人们对网络游戏的认识又非常有限。他们了解网络游戏的途径都是通过平面媒体或网络媒体，没有接触和深入了解网络游戏的民众，他们对网络游戏的认同感非常之低。两方面原因使得网络游戏的发展遇到了许多障碍，尤其是对于刚成立不久的网络游戏公司更甚，如巨人网络。巨人网络董事长、有着“营销狂人”之称的史玉柱，希望通过一个权威的平台改变民众对网络游戏的看法，同时扩大《征途》的品牌知名度。

对于精明的史玉柱来说，中央电视台才是他最想要的宣传网络游戏的平台。央视是我国最大也是最具权威性的电视台，其高覆盖率和影响力成为许多企业家梦想宣传产品的平台。史玉柱根据他在脑白金营销的结论得出：只有中央电视台，才会迅速提升社会对行业和企业的认同。

但是，国家广电总局于2004年4月发布了《关于禁止播出电脑网络游戏类节目的通知》，《通知》要求各级广播电视播出机构一律不得开设电脑网络游戏类栏目，不得播出电脑网络游戏节目。同时，要在相应的节目中宣传电脑网络游戏可能给未成年人健康成长带来的负面影响，积极引导他们正确利用电脑网络的有益功能，正确对待电脑网络游戏。电视是受众面最广的媒体，广电总局发布的这则《通知》，无疑是对游戏网商广告宣传的严重打击。从此之后，电视成了各游戏网商的禁区，不得越雷池半步。

史玉柱敢为天下先和一定要在央视做广告的执著精神使得征途网络形象广告最终还是在中央电视台播放了。2006年12月1日，一组爆笑版的“征途网络”形象广告同时在中央一套和五套播出。一位长发披肩的红衣少女，突然对着白色笔记本电脑无端爆笑，紧接着是一声模仿京剧念白的怪叫，一个手掌式的图标拉出“征途网络”四个字，而屏幕下方自始至终都有一个网址:www.ztgame.com。这段7秒的广告仅在新闻联播与天气预报之间的黄金时段里就足足重复了三次,连播了整整一个月。这是国内网游运营商第一次以单纯的形象广告登陆央视,而史玉柱为这次一个月的广告花费了2 000万元的巨额广告费。广告播出的第一天,就在网游业界掀起波澜。

史玉柱之所以能够在央视做网络游戏的广告,首先是因为史玉柱的巨人集团在央视投放了多年的广告,二者有着密切的业务关系;其次便是征途网络投放的只是企业形象广告,并非网络游戏的产品广告,就像某些烟草公司投放公司的形象广告一样。一位业内人士说:"《征途》是在打公司形象广告的'擦边球',钻了法规的漏洞。"

史玉柱成功地在央视播放广告引起了巨大的反响,达到了他所要的"造势"效果。为了引发更大的影响,史玉柱在广告的投放时间上也做了精心的安排。广告的首播日正是第15届多哈亚运会的开幕当天。这样的时间选择是看中了体育热潮带来的商业契机。因为在此之前中央电视台的《经济信息联播》曾以"奥运概念成为央视黄金资源招标新亮点"为题的报道说,北京奥运带动体育热潮升温,奥运机遇成了商家关注的新焦点。同时史玉柱认为:"《征途》游戏的玩家和亚运会的观众应同属一类受众人群,《征途》游戏健康、绿色的游戏理念暗合亚运会积极、向上的运动精神,游戏中多种竞技方式也符合了运动会更高、更快、更强的比赛宗旨。"征途网络副总裁汤敏说:"征途网络形象广告选择在亚运会期间播出,也希望借此向更多的人传达,网络游戏和其他体育运动一样,都是一种健康的娱乐。”在这两大原因的结合下,征途网络形象广告选在多哈亚运会开幕之日是非常恰当的。

史玉柱敢为天下先地踏入电视广告“禁区”和选择适当的广告首播日,给征途网络带来的广告效果远远高于广告本身的能量。但是,这也不能否认央视平台带给征途网络的影响。具体来说可以归结为以下几点:

1. 广告迅速提升了社会对网络游戏行业和征途网络公司的认同感。

央视是权威媒体的代表,能够在上面播放广告就说明央视认同了你的产品,民众自然就会认同你的产品。通过广告,征途网络给了一个证明自己的机会。“爆笑女郎”其实是在说明网络游戏的目的在于娱乐。游戏为娱乐而来,其诞生就是为了放松人们的生活,为人们提供更多、更简单的娱乐方式。这个广告结合央视这一平台,取得了理想的效果。

2.征途网络以企业形象广告的形式,宣传了企业的理念和精神。

征途网络广告中爆笑的妙龄女子,突出了一个健康快乐的形象;一句京剧韵白,则构成了健康、快乐、向上、追求的企业形象。这种形象是受民众欢迎并且愿意接受的。媒体评论说:“史玉柱的这种广告尝试可能会给这个行业带来新的气象:让更多的社会受众更近距离地去看这个行业,或者,让社会各界更好地监督这个行业,消弭这个行业广泛存在的‘被误读’现象。”

3.征途网络广告向同行和游戏玩家证明了自己的实力。

征途形象广告没有任何关于游戏的画面、人物和背景等，可以肯定史玉柱并不是单纯地希望通过广告直接拉来游戏玩家，事实上，短时间的广告也不可能达到这一目的。史玉柱期望通过广告证明自己超强的实力以及《征途》能够被人认可，他希望借助央视这一平台扩大《征途》在网游界的影响。征途网络的形象广告播出后，实力已得到证明，不少《征途》游戏玩家因征途网络是“央视上榜企业”而倍感自豪，虽然这种心理非常微妙，但是影响不可小视。

史玉柱的“怪招”总是能够起到出奇制胜的效果。征途网络的这次“擦边球”广告在央视一台和五台的黄金时段播出，虽然有赞扬的有批评的，但是征途网络的知名度和影响力却得到了很大的提高，并且成为人们讨论话题的热点。如果说这次广告对整个网游业来说是一小步，但是对征途网络来说却是一大步。进入2007年，征途网络的玩家人数急剧上升，到2007年5月20日，《征途》游戏同时在线的突破100万人，达到1 055 287人，这是继《魔兽世界》全球市场和《梦幻西游》中国市场后，全球第三款同时在线人数突破100万的网络游戏。

史玉柱说：“不管做游戏，做什么都好，都要敢于突破，敢于创新，敢于走在别人前面。”正是如此，史玉柱才创造了一个个营销奇迹。

“搅局者”史玉柱

史玉柱的“搅局”就是不按常规出牌。他的举措别人永远都不可能预先察觉，但是他所走的每一步都经过精密思考和计划，因此，史玉柱的每一次“搅局”都能成功，都能达到惊人的效果，引起业界的巨大反响。

著名网站人民网评论史玉柱说：“从史玉柱杀入网游那天起，‘搅局者’就和他划上了等号，这个商界奇才用他的方式，不断冲击网游行业惯有的传统、模式和风格。在和传统势力的对峙中，史玉柱将‘搅局’本色发挥到了极点。”史玉柱杀入网游界，就给网游界带来一股不安分的气息。史玉柱蔑视现在的网游规则，但他又琢磨规则，创造规则，让同行憎恨不已。其实史玉柱“搅局”仅仅是一种手段，他真正的目的在于营销自己的产品，为自己的网络游戏找到一条与众不同的出路。

史玉柱的“搅局”就是不按常规出牌。他的举措别人永远都不可能预先察觉，但是他所走的每一步都经过精密思考和计划，因此，史玉柱的每一次“搅局”都能成功，都能达到惊人的效果，引起业界的巨大反响。征途网络公司总经理刘伟说：“你不可能知道他（史玉柱）的下一步怎么走，但是走出来之后，肯定会令你惊喜好一阵。”对于“搅局”一说，史玉柱本人并不认可，他说：“作为网游产业的后来者,亦步亦趋跟随先发者没有出路,我不是要搅局,而是要通过创新,使产品迅速获得玩家认同并带来特殊价值。中国的网游产业要在世界范围内称雄,最需要的就是敢于破除条条框框自立门户。”不管是搅局也好,创新也好,史玉柱以下的几个惊人之策都将在中国网游史上留下浓墨重彩的一笔。

国内游戏市场的第一次革命发生在支付领域,即点卡的出现。点卡是网游公司提供给网游玩家缴费的渠道,以玩家上线的分钟为单位计费。买点卡其实就是买“在线时间”,消费其点卡中的“点数”来享受网游公司的游戏服务。游戏网商通过点卡来达到赚钱的目的。在所有游戏网商都以为点卡的支付形式会长久地保持下去的时候,史玉柱却推出了免费玩游戏的模式,玩家不用买点卡就可以玩游戏。《征途》从设计之初就踩准了这个结点。作为国内首款按照“免费模式”量身制作的游戏,在研发过程中“免费模式”已经被设定融合在游戏之中。这一转变影响是巨大的,《征途》游戏的免费使用,极大地刺激了《征途》玩家的持续性增长,成为玩家增长最快的网络游戏。“免费模式”使得其他游戏网商不得不开始转变,其中盛大网络将“免费模式”迅速推广普及,极大地促进了这一历史进程。

在“免费模式”成为网游的主流模式时,史玉柱又开始了他的第二次“搅局”。他高举“网游模式第三次革命”的大旗,在全球首创“征途模式”。史玉柱的想法是:通过“引富济贫”,构建网游“和谐社会”。史玉柱说:“点卡模式类似于中国封建社会的管理模式,不分玩家的收入水平,一律按人头纳税,此模式已经不适合产业的发展;第二阶段的免费方式,类似于穷人不纳税、富人纳税的社会管理模式,最终将导致整个网络社会的不和谐。要解决不和谐的局面,必须在网络社会中引入‘高福利制度’,把从‘富人’中征收的‘税收’通过运营商反馈给‘穷人’,只有这样,方能真正达到建设‘网络和谐社会’的目的。”

史玉柱的做法是,把游戏收入的20%返还给玩家,按玩家的等级发放“工资”。“给员工发工资”这一被别的游戏网商认为是“自杀”的举措,却给史玉柱带来了意料之中的惊喜。2006年9月1日开始,征途网络给玩家发放“工资”不到10天,《征途》游戏的同时在线人数激增10万人,每天新增用户1万多人。史玉柱又一次“笑傲网游”。

史玉柱在第五届China Joy媒体见面会上说:“网游是我了解的所有行业中最保守的行业, 韩国人制定的游戏规则并不是法律,并不是不可违背的,征途正是无视了这些规则,只有打破了这些僵化的规则,才会成功。”对整个网游产业而言,《征途》游戏破坏了一种不成文的规则,那就是破坏了游戏的平衡性。

在史玉柱看来,网游90%的时间都花在痛苦的练级过程中,玩家经常从晚上开始练级到早上,一只手放在键盘上,一只手拿着鼠标,一直保持这一个动作,只有10%的痛快。而《征途》游戏要使玩家90%的痛苦省去,只享受10%的痛快。其他的网游当中,升级是靠操作技能的,但是在《征途》中,只要花钱买装备就能轻易升级,装备好的玩家,甚至可以“秒杀”人。一位玩家说:“想靠像传统网游那样通过打怪长经验值升级捡装备,在《征途》里几乎不可能。

级别越高靠打怪升级越难,我认识一个近150级的大号,他说他升一级需要几亿经验值,打怪基本是不可能完成的了,只有花钱买或者出'国'杀人。”

史玉柱完全清楚像他自己这样有钱玩家的心理,用现金购买装备的方式既满足了有钱却没时间的玩家,又满足了既没钱又没时间的玩家的需求,因为他们可以通过杀人、截镖等方式提高战斗力。在有钱就可以在网游中做任何事的前提下,不少玩家一个月花费上万元甚至十多万元。抓住了有钱人的游戏心理,史玉柱想不赚钱都难。史玉柱的这个做法引发了人们对财富道德的争议,但是史玉柱从来不在意这些争议,他说:“我做《征途》考虑的是玩家的需要,而不是什么行业规则。”

能够打开有钱人的口袋才是硬道理。这次史玉柱的“搅局”,又一次引发了其他游戏网商的跟进。史玉柱说:“现在所有的游戏都在跟我们学了,都按我的规则来。”史玉柱的“史氏规则”让其他游戏网商“又恨又爱”。

“搅局者”史玉柱的每一次举动都会引来巨大的讨伐,但最终还是他胜利了。他使自己的游戏玩家增多了,收入也增多了。同时,他还引领了网游的发展方向,成了网游界“老大”。“搅局者”不是一个贬义词,相反它代表着求新求变,是一个企业和行业前进的动力。史玉柱一次次地充当网游界的“搅局者”,不仅为自己的游戏带来了巨大的发展,也促动了整个网游业的发展。

巨人，永远的品牌

史玉柱说：“团队一直想重回IT行业，前两年做了网游，发展得很顺利，所以才敢重新启动巨人这个牌子。”史玉柱之所以将征途网络更名为巨人网络，不仅仅是因为他有浓厚的“巨人情结”，更因为他看重这一有着“悠久历史”的品牌以及这一品牌所蕴含的内在价值。

一个优秀的品牌必须具备三个重要因素：较高的知名度、较高的忠诚度和较好的品牌联想度。要创建一个优秀的品牌，必须从这三个方面着手。打响品牌的知名度是新品牌走向成熟的第一步，如果消费者连产品是什么名称都不知道，必然无法产生购买行为。人是一种惯性动物，对于自己熟悉的事物自然会产生好感及特殊的情结，这是诱发购买的主要因素之一。营销心理学家弗莱认为：“品牌的知名度越高，消费者越有熟悉感，产品被购买的几率就越大，并且知名度高的品牌容易使消费者产生一种大品牌的印象，造成一种心理归属，会激发他们的购买欲望。”

在加强品牌知名度建设的同时，也需要加强品牌认知度的建设。所谓品牌认知就是让消费者明白你的产品是干什么用的，对他有什么好处。品牌认知度的高低直接影响消费者的购买，因此光有知名度还不够，还需要有认知度。

品牌联想包括品牌的形象、个性等。成熟品牌的一个重要标志就是在市场上创造了好的品牌联想。创建品牌时必须对品牌联想进行规划,规划品牌应当是一个什么样的形象,所包含的个性又是什么。在品牌推广的过程中,需要不断地丰富品牌形象和个性,创造正面的态度及情感。产品有了丰富的品牌联想,就能够在消费者心中建立一个清晰的形象。

创建一个优秀的品牌是一件非常艰难的事情,不但需要长时间的培育,而且还需要大量财力和人力的投入,因此拥有大品牌的公司,总是非常注重品牌的完善和维护。对有着"营销狂人"之称的史玉柱来说,他比任何人都知道品牌的重要性,以至于在长达将近20年的时间里,一直对于"巨人"这一品牌念念不忘甚至喜爱有加。

2007年9月21日，上海征途网络董事长史玉柱在举办大型网络游戏《巨人》的内测发布会上宣布,上海征途网络正式更名为上海巨人网络。在这之前,史玉柱已在海外注册了新"巨人网络集团"。史玉柱说:"团队一直想重回IT行业,前两年做了网游,发展得很顺利,所以才敢重新启动巨人这个牌子。"史玉柱之所以把征途网络更名为巨人网络,不仅仅是因为他有浓厚的"巨人情结",更因为他看重这一有着"悠久历史"的品牌以及这一品牌所蕴含的内在价值。

1989年7月,史玉柱带着自己独立开发的汉卡软件和"M-6401桌面排版印刷系统"软盘只身来到深圳,因为得到一个在科贸公司兼职的老师的器重，史玉柱得以承包了一个大学的电脑部,但是当时的他只有一张营业执照和4 000元钱，困难对他来说可想而知。在最困难的时候，史玉柱的营销天才也逐渐显露出来。为了买到当时深圳最便宜也要8 500元的电脑，他以加价1 000元为条件，向电脑销售商获得了推迟付款半个月的“优惠”，赊账得到了属于自己的第一台电脑。为了推广产品，他用同样的办法“赊”来广告：以电脑做抵押，在《计算机世界》上以先打广告后付款的方式，连续登了3期1/4版的广告。《计算机世界》报给史玉柱的付款期限是15天，可是广告见报后的前12天，史玉柱都没有接到一份订单。就在危急时刻出现了转机：他一天之内收到三张邮局汇款单，总金额达到1.582万元。先人一步的思维方式，让史玉柱迎来了最初的成功。两个月后，他账上金额竟达到了10万元之巨。他再把钱投入广告中，边扩大影响边卖汉卡，4个月后，仅靠卖M-6401产品就回款100万元，半年之后回款高达400万元。

1991年4月，有了原始积累的史玉柱带着汉卡软件和100多名员工来到珠海，注册成立了珠海巨人新科技公司。之所以取名“巨人”，主要是因为史玉柱希望把自己的企业打造成中国的蓝色巨人(IBM)，其次就是史玉柱希望自己成为一个商界的“东方巨人”。

20世纪90年代中期，当选为“十大改革风云人物”的史玉柱决定在珠海盖一座巨人大厦。由于过于浮躁，原本打算建18层的巨人大厦最后决定拔高到70层，史玉柱要把巨人大厦建成中国第一高楼。但是，史玉柱没有想到的是巨人集团很快就以倒闭而告终。

巨人集团之所以迅速倒闭，首先是投资出现重大失误，其主因便是楼高70层、涉及资金12亿元的巨人大厦。大厦从1994年2月动工到1996年7月,史玉柱从未申请银行贷款,全凭自有资金和卖楼花的收入支持建设,而这个自有资金,就是巨人的生物工程和电脑软件产业的收入。但以巨人在保健品和电脑软件方面的产业实力根本不足以支撑70层巨人大厦的建设,当史玉柱把生产和广告促销的资金全部投入到大厦时,巨人大厦便抽干了巨人集团的血。在巨人集团最困难的时候,逼债的人群整天都围堵公司的大门,史玉柱也因此一夜间负债2亿元而成为"中国首负"。

1998年,史玉柱重新回到了原本建立了较好根基的保健品市场。史玉柱走街窜巷,搬只小凳子和老头老太太们聊天。在聊天的过程中,史玉柱了解到什么功能、什么价位的保健品适合他们,他还了解到他们本身并不舍得购买保健品,一般都是子女或亲戚送。史玉柱说:"我就养成一个习惯,谁消费我的产品,我就把要他研究透。一天不研究透,我就痛苦一天。"正是在这种执著精神的支持下,史玉柱推出了人人皆知的"脑白金"保健品以及"今年过节不收礼,收礼只收脑白金"的广告语。虽然巨人集团倒闭了,但是史玉柱解不开他的"巨人情结",他用巨人的音译(Giant)注册了上海健特公司,专心做起了他的脑白金产品。

在史玉柱心目中,"巨人"应该是IT行业的巨人,应该是他最初梦想的巨人。2001年,史玉柱做出了一个令人震惊的决定,他把如日中天的脑白金卖给了中关村证券股份有限公司。2003年,他又卖掉了脑白金75%的营销网络。史玉柱要去实现他真正的巨人梦想。2007年9月,史玉柱推出《巨人》游戏并把征途网络更名为巨人网络。2007年11月,巨人网络集团有限公司成功登陆美国纽约证券交易所，总市值达到42亿美元，融资额为10.45亿美元，成为在美国发行规模最大的中国民营企业。史玉柱的身价突破500亿元，他的“新巨人”已经站立起来。

有专家对史玉柱的“巨人情结”做过研究，得出的结论是史玉柱是一个情感丰富的人。其实结论并不仅仅是这些，史玉柱是一个商人，他考虑更多的是品牌营销，他希望以“巨人”之名，引起更多人的关注。首先，“巨人”这一名称简单易记，琅琅上口，很容易在人的脑海中留下深刻印象；其次，“巨人”这一品牌伴随着史玉柱传奇的人生经历，巨人和史玉柱已经不可分割。“巨人”代表着一段奋斗的历史，代表着一个品牌的沉浮，成为了中国最知名的品牌；第三，“巨人”是具有联想意义的。史玉柱要求无论是自己还是企业，都要做“巨人”，彰显自己的决心和信心，能够得到消费者的认可，同时对广大的民众也有激励作用。

史玉柱之所以成为“营销狂人”，因为他知道怎么去营销并且能够得到什么样的效果。他绝对不会放弃一个高知名度的品牌而去创建一个新的品牌。品牌宣传需要很大的支出，史玉柱沿用“巨人”这一品牌，节省了品牌的营销费用。在这里，我们又一次见识了史玉柱营销方式的过人之处。

第四编

蒙牛营销

YINGXIAODASHI

《孙子兵法》中载："用兵之道，以正合，以奇胜。"蒙牛的成功是品牌的胜利，更是营销的胜利。从最初的"一无工厂，二无市场，三无奶源，四无品牌"，到迅速成长成为行业标杆，蒙牛"火箭"般的成长速度得益于牛根生的慧眼和独特的营销策略。比附伊利，站在巨人的肩膀上腾飞；利用央视平台整合资源，铺垫品牌之路；营销"非典"，在业界的一片冷寂中蚕食市场；联系经销商，培养消费者；借势"神五"，品牌一飞冲天；联姻"超女"，创出酸酸乳销量高潮；热心公益，增加品牌美誉度；发力奥运，提倡全民健身……大手笔的广告投入，高姿态的广告宣传，让人深切地感到牛根生不仅是企业家，也是一位智者，蒙牛的辉煌就是成功营销结果的最佳诠释。

做会说话的快嘴品牌

品牌名称能否有效传递企业的品牌基因是衡量品牌名称好坏的惟一标准。好的品牌名称，能够准确有效地传递企业的定位，先声夺人。“蒙牛”二字给人以直观且丰富的情景联想：“蒙”让人想到内蒙古的茫茫草原，想到蓝天白云之下低头吃草的牛羊；“牛”让人想到奶牛、牛奶。牛根生对于企业名称的执著，可以说是他对企业无形资产的高瞻远瞩。

古语有云：“有其名必有其实，名为实之宾也”。《说文解字》一书则这样解释：训义“名”为“命”，“名自命也”。对于企业来说，品牌是无形资产中最为重要的一环，企业的品牌之路则起始于品牌的名称。

俗话说：“花香蜂自来，题好文一半。”意思是说，一个好的题目相当于一半文章。对于企业来说，品牌的名称是企业留给公众的第一印象，是企业的名片。品牌名称代表了企业的发展战略及其定位，从某种程度上来说也能代表企业文化。好的名称能够让消费者了解并信赖品牌，能够促进企业的发展。

早在创业之初，牛根生就对企业的名称非常重视。因为当初他在伊利工作时就遇到过被人误会的尴尬局面。一次，牛根生参加一次全国性的会议，会上有人问牛根生在哪里工作，牛根生回答之后，那人将“伊利”误认为是新疆伊犁市，还问他“在新疆伊犁工作了几年？”

有了这个前车之鉴，牛根生在给企业起名的时候就更加慎重。1999年初，牛根生和几位公司元老不断开会讨论，展开头脑风暴，准备给待注册的乳制品企业起一个响亮的名字。牛根生认为，企业的名称应该易听易记，要体现公司的主营业务——牛奶，还要体现草原概念。

企业或品牌的名称从某种程度上来说就是传播的载体，也是通向客户心中的桥梁。如果产品名称和产品属性有一定关联，无形中就能够增加客户对产品的信任，这就是“名称营销”，始于企业产生之前的营销方式。

对于取名的过程，牛根生有这样的感触：“蒙牛公司一切竞争都是从设计开始，蒙牛企业名称的选择就是一个设计，我们想来想去在内蒙古做一个行业，一个产业，一个字代表我们的除了蒙再没有别的字。”于是，“蒙牛”二字就顺理成章地成为了企业名称的首选。可是，牛根生却认为自己姓牛，如果公司叫“蒙牛”会有“家企业”的嫌疑。而他此前一直强调要把企业办成“大家的企业”。后来，大家又想到了“蒙奶”，但“奶”是上声，“牛”是阳平，读起来，“蒙奶”的力度不如“蒙牛”的力度大。

最后，大家决定用集体投票的方式进行选择，几次会议所起的备选名字中，“蒙牛”独占鳌头。而且“蒙牛”的谐音是“猛牛”，对于刚创立的企业来说也是一个好的彩头。“蒙牛”二字给人以直观且丰富的情景联想：“蒙”让人想到内蒙古的茫茫草原，想到“风吹草低见牛羊”;“牛”让人想到奶牛、牛奶。牛根生对于企业名称的执著,可以说是他对企业无形资产的高瞻远瞩。

品牌名称能否有效传递企业的品牌基因是衡量品牌名称好坏的惟一标准。市场上的品牌按其名称对品牌基因的传递程度,可以分为三大类:快嘴品牌、哑巴品牌和歪嘴品牌。快嘴品牌是指那些能够给消费者留下直观印象,不用作任何附加的解释就一目了然的品牌名称;哑巴品牌就是那些如果不作附加解释,消费者就不知道品牌到底代表的是什么;歪嘴品牌则是容易让消费者误解其品牌基因的品牌名称。“蒙牛”这一名称能够正确而高效地传递公司的品牌基因,牛根生营销的第一步可以说是大获全胜。

蒙牛在乳品行业中异军突起,娃哈哈集团则在国内饮料行业一枝独秀,二者都是业内的强势品牌,而且都对品牌的命名下足了功夫。“娃哈哈”品牌成功的原因固然有很多,但“娃哈哈”品牌运营的最关键点是取了一个好的名称,占尽了天时、地利、人和。

最初,娃哈哈集团开发儿童营养液这一冷门产品时,就曾向社会广泛征集产品名称。在传统思维的影响下,应征名称多在“素”、“精”、“宝”等字眼上兜圈子,可厂长宗庆后却独具慧眼地看中了源自新疆儿歌的“娃哈哈”三个字。

宗庆后认为“娃哈哈”这三个字都发“a”的音,而这是孩子们最容易也是最早发的音,音韵和谐,容易让人接受并记住。而且《娃哈哈》这首儿歌以其欢乐明快的音调在少年儿童中广泛流传,将歌名和产品名称联系起来,大大缩短了消费者与商品之间的距离,便于消费者熟悉品牌,并借此提高品牌的知名度和影响力。

品牌的名称可以说是品牌形象的实体表现。以前的营销观点认为,只要产品质量好、广告投入大,产品就能够畅销,品牌也因此大行其道。其实这种观点是片面的,产品畅销与命名也有很大关系。因为无论企业在品牌上花费多大力气,投入多大宣传,所有努力的最终表现还是落实在了品牌名称上,可以说品牌的命名是创建品牌以及进行品牌营销的第一步,也是最重要的一步。品牌的命名往往代表的是企业做事的态度,代表企业的价值观。好的品牌命名,会让企业具有竞争优势,能够促进企业的发展,而企业的发展也会使品牌更具有价值和穿透力,两者相辅相成,缺一不可。

"快嘴品牌"会说话,"哑巴品牌"不说话,"歪嘴品牌"说错话。"蒙牛"这一品牌可以称之为"快嘴品牌"的杰出代表。"蒙牛"品牌的确立将"天苍苍,野茫茫,风吹草低见牛羊"的草原精神文化遗产,以及几代人在数十年以来累积下来的内蒙古牛奶这一无形资产全部囊括其中,用最精练、概括性的字眼体现了最丰富的内涵。以至于后来在上海,人们把所有来自内蒙古的牛奶统统称之为"蒙奶"。会说话的"快嘴品牌"较之于不会说话的"哑巴品牌"和说错话的"歪嘴品牌"来说,节省的广告费何止千百万元,对于企业发展的助力何止一两点。

让央视成为强力成长助推器

诺贝尔经济学奖获得者赫特说过:“随着信息时代的发展,有价值的不是信息而是公众的注意力。”要想聚焦公众的注意力就要选择高速度、高质量的传播媒介。俗话说,酒香不怕巷子深,但当巷子深到从内蒙古一直延伸到海南岛时,能够借助的就只有中国媒介市场最有影响力的媒体——中央电视台的力量了。

在如今这个经济飞速发展的时代,企业想要生存并迅速发展就必须学会营销,学会打造自己的企业形象和品牌,并在适当的时候表现自己。这不仅需要得到消费者的认同,还需要得到媒体、政府和社会各界的认可。因此,企业必须拥有良好的口碑,在发展过程中注重营销,懂得表现自己,做到让产品、品牌以及企业尽人皆知。因此,广告传播就成为了企业传播产品信息,开拓市场,塑造品牌形象,对抗同行竞争的重要媒介。对于立志成为全国性品牌的蒙牛而言,在全国范围内塑造品牌形象的中心环节就是在短时间内寻找到一个高速度、高质量的传播媒介。

俗话说:“酒香不怕巷子深。”在牛根生看来,中国市场这个“巷子”方圆九百六十万平方公里,可谓是深不可测,蒙牛想要让自己的“酒香”飘到“巷子”的每个角落,还需要借助中国媒介市场最有影响力的媒体——中央电视台的力量。

在中国的营销界,有这样一个不成文的默认法则:“一线品牌上央视,二线品牌在省台,三线品牌地市转,四线品牌沿街喊。”其实,中央电视台的价值核心就是其巨大的影响力。如果单从简单的表面数据上看,有些地方台或许可以和央视一较长短,但对于价值影响力而言,央视的优势是所有地方台都无法匹敌的,因为这种影响力是历史、社会和政府赋予央视的,也是央视通过苦心经营才获得的。由于央视的特殊地位,它拥有重大新闻或国际新闻的首发权等众多垄断性资源,是中国覆盖面最大、影响力最大的媒体。中国传媒大学广告学院院长黄升民教授曾经说过:“由于特殊身份,央视在中国的媒体传播领域占据了垄断地位,这一地位给企业的广告传播带来得天独厚的传播优势。”

蒙牛早在初创时,就准备将央视作为自己宣传品牌的嫁接平台。牛根生曾经说过:“当时我们只有 300 万元,就拿出 100 万元在央视做广告。因为要想把蒙牛从内蒙古卖到海南岛,这个忙只有中央电视台能够帮。”

1999 年,牛根生毅然拿出蒙牛三分之一的启动资金,在中央电视台投放了仅仅 5 秒钟的广告宣传片。尽管在别人看来,这短短 5 秒的时间完全可以忽略不及,可牛根生硬是凭这 5 秒的广告,利用央视的影响力、美誉度、可信度迅速从同行业品牌的强势竞争中突围而出。从 1999 年到 2005 年上半年,蒙牛累计在中央电视台的广告投入达到了 10 亿元,把广告资金的 70%都投放在央视招标段。

广告大师大卫·奥格威曾指出:“每一次广告都应该为品牌形象做贡献,都要有助于整体品牌资产的积累。”在中央电视台的媒介投放广告,从一定程度上来说,大大节约了蒙牛追赶伊利、光明等主要竞争对手的时间成本。在短短的几年时间里,蒙牛不仅成功做到了销售量的飞涨,而且还大幅提升了自身的品牌影响力。

在2004年中央电视台的黄金段位广告招标会上,蒙牛以3.1亿元夺取了当年的“标王”。可曾经的孔府宴酒、秦池、爱多等“标王”的纷纷落马,让很多人认为“标王”称号就是企业由盛及衰的代名词。人们在感慨蒙牛的大手笔之余,也暗暗为这个新“标王”捏了一把汗。

可牛根生认为,“标王”并不是不好的兆头。往届“标王”落马的原因几乎都是企业自身存在不足,例如孔府宴酒的产品缺乏特色;秦池没有正确应对危机;爱多的财务方面先天发育不良等。“标王”的桂冠意味着更多的媒体和消费者会把企业放在聚光灯下审视,一旦企业存在问题,那么这些问题往往容易被媒体放大,企业如果无法正确应对,就会在“标王”的光环下彻底败下阵来。蒙牛要想持续发展,成为一家百年企业,就要禁得起挑剔的眼光、苛刻的评价。

在与中央电视台的亲密接触中,蒙牛收获的不仅仅是通过广告传播来创造品牌价值,增加品牌资产。2002年,蒙牛不仅赞助了中央电视台春节联欢晚会,还与央视联合建立了一个应对突发事件的快速反应机制,以确保蒙牛广告能在第一时间赢得商机。在春节联欢晚会上,牛根生作为中央电视台的广告客户代表应邀参加,正好和英联集团的投资代表敬一娟女士同在一桌,并因此结识。当时,蒙牛正在和摩根集团谈判,摩根集团准备以 8.8 元/股的价格向蒙牛投资。而此后英联集团的加入,让蒙牛的最终收购价格上升到了 10.1 元/股。最后,国际著名三大财团摩根、鼎辉、英联共同向蒙牛公司注资 2.15 亿元。牛根生感慨地说:“中央电视台为蒙牛提供了甚至连我们自己也无法预料的高层沟通平台,这也许是蒙牛的一种幸运。”

据央视市场研究公司《品牌成长与广告效果监测系统》提供的 2003 年 9 月数据显示,2003 年蒙牛品牌已成功跻身乳制品行业前三甲。而这,正是牛根生最希望看到的结果。

诺贝尔经济学奖获得者赫特说过:“随着信息时代的发展,有价值的不是信息而是公众的注意力。”要想聚焦公众的注意力就要选择高速度、高质量的传播媒介。与伊利那优雅的华尔兹式广告相比,蒙牛广告的高密度高强度的集中轰炸就如同热烈的桑巴舞,这种热情足以融化任何坚固的壁垒。每一次广告都是企业对品牌形象的长期投资,而传播影响力最为巨大的央视无疑成为了蒙牛品牌和销售双线增长的强力助推器。

征服最挑剔的味蕾

俗话说："先尝后买，方知好歹。"免费品尝或免费试用是快速消费品行业新产品入市后快速动销的最有效武器之一，可以创造高试用率、惊人的品牌转变率，促使试用者成为现实购买者的可能性大大提高。蒙牛就是用这种免费品尝的营销方式叩开了深圳市场的大门，用高品质的牛奶征服了深圳消费者挑剔的味蕾。

如果把营销比作一场战争，那么媒体的广告可以看作空中的密集轰炸，而地面部队惯用的常规武器，则是免费的样品，尤其对于处于快速消费品行业的企业来说更是如此。赠送的产品应该具有独特的卖点，能给消费者带来其他品牌无法承诺的利益点，这样才能争取新的消费群。蒙牛就是用这种免费品尝的营销方式叩开了深圳市场的大门，用高品质的牛奶征服了深圳消费者最挑剔的味蕾。

鹏城深圳是改革开放的前沿阵地，是中国面对世界的窗口，展翅鹏城是许多企业的梦想，可众多进驻深圳的乳业品牌却纷纷铩羽而归。如何化解深圳消费者的抗拒心态，顺利打入深圳市场，成为摆在牛根生面前最大的难题。

当时的蒙牛品牌还名不见经传，深圳的商家都不约而同采取抗拒心态，大型超市拒之门外，中型商场水泼难进，小型店铺讨价还价。

其实，在乳品行业内，深圳市场是块公认难啃的“硬骨头”，深圳的消费者大半都喝国际大品牌的牛奶，对于国产品牌的认知程度不够。不仅蒙牛一家品牌如此，早在1997年，伊利就进军过深圳，采取的是先超市后社区的“蛇吞模式”，但一直都未获成功，攻坚未果只得黯然离去。

牛根生经过认真的调查和分析，决定走“农村包围城市”的路线：先开发居民小区，再攻坚小门小店，最后拿下商场超市。牛根生胸有成竹地说：“进超市的人不也是从小区出来的吗？我攻破了小区，不愁你超市不来找我。”

牛根生的十足信心来自于实力，蒙牛为了这次深圳之行，几乎精锐尽出：牛根生、杨文俊、孙先红，主将与谋臣一起出马，亲自督战。他们买来深圳市场销售得比较红火的七八种品牌的牛奶，其中一半是国际品牌，一半是国内名牌，将这些牛奶分别倒进杯子里，并给杯子编号。然后请人们品尝，看看哪种牛奶的口感最好。结果，前来品尝的人大约有90.9%的人都说3号牛奶好，而这个被大多数人认可的3号杯装的正是蒙牛的牛奶。

有了盲测的结果作为参考，蒙牛做起免费品尝的促销活动时就显得底气十足。蒙牛首先在深圳各个主要小区摆起免费品尝的摊位，所有促销员均身着蒙古族服饰，手端蒙牛牛奶，请来往的路人品尝。促销员一般三五人一组，最多时蒙牛聘请的促销员就多达几百人，遍布深圳各主要社区。在蒙牛的摊位上，还有一个展板,上面写了充满“挑衅”味道的广告语:“提起深圳,你会想到高楼大厦,高科技;提到内蒙古,你自然会想到蓝天、白云、牛羊,还有那从遥远年代飘过来的牛奶的醇香……几千里路来到这里:不尝,是你的错;尝了不买,是我们的错……”

在品尝到蒙牛牛奶的绝佳风味和口感后,消费者开始萌发购买意愿并进一步转化为购买行为。很多消费者就是从小量尝试到长期固定消费,最终成为了蒙牛的忠诚顾客。

俗话说:“先尝后买,方知好歹。”这种免费品尝的营销活动有鲜明的特点:目标针对性强,以实物形式表达(与产品的相关性)和免费的性质,相对于其他促销手段更受消费者欢迎,管理控制也比较简单。武汉顶益食品有限公司推广的新产品“超级福满多”香辣牛肉面,也是较为成功的一个案例。

顶益食品公司推出的“超级福满多”香辣牛肉面,较原先的“福满多”方便面在质和量上都有较大的改进,增加了面饼的重量,在面内加了鸡蛋,以加强面条的口感;在佐料上,除了原来的一个调味包外,还增加了一个肉酱包。有实力与康师傅、统一等老牌方便面一较高下。

“超级福满多”刚刚上市时,销售情况不佳。为了使消费者能了解这种经过改进后重新上市的产品,从而对今后购买方便面的品牌做出新的选择,顶益食品公司决定进行一次大规模的产品促销活动。经过调查发现,在我国方便面市场的主要消费者群体,一是旅游者;二是大学生群体。于是,“超级福满多”把促销目标锁定在了在校大学生身上,开展了一次向大学生派送方便面样品的促销活动。

顶益公司派出大量的职工和临时招募来的人员，去各大院校的宿舍楼把“超级福满多”方便面送到每个学生手中。得到方便面的学生要在派送人员的记录本上签名，并留下寝室房号及电话号码以作信息反馈之用。派送的方便面包装袋的右上角印有“非卖品”字样；而且包装袋正面还印有“集空袋，送福气”的促销宣传。消费者只要集两个“超级福满多”空袋，即可参加兑换牙膏、相册、饭勺等奖品，而且每包方便面的建议零售价仅为一元。

这次活动，顶益公司共准备了10万包方便面用于派送，目的是让在校大学生对改进的“超级福满多”方便面有一个全新的认识，品尝样品后能够喜欢它，以便于今后认牌购买。这次免费试用活动选择在目标消费者集中、购买潜力大的学生宿舍，具有极强的针对性，而且也取得了明显效果，“超级福满多”以其良好的口味和较高的性价比得到了很多学生的喜爱。

免费品尝这种建立在对产品质量了解和信任基础上的营销方式，容易让消费者成为产品的忠实客户。但纵观如今的商品市场，太多品牌奢望依靠广告打天下，迷信广告一播市场开花。其实，无论是成功的品牌还是拉动市场的广告，其成功的背后都有好的产品质量作为基础，广告手段不过是其中的催化剂，消费者的亲身体验才是产品叩开市场大门的金钥匙。所以从营销的角度，从节省资源推广的角度，实地推广、推进市场对新品牌的接受度，是蒙牛经济而有效的举措。

让消费者得到实惠

相比于简单的降价促销，蒙牛的买赠和免费品尝促销不但吸引了众多的新顾客，也保持了蒙牛中高档品牌的形象，可谓一举两得。孙子曰："凡战者，以正合，以奇胜。"蒙牛在促销活动上坚持从消费者的心理出发，宣传品牌的同时将更多的实惠让给消费者，通过一系列恰当的促销活动获得消费者的喜欢和信任，在获取利润的同时也树立了自己的品牌形象。

如果说广告能够让顾客了解品牌，为顾客提供信息，那么促销就能够让顾客迅速做出购买决定。因为在促销环节中，顾客能够亲身体验并从中得到实惠，这是广告难以比拟的。如果企业的促销环节成功，就能引发顾客的购买行为。美国著名营销机构博盛管理咨询公司针对200家公司的调研结果显示，市场营销总费用中针对消费者的促销占27%，针对零售商的促销占46%，广告活动占27%。而且该公司CEO约翰认为："随着竞争的日趋激烈，促销手段的同质化以及企业跨地域扩张，促销活动的费用还将呈递增趋势。"

回顾蒙牛的发展历程，细查蒙牛的各种促销举动，不难发现蒙牛乳业能够在短短几年的时间内发展壮大，与其成功的促销战略密不可分。对于食品，消费者最关注的是产品质量，其次才是价格,但寻求质优价廉的商品是不变的消费心理。而乳制品属于价格敏感型商品,蒙牛能够准确地把握这一点,在促销活动上坚持从消费者的心理出发,在宣传品牌的同时将更多的实惠让给消费者,通过一系列恰当的促销活动获得消费者的喜爱和信任,在获取利润的同时也树立了自己的品牌形象。

节假日是商家进行促销活动的绝好时机。在节假日里,商家能够面对更大的消费群体,在有限的时间里更大限度地发挥促销活动的作用,因此,节假日促销被越来越多的商家所重视,由此也引发了激烈的节假日促销战。孙子曰:"凡战者,以正合,以奇胜。"节假日促销战同样符合这样的道理。中国有众多节日,并且每个节日都蕴涵丰富的文化内涵,如何在这短暂的时间内最大限度地吸引消费者的眼球,以富有特色的促销活动和与众不同的广告宣传赢得消费者是促销活动能否取得良好效果的关键。精明的商家不但能够想出独特的促销创意,而且能够整合各种有效的促销工具,做好通盘打算,最终赢得促销战的胜利。

蒙牛就是节假日促销战的胜利者。在促销方式上,每逢周末和节假日,蒙牛就会搞一些买赠、免费品尝和特价等活动,让消费者逐步熟悉品牌,在得到实惠的同时成为蒙牛的回头客。相比于简单的降价促销,蒙牛的买赠和免费品尝促销不但吸引了众多的新顾客,也保持了蒙牛中高档品牌的形象,可谓一举两得。例如500ml 的蒙牛利乐枕不但买三赠一,而且每六包还设一张兑奖卡。虽然奖品价值不高,但却有较高的中奖率。相比伊利奖品价值较高但中奖率不高的兑奖活动,显然更受消费者的欢迎。在展示上,蒙牛合理陈列出自己的产品，顾客在享受赠送和品尝的同时可以更多地了解蒙牛各种系列的产品，各种各样的捆绑促销也发挥了不错的效果。在促销地点的选择上，蒙牛不但在各大卖场和连锁超市大搞促销，同时也会不定期地在一些人流较大或密集的小区里搞一些宣传活动，投递大量的DM宣传单。在促销品选择上，蒙牛也采用灵活多变而常新的促销品，最大限度地吸引消费者的眼球。在各地的卖场，蒙牛几乎每次促销活动都不超出一个月，然后就更换其他的促销品吸引顾客。这些小的细节方面的考虑也为蒙牛在促销中的表现增色不少。

在促销活动中，蒙牛在追求利润的同时也非常重视促销活动与产品品牌宣传、新品宣传的结合。2003年，蒙牛发现消费者对冰淇淋产品的花样、口味越来越重视，于是蒙牛投其所好，顺水推舟，在全国范围内推出了几十种新品冰淇淋。蒙牛在宣传上下了很足的功夫，一系列促销活动使得消费者很快就熟悉了蒙牛新品冰淇淋的各种口味，各大卖场都非常火爆。此后，在蒙牛的新品上市的时间段，蒙牛都会让自己的促销宣传向新产品倾斜，给消费者一个常新的感觉。

据国家统计局的调研结果显示：我国城镇居民的乳制品消费呈增长态势，尤其是近几年，每年的增长幅度都保持在20%以上，但经过了高速增长之后，乳制品的消费增幅已经相对放缓。在这种背景下，加大营销力度就成为了乳品企业的一大出路。而三元牛奶就是因为没有跟上蒙牛、伊利等强大对手的凌厉攻势，而失守北京大本营的。

在巅峰时期,三元牛奶曾占据了北京的八成市场份额。虽然此后蒙牛、伊利等品牌的进入让三元牛奶的市场份额有所下滑,但到2003年,三元牛奶依然占据着北京市场的半壁江山。较高的市场占有率让三元牛奶忽视了广告投入以及促销力度,造成品牌传播效果减弱,竞争乏力。

2003年下半年,蒙牛加速在北京市场的扩张。蒙牛一方面加速进入销售终端;另一方面大量招聘促销员进行驻店促销,以便在终端拦截对手。据了解,当时蒙牛招聘的促销员多达几千人。而三元自恃在北京苦心经营多年,有良好的终端基础,并没有在终端配备任何促销人员。2003年年底,北京市场上的乳品促销战如火如荼地展开了。以500ml的鲜奶利乐包为例,蒙牛促销活动是四赠一,价格为11.20元,均价每袋2.24元,而的三元牛奶则没有任何促销活动,每袋售价为2.80元。

2004年,蒙牛再次发起大规模的促销活动,从6月到8月的两个月期间,蒙牛牛奶以罕见的大幅度降价和买赠掀起了新一轮的价格战。从十一黄金周开始,来势汹汹的第二轮价格战又烽烟再起。面对蒙牛的强烈攻势,三元都没能及时做出应对,错过了最佳的反击时间。

在大力促销之后,蒙牛旗下大部分产品的销量都有不同程度的提高。据2004年上半年蒙牛乳业的业绩报告显示,北京地区蒙牛的营业额攀升105.2%,旗下液态奶、冰淇淋及乳制品的营业额分别上升97%、84%及566%。此消彼长之下,三元有限的市场份额被大幅度压缩。

三元多年苦心经营的大本营因其营销不利而最终失守，而成本控制乏力更是让三元雪上加霜。2004年三元第三季度季报显示，从1月到9月，公司的营业利润为负5 439万元。2004年12月22日，三元股份总经理郭维健因业绩原因引咎辞职。

促销是市场竞争中的一把利剑。消费者面对诸多质量相近、功能相似的产品时，购买决策就成了需要解决的问题。促销能克服顾客观望心态，打消顾客购买疑虑，鼓励顾客尝试购买，能够充当起消费者权衡的重要砝码。蒙牛牛奶之所以能够迅速占领市场，除了良好的产品品质之外，大力度的促销活动也功不可没，因为促销活动能够让消费者得到实惠，为消费者带来“额外获利的满足感和兴奋感”。

营销之路，行百里者半九十

营销之路，行百里者半九十，如果企业忽视了销售终端，此前在产品、广告上付出的努力就可能付诸东流。而且根据口碑效应，一个忠诚的消费者会引发至少8笔潜在的交易，而一个不满意的顾客则会影响到30个消费者的购买意愿。对于顾客而言，只有感知超出期望时，才会对企业的产品及服务表示满意，才愿意主动成为企业"免费的促销员"。

营销大师菲利普·科特勒认为："销售终端是离消费者身体最近的地方，售后服务是离消费者心灵最近的地方。"如果将企业的营销视为一场激烈的足球比赛，那么产品质量就是守门员，只有严守产品质量的大门，企业才能保持市场竞争力，在比赛中立于不败之地。企业员工则是后卫，素质高的后卫能够尽力防守，力保球门不失，在需要的时候助攻得分，为企业的经营注入活力。经营策略以及销售策略可以算作中场，只有保证经营和销售过程中每个环节的流畅，才能盘活整场比赛，企业的产品才能顺利走进千家万户。销售终端则是进攻的前锋，想要赢得比赛，前锋的临门一脚至关重要，如果这一脚射偏，那么可能因此输掉整场比赛。

《战国策·秦策二》中载："诗云：'行百里者半于九十。'此言末路之难也。"离成功越近的时候，就越容易出现问题。企业营销也同样如此，如果忽视了销售终端，可能此前所有的努力就付诸东流了。

当产品进入市场销售终端后，能够向消费者传播企业信息的载体就只有产品、广告和终端销售人员。在这三个载体中，产品已经造就，广告业已成形，都属于不可支配因素，惟一可以改变的因素就只有终端销售人员，甚至可以说终端销售人员的表现直接决定了品牌在最后的冲刺中给消费者留下怎样的印象。

牛根生对蒙牛的销售终端非常重视，所有的促销人员都要经过培训才能上岗。这种重视源自蒙牛曾经的失误。2003年，呼和浩特市一位消费者在超市购买蒙牛“绿色心情”雪糕，蒙牛的导购告诉他可以免费获赠一个钥匙扣，但该消费者付款后却并没有得到相应的赠品。他从销售点交涉到超市服务处，又去赠品处交涉，绕了一个大圈子，最后赠品处的工作人员给他的答复竟然是：“费这么多事，就为了领一个钥匙扣，你烦不烦啊？”这个消费者买“绿色心情”却由此得了一个“灰色心情”。

同年，天津也出现了类似的事件。一位消费者在购买了整箱蒙牛牛奶后，发现其中两包的包装已经破损。为了联系退货，他打了三次电话去蒙牛的内蒙古总部，还把这个情况反映给了天津市的蒙牛公司，并依照电话的人工提示去了三次售奶点，可是问题依然没有得到解决。满腔愤怒的消费者忍无可忍，向报社写了投诉信，并声称：他以后都不再购买蒙牛的产品。

这两个案例在蒙牛的产品销售历史中是罕见的，可就是这样个别的小问题也引起了牛根生的注意，他认为这两件事虽然是小事，但是却体现了蒙牛营销链上存在的个体和系统缺陷。古人云："千里之堤，溃于蚁穴。"如果忽视这样的小问题，则很可能在日后出现更多更大的"纰漏"。

营销学中有这样的观点：如果客户对企业的产品或服务不满，96%的客户都不会向企业投诉，但他们却会将自己的不满至少会告诉10个人；而那些少数向企业投诉的客户，只有问题得到妥善解决才会继续成为企业的客户；不满意的客户会将自己的负面感受向10~20个人诉说，这些人又会把这种不愉快的经历向更多的人传播，这样企业的损失将会是巨大的：损失成本=平均每位客户的价值×每年失去的客户数目（一般企业的基数是25%）+从失去每位客户的10位朋友那里所损失的潜在业务。

为了防患于未然，牛根生决定通过改革用人措施完善营销链上最后也是最重要的环节，提出了强化"品牌最后一公里"的思路：不是"最可爱的人"，不能让他占据第一排来代表企业与消费者打交道。

营销学中也存在"二八定律"：80%的销售额度来自20%的忠诚消费者。吸引新消费者的成本至少是保持现有消费者成本的5倍以上，但忠诚的现有消费者的推荐能让企业增加60%的新消费者，而且根据口碑效应，一个忠诚的消费者会引发至少8笔潜在的交易，而一个不满意的顾客则会影响到30个消费者的购买意愿。

从中我们不难看出，忠诚消费者对于一个企业、一个品牌的重要性。品牌忠诚度以经营消费者的购买意愿为出发点，企业要想留住消费者并让其发展为忠诚消费者，就必须让消费者对产品以及服务都从心底感到满意。这就对企业的终端销售人员提出了新的要求：要最大限度地让消费者满意。服务的态度、服务质量的高低决定了消费者的满意程度。但服务并不只是等价的价格交换，而是企业与消费者之间围绕产品价值的实现而进行的一系列实施和维护的权利和义务，而且还是实现产品使用价值最大化的人性化的行动。对于顾客而言，只有感知超出期望时，才会对企业的产品及服务表示满意，才愿意主动成为企业“免费的促销员”。

如何让消费者对蒙牛的终端服务质量满意就成为了摆在蒙牛高层决策者面前的最大难题。蒙牛的北京本部提出了“一切工作都用第一品牌的尺度来衡量”的服务理念。而且，北京本部不但加强促销理货人员的培训，还展开了“行政人员下终端，体验终端冷与暖”的活动，让行政系统人员每周到终端销售窗口去体验一天。这种体验决不是简单的“走过场”，每个行政人员在下终端之前都必须经过严格的岗前培训，不断学习终端销售的业务知识，而且行政人员必须通过和销售人员一样的业务考试才能“上岗”。在销售终端，行政人员和促销人员一起上货、码货、卖货。通过体验，不但加强了蒙牛销售队伍的凝聚力和战斗力，而且提高了销售终端的服务质量。超市厂商等销售终端对蒙牛促销人员的服务满意程度连续2个月保持98.9%以上。蒙牛北京本部也得到了这样的赞誉：“你们的产品是乳业里的可口可乐，你们的员工是乳业里的海尔人。”

付出总会得到回报,努力终将获得认可。在蒙牛终端销售人员的心里都有一盏服务客户的明灯。蒙牛人坚信,只有把产品终端服务之灯点得最亮，把一盏又一盏的灯连接在一起汇成灯海，市场才会发出耀眼的光芒,企业才能保持生机活力。

美国斯坦福大学一项关于顾客购物的研究发现,只有30%的顾客会直接从琳琅满目的品牌中直接选取自己认定的品牌产品，而70%的顾客则会在众多品牌中反复比较挑选。蒙牛的竞争对手也不会忽视对终端的把握。面对蒙牛的强劲攻势,光明乳业也开展了终端抢夺战。终端销售人员使出浑身解数向消费者推介光明牛奶,甚至在个别超市中,光明牛奶的终端销售人员将杯装奶装满购物车,并将购物车横放在牛奶区消费者必经的冷柜中间。两名销售人员左右开弓,负责向消费者宣传介绍,以招徕顾客。销售人员这种过于强势的做法很容易引起消费者的不满。相比之下，蒙牛“润物细无声”的终端销售更容易让消费者接受:大大小小的超市中几乎都能看到蒙牛的提示牌、产品质量免检证书或是POP,加上终端销售人员的热情服务,使蒙牛在与其竞争对手的多次比拼中,均以胜利告终。

为了拉大与竞争对手之间的距离,蒙牛产品销售终端更是以国际统一质量标准来严格把关，不但增加了终端的服务人员,也扩大了售后服务部门。现在,蒙牛所有的售后服务部都配有专业的订单核算人员,而且还有专人负责各种投诉问题的解决,专人负责促销活动、质量反馈等,处理解决问题的速度和消费者满意程度都有了很大的提高。正是秉承这种“消费者就是上帝”的理念，蒙牛走好了产品销售“最长的一公里”，在收获了众多对蒙牛产品忠诚的消费者的同时，还在原有传统市场的基础上开辟了一个新的市场。

2004年以前，国内乳制品企业的主要销售渠道还是通过超市、商店等经销商“飞入寻常百姓家”的，蒙牛的产品也不例外，一般都是通过各地经销商分销到超市、大卖场和便利店等。但是，超市的各种促销、损耗以及较高的人工等费用几乎让企业无利可图，难有较大发展。2004年2月，蒙牛集团的第四事业部连锁事业部成立，它的目标是：“通过创建蒙牛连锁专卖店，掌握通路，掌握未来，展示文化，最终实现品牌经营，百年蒙牛。”

蒙牛自建终端这个大胆的尝试让业内很多专家捏了一把汗。因为就开拓市场来说，自建专卖店的确是一个不错的选择，但如果专卖店影响到了其他销售终端，就得不偿失了。为了缓解二者的矛盾，蒙牛的决策者们创造性地提出将专卖店开进社区的高招。零售终端的基本法则是：“先聚人气，后聚财气”。蒙牛的社区型品牌专卖店巩固并提升了蒙牛的市场份额，蒙牛在营销终端方面又打了一个大胜仗。

终端营销就是以终端环节的传播为核心，以突出的“终端表现”来推广品牌的营销活动过程。终端营销这一概念虽然在“科特勒经典营销理论”中并未提及，但其重要性已经被越来越多的企业视为营销工作的重中之重，忽视终端营销的企业最终只会成为一现的昙花，业内甚至有“渠道为王、终端制胜”的说法。随着产品质量差异和营销手段同质化的加剧，终端的竞争必然会进一步升温。蒙牛对终端的重视不但让公司与消费者之间有了一座沟通的桥梁,并通过建立、健全品牌终端接触点,使消费者在消费体验过程中有更多机会体会蒙牛终端服务的热情与贴心,从终端取得优势,形成强大的顾客群体。

最好的营销——培训消费者

市场营销领域流传着这样一句至理名言："要想让顾客接受你的产品，首先要培训你的顾客。"从营销学的角度而言，没有培训过的消费者对产品的了解不足，缺乏品牌忠诚度。我国饮奶人口偏少，人均饮奶量偏低。习惯和观念是制约中国人摄入乳制品的关键所在，牛根生认为只要让消费者认识到牛奶和乳制品的真正价值，培养更多消费者并不是难事。

市场营销中，4P组合的概念由美国营销学大师麦卡锡教授在20世纪60年代提出，分别是产品(product)、价格(price)、地点(place)和促销(promotion)，传统营销理论的体系基本都构建在这一基础上。随着市场竞争的加剧，传统的营销观念已经无法解决市场营销中出现的种种困惑，此时，美国营销专家劳特朋教授提出了4C理论，分别是消费者(consumer)、成本(cost)、便利(convenience)和沟通(communication)。4C理论强调以消费者需求为导向，以追求顾客满意为目标。营销理念从4P到4C的转变，也让很多企业重新思索自身的营销策略。

市场营销领域流传着这样一句至理名言："要想让顾客接受你的产品，首先要培训你的顾客。"从营销学的角度而言，没有培训过的消费者对产品的了解不足，缺乏品牌忠诚度。培训消费者就意味着对消费者进行一定的消费指导，让消费者了解为什么要购买这种商品，以何种方式购买这种商品，通过培训将消费者潜在的消费力挖掘出来，并通过培训来培养及强化消费者的品牌忠诚度。

“培训经销商还是培训消费者”对于蒙牛这个既需要经销商支持，又需要消费者“买单”的乳品企业来说，是一个两难的选择，需要莫大的勇气与前瞻性的眼光来把握。

培训经销商对于生产企业来说是见效较快的便捷方法，而且这个方法的可操作性较强，因此很多企业都愿意将市场的触角延伸至四面八方，并愿意为此付出大笔的开销。但对于消费者而言，不论渠道如何构建，购物始终是“享受产品”的过程和结果，企业的所有前期投入，到这一环节才算是完成了最终使命。但消费者不可能像经销商那样集中培训，必须通过长期的灌输才能影响消费者，从而影响、拉动市场。

牛根生提出“培训消费者”的理念并非无的放矢。我国偏低的乳品消费让飞速发展的蒙牛感到了一定的压力。据统计，我国饮奶人口偏少，人均饮奶量偏低，大约只有3亿人喝牛奶，人均乳制品消费量为10公斤/年，仅为世界人均乳制品消费量的1/10。牛根生认为：出现这种情况的原因既有生活水平的问题，也有习惯和观念问题。其中习惯和观念是制约中国人摄入乳制品的关键所在，但只要正确地引导和教育，让消费者认识到牛奶和乳制品的真正价值，培养更多消费者并不是难事。

为了提倡全民喝奶，牛根生想了很多办法。蒙牛曾经买下一些草原歌曲的版权，在中间夹杂牛奶生产线及牛奶知识的介绍，并制作成光盘，将其放在奶箱里，赠送给消费者。2006年，蒙牛还开展了“赠书2 000万册为全民送去健康知识”活动，向消费者赠送名为《乳品与人生》的图书。这本书并非蒙牛的内部刊物，全书对蒙牛只字未提，介绍的都是普及牛奶的相关知识。随着2 000万册图书一同进入千家万户的是一箱箱的蒙牛牛奶，此次活动堪称是世界上最大规模的企业送健康行动。牛根生说：“蒙牛送书旨在让消费者了解科学饮奶知识，有意识地养成饮奶习惯，重在实效。”但从营销的角度来看，蒙牛此举在为消费者送去健康知识的同时也培育了市场。

当然，蒙牛以一己之力来培训全国的消费者似乎有点不自量力，这种潜移默化的宣传方式也不会收到立竿见影的效果，但此举对中国乳制品行业发展的影响十分深远。牛根生曾经说过：“提倡全民喝奶，但你不一定喝蒙牛奶，只要你喝奶就行。”在这种“共好”的思维模式下，伊利、光明和三元等企业也加大了对消费者潜移默化的隐性培训。现在，无论是我国的饮奶人口还是人均乳制品消费，相比以往都有极大的提高。这与蒙牛长期坚持培训消费者不无关系。

在培训消费者养成喝奶习惯的同时，蒙牛也在潜移默化地培养消费者对蒙牛的品牌忠诚度。例如：蒙牛在市场上广泛宣讲“选择蒙牛的五个理由”：一、中国绿色食品；二、产地乳都内蒙古；三、草原牛奶惟一中国驰名商标；四、英国本土NQA及ISO9002国际标准质量认证；五、利乐枕纯鲜牛奶销量居全球第一。以此对消费者进行品牌培训。此外,蒙牛还向大众传媒输出企业经营的案例,牛根生认为,典型的案例可以成为各个大学教授或是培训机构讲师的讲课素材,分析案例的过程其实也是将蒙牛品牌植入人心的过程,其作用更加广泛而深远,牛根生甚至认为:"这比派出一万名导购员还管用。"

世界整合营销传播之父唐·E.舒尔茨博士曾经说过:"旧有的传统营销观念是'请消费者注意!'而整合营销传播则是'请注意消费者!'企业的产品最终要让消费者心甘情愿地买走,而不能强迫,企业当然要关注消费者。"

20世纪90年代,微波炉刚刚在城市兴起,很多消费者对于如何使用微波炉烹饪知之不深,不知如何使用微波炉做出色香味俱佳的菜肴,往往只将微波炉用于加热剩饭剩菜。为改善这一现状,1995年,格兰仕公司斥资数十万元,在全国150多家新闻媒体上播出"微波炉菜谱500例",用直观的演示指导消费者制作微波菜肴,同时还向消费者普及微波炉的选购窍门以及使用方法等知识。1996年,格兰仕在北京、上海、广州等全国十余个大城市开展"首届微波炉烹饪大赛",可谓是一石激起千层浪,引得全国各地微波炉消费者竞相参加,相关的报道也是铺天盖地。此外,格兰仕还在全国各大城市的销售终端免费赠送自己花费一年多时间编辑出版的《微波炉使用大全——菜谱900例》和《如何选购和使用家用微波炉》两书,共赠送几百万册,使微波炉概念得以迅速普及。1997年初,格兰仕公司继续采取联合媒体培训消费者,在全国百余家媒体上定期定版开辟"微波炉知识窗"专栏,全方位向消费者介绍微波炉的基础知识。1998 年,格兰仕还在全国百城千县开展了微波炉"上山下乡"活动,将满载微波炉的大篷车开进农村市场,以此培训农村消费者。

格兰仕之所以能够成为微波炉行业的大哥大,正是源于对培训消费者的重视。在培训消费者的过程中,不但开拓了市场,还培养了消费者对格兰仕品牌的忠诚,格兰仕几乎成为了中国消费者心目中微波炉的代名词。

对消费者的培训其实就是研究消费者的心理需求,了解消费者的生活习惯,刺激消费者的购买欲望,指导消费者的购买行为,跟踪消费者的改进意向,不断提升消费者的消费品位、水平和质量。蒙牛副总裁孙先红曾说:"谁是我们的专家,谁是我们学习的榜样,实际上是消费者,只有消费者才是我们研究的对象和崇拜的偶像。"对蒙牛而言,消费者有需求时企业要竭力满足,消费者没有需求时,企业要想方设法创造出需求并予以满足,这就是培训消费者的最终目的,这就是营销的最高境界。而蒙牛对消费者的培训,也能够获得消费者更多的信赖和支持,蒙牛可以汲取消费者的反馈意见,改进产品,促进销售,形成一个良性的循环。

与媒体互动共振

媒体共振的威力是巨大的，企业想要与媒体形成良性互动，最好主动提供链接、发送新闻材料，这样不但可以增加报道的真实性以及利己性，还可以避免信息的不对称，减少错误信息或过时信息的纰漏。对于媒体的不实报道或负面消息要及时澄清，否则可能引起媒体的一窝蜂关注，最终葬送企业的大好前途。

共振是一个物理学名词，是指当两个或多个频率相近或相同的物理波相遇时，就会进行叠加，所形成的新波的振幅就是相遇波振幅的叠加。例如，军队过桥时如果步伐一致或者球迷在看台上一齐跺脚都很容易形成共振，甚至可能导致桥梁断裂或看台倒塌，引发悲剧，共振的威力之大由此可见一斑。从营销的角度来看，如果企业能够让媒体传播的信息以相同"频率"进行传递，也可以形成共振，加深加强对消费者的"刺激"。如果能够在同一时间段内使用各种可以利用的媒介进行信息传播，就会形成最大"振幅"的共振波，进一步加深消费者的印象，从而最大化地传递企业的相关信息。

在当今眼球经济盛行的时代，新闻这个特殊的市场对于媒体和企业而言同样存在价值。从新闻素材的角度而言，媒体是需求方，企业是供给方；从宣传载体角度讲，企业是需求方，媒体是供给方。如果企业想要与媒体形成良性互动，最好主动提供链接，而不是被动等待媒体来索要素材，否则媒体上发表文章的信息来源可能是第三手、第四手材料，甚至还可能偏离企业的真实主题。而企业主动向媒体发送新闻材料，不但可以增加报道的真实性以及利己性，而且还可以避免信息的不对称，减少错误信息或过时信息的纰漏。

媒体共振的威力是巨大的，著名营销专家叶企也曾说过："有时企业是成也媒体，败也媒体。"在这个信息爆炸的时代，公众可以通过各种渠道获得资讯。在这种情况下，无论多么不起眼的媒体，其"话语权"也不容小觑。哪怕是小事件、小新闻甚至假新闻，都可能引起所有媒体一窝蜂似的关注，这也足以给企业带来一场风暴，甚至可能像共振毁坏桥梁看台一样葬送一个企业的命运。因此，企业应该重视媒体的力量，并做好可能出现的应对策略，并牢记"媒体无大小，新闻无小事"的媒体共振定律。

2004年年底，牛奶中含有抗生素造成抗生素泛滥的议论在民间炒得沸沸扬扬，一家小报趁势发了题为《谁将"无抗"进行到底》的文章。文章说，记者采访了"Snap检测仪器及试剂盒"国内的独家代理北京安普生化科技公司的负责人，该负责人向记者透露了各乳制品企业购进"Snap系统"(抗生素检测设备之一)的情况：光明购进32套、伊利购进18套、三元8套左右……蒙牛购进2套。这篇报道发表以后，立刻在网上传播开来，蒙牛瞬时成了众矢之的，一时间各种有关蒙牛的负面议论不绝于耳。

但事实上，这篇报道的内容并不真实，甚至可以说是以偏概全。因为当时的呼和浩特已经为“无抗奶”立法，市面上的牛奶基本都不存在抗生素残留。而且蒙牛是当时中国乳业出口量最大的企业，必须执行严格的国际标准，做到“无抗”。而且检查牛奶中是否含有抗生素检查的方法不止一种，目前我国比较常用的牛奶抗生素残留检测方法还有TTC法（国标检测法）和高效液相色谱检测法等。实际上，当时蒙牛的抗生素检测系统在国内大概是最多的，仅工厂就有56套检测系统，奶站还有228套检测设备，对抗生素残留的检测不可谓不到位。但是，在企业没有发出澄清的声音之前，被重复了一万遍的谎言就是“真理”，而且像病毒一样迅速蔓延，让许多消费者对蒙牛产生了误解。

为了还自己一个清白，给消费者一个真相，2005年1月24日，蒙牛邀请10多家媒体的记者见证了蒙牛从奶源到工厂的“无抗奶”控制系统，流传的谣言不攻自破。蒙牛成功地走出了“无抗奶”危机的阴影。

此次危机也给了蒙牛极大的启发，在广告与新闻的权衡中，蒙牛“广告片的新闻制作法”的创意之举让广告要素与新闻要素“嫁接”到了一起。将新闻融入广告，不但增加了广告的可控性，还让新闻由易碎的“短命新闻”变为易存的“长命信息”。广告大师大卫·奥格威也曾经说过：“广告如果不制作成新闻，那它就毫无价值。”所以，蒙牛的这一创新不但兼顾了新闻与广告的长处，避免了各自的短处，还能够借助新闻事件来有意识、有控制地树立品牌形象。

如果企业出现问题被媒体曝光，企业没有及时和媒体沟通，一定会造成负面影响，出现不必要的损失，秦池、三株等企业就是因此轰然倒地的。媒体的一次宣传，哪怕是一个小小的新闻事件，对企业而言也无异于一次大规模、大力度的广告宣传。

2005年6月5日晚，河南省电视台三套《民生大参考》栏目播出了名为《变质光明牛奶返厂加工再销售》的报道，一石激起千层浪。报道称：在郑州光明山盟乳业有限公司的生产车间内发现了4个回奶罐，而且还有已经变质的牛奶，周围都是苍蝇和蛆虫。一时之间，光明"回收奶"事件迅速成为了全国消费者和各大媒体关注的焦点。

一波未平一波又起，紧接着，光明乳业杭州生产基地又被查出"早产奶"：2005年6月9日所生产的常温保鲜奶上标注的生产日期却是6月12日。6月13日，上海的光明乳品二厂也被查出了"早产奶"。短短的一周时间，光明乳业经历了前所未有的信誉危机。

其实，郑州光明山盟乳业有限公司并不存在"回收奶"问题，电视中报道的变质奶实际上是库存过期或是密封不好、发生渗漏、被零售商退回的废奶。光明公司对废奶的处理都是直接在洗筐间里划袋销毁，而不是再次加工。但当时郑州光明山盟公司的库房正在修建，库存奶和废奶同时堆放在洗筐间，才让记者产生了误解。

6月19日，经过郑州市政府食品安全监督管理办公室、质量技术监督局、卫生、工商等机构组成的联合调查组13天的实地现场调查，证明了郑州光明山盟乳业有限公司并没有从市场上回收变质牛奶再利用生产的情况，而且公司生产的两个产品（光明纯牛奶、心爽酸乳饮料）的所有指标符合有关标准要求。但是公司却存在库存产品在保质期内经检验合格再利用生产的情况，而且公司本身管理也存在严重问题。

“回收奶”、“早产奶”事件的惨痛教训，让光明乳业意识到需要重新检讨自己与媒体的关系。在激烈的市场竞争中，未知的变数越来越多，企业可能面临的危机类型也越来越多。如果媒体的不实报道对企业造成危机，企业就应当尽快处理危机事件，同时将重点转移到媒介公关上来，让媒体了解事实的真相，并客观公正地报道和评价。同时还要通过不同途径告知公众事实真相，并努力塑造受害者形象，来博取舆论的同情。可是，光明乳业却采取沉默的应对方式，希望此事能够慢慢平息，错失了澄清事实真相的大好时机，光明的品牌形象因为媒体的争相报道而一落千丈。

媒体无大事，新闻无小事。企业和电视、广播、网络等媒体应当有良好的沟通，并形成互动共振的营销传播策略，企业将自己准备向目标消费者传递的核心信息在各种媒体间以一定的频率进行传播，并使这些传播活动相互响应，形成共振。

把一粒小石子丢进大海，波纹才产生就被波浪所淹没。“全面撒网”是很多企业的营销传播方式，这种方式就像把一块巨大的石头分割成许多小石块，零散地投入大海，这不但无法形成影响力，而且还浪费了大量的物力财力。对于企业来说，想要得到营销传播的影响最大化就要进行互动共振策略，对企业现有资源进行整合，让媒体之间的新闻传播集中起来，在企业和媒介的共同作用下形成共振，就像许多零散的小石块以一定的频率投入海里的一个点一样，虽然石子不大，但是集中起来形成的共振会产生较大的波浪，这样的营销传播才是有效且有延续性的。

营销“非典”

2003年，“非典”突如其来，让所有企业都笼罩在阴云之中。谁能突破阴霾，谁就能取得这场营销攻坚战的胜利。蒙牛在各种乳品供不应求的情况下，及时调整供应结构，增加北京、广州等疫情严重地区的供应。4月21日，蒙牛北京分公司向卫生部捐款100万元用以抗击“非典”，成为国家卫生部红榜上首家捐款抗击“非典”的企业。

企业营销制胜的法则就是跟随市场的变化而变化。2003年初夏，突如其来的“非典”几乎改变了中国人的生活方式，也在无形中改变了企业多年积累下来的营销规则。人们减少了外出活动，企业惯常使用的促销活动突然失去了着力点；政府取缔了公共场所的大型活动，许多公司精心准备的产品推广活动无限期推迟……几乎所有的行业都在“非典”阴云的笼罩之下，企业应该如何从战略上合理规划，保障企业的营销系统完整，并及时从战术上进行调整就成为了首要解决的问题。

“非典”对食品行业的冲击是巨大的。“非典”爆发初期，消费者在“可能封锁城市”等谣言的影响下，纷纷前往超市抢购。“为家庭采购足够的食物，然后足不出户，不再和其他人接触，安全渡过难关”是当时最典型的心理写照。受此冲击，各大超市的各种食品供不应求，严重断货。抢购风潮过后，整个市场又突然沉寂下来，需求锐减，出现了“供求断裂带”。

北京是“非典”疫情的重灾区，2003年4月20日前后，北京爆发了持续约一周的抢购风潮。“非典”让人们增强了健康意识，牛奶能提高免疫力的特质让它成为了消费者抢购的首选商品，许多超市的乳品纷纷断货。牛根生从全局出发，分析市场状况，迅速出台了一系列应急方案。一方面，蒙牛总部发文发函，明令禁止下属分公司和经销商涨价，违反者开除或终止其经销权，从根本上杜绝了趁“非典”浑水摸鱼的行为。另一方面，蒙牛在各种乳品供不应求的情况下，及时调整供应结构，增加北京等疫情严重地区的供应。牛根生大胆将北京牛奶的日供应量增加到原来的200%，在其他品牌先后断货的情况下，蒙牛一家独撑大局。此举不但缓解了北京、广州、深圳等疫情严重地区各大卖场的燃眉之急，更提高了蒙牛的品牌影响力。

抢购风让其他乳品企业猝不及防，各大卖场纷纷断货，待企业反应过来，紧急调货入京，但终究为时已晚，抢购风之后的沉寂期来临，北京各大卖场人流骤减，这种情况大约持续了10天左右的时间。卖场中堆积如山的存货与萧条的环境形成鲜明的对比，而牛奶的保质期毕竟有限，这让企图“后发制人”的乳品企业头疼不已。

不仅是牛奶，蒙牛主营业务之一的冰淇淋也受到了“非典”的冲击。初夏的北京虽然依旧炎热，但“吃冰淇淋不利于预防‘非典’”的谣言却“冻结”了冰淇淋市场应有的热火朝天。加之人们都闭门不出，这对于随意消费、冲动购买型的冰淇淋来说无异于雪上加霜。许多小型企业纷纷因此倒闭。

面对危局，牛根生胸有成竹从容应对。他根据人们在“非典”期间不愿外出购物，而且喜欢整箱购买的特点，开发出家庭装、组合装的小包装冰淇淋。并让蒙牛走出去，在社区发展经销商，安置销售点，而且想出了电话订货，送货到小区门口，并由保安转交的稳妥办法，在保证社区“隔离”要求的同时也完成了送货任务。

面对委靡不振的冰淇淋市场，很多企业都望而却步，纷纷撤下广告。可蒙牛却反其道而行之，加大了在中央电视台以及全国各大卫视的广告力度。因为牛根生知道，“非典”将人们困在家中，电视成为了解外界的主要窗口，这正是蒙牛品牌传播的大好时机。而其他企业撤下广告减少了品牌的互相干扰，给蒙牛攻城略地提供了大好时机。

盛大董事长陈天桥曾经说过：“机会就像一扇迅速旋转的转门，当那个空当转到你面前时，你必须迅速挤进去。”在“非典”这场特殊的战役中，其他企业没有及时做出反应，处处落在下风，被市场牵着鼻子走，损失惨重。可蒙牛却走在了市场的前面，不仅反应迅速，在终端和广告上都做得有声有色，还捐款捐物，为抗击“非典”提供了强大的物质支援。

蒙牛在“非典”时期提出了一个口号：“没有旁观者，惟有战斗者；没有世外桃源，惟有同舟共济！”蒙牛自己更是以身作则，全力践行。2003年4月21日，蒙牛率先向国家卫生部捐款100万元，成为了中国首家捐款抗击“非典”的企业，因此登上卫生部红榜，也拉开了企业捐赠的序幕。蒙牛还在全国近30个城市或地区捐款捐奶1 200余万元,不但树立了“经营健康”的良好品牌形象,也强化了企业的社会责任感,打动了广大消费者。

抗击“非典”是一场全民战争,激发了每个公民的社会责任感。牛根生认为,蒙牛要想在“非典”中突围,必须抓住每一个宣传企业的机会。成熟的大企业一定会把公益事业写进自己的企业文化或战略计划中。利用公益广告来开展社会营销,无疑能在民众中树立起良好的企业形象和品牌形象。

在“非典”爆发不久,蒙牛就与卫生部联手推出公益广告——《怎样预防“非典”》;还邀请章子怡拍摄了一部以“保护自我,关爱他人”为主题的公益广告;此后,蒙牛又推出了以“抛弃陋习,身心健康”为主题的系列公益广告片展播。这些公益广告的播出,在消费者心中树立起了蒙牛有责任的企业公民形象,为这场营销战役添上了浓墨重彩的一笔。

迎战“非典”,蒙牛不仅在营销上发力,而且还在产品质量上大做文章。除了每天都开展的常规预防工作之外,还在蒙牛工业园区实行全封闭管理:园区内所有的工作人员吃住都在厂区,任何人都不能离开。对于蒙牛的“全封闭”,牛根生这样解释:“蒙牛从事的不是孤岛型工业,而是农业产业化事业,前端连着百万农牧民,后端连着亿万消费者;蒙牛的生产一天也不能停,停业一天,几十万奶户就要跟着失业一天,每天2 000多吨白花花的奶就得倒掉……蒙牛已与百万农民结成命运共同体,一荣俱荣,一损俱损。因此,只有拒‘非典’于厂门之外,才能承担起龙头企业的社会责任。困难有天大，生产不能误，‘强乳兴农’是蒙牛的使命。”

“非典”期间，蒙牛及时预防，严格检查，制定了许多“抗非”措施。蒙牛总部6 000多名员工、全国20多家分公司的全体员工无一诊断病例，无一疑似病例。

蒙牛一系列成功的营销手段，使其在“非典”期间仍然能保持126%的高速增长，5月的销售额与上年同期相比增长了253%。而且“非典”期间蒙牛发起的公益行动，让蒙牛成为了公众心目中最有责任心的企业，成为消费者首推的标榜品牌。蒙牛体现出的不仅是一个中国乳品业领跑者的心态，而且还以一种极强的进取心，进行着前所未有的企业战略和品牌建设工作，履行自己“经营健康”品牌的承诺。

“非典”是对所有企业的一个试练，企业的运营能力在危机中受到挑战，辛苦构建的营销体系受到冲击，企业文化将会受到洗礼，行业格局也可能因此而发生巨大变化……“非典”给企业出的考题并不是单纯地应对突发危机事件，也不仅是能否及时把握市场机会，而是考验企业的核心竞争力和决策力。格兰仕“非典”期间的营销借势之举，让其成为了家电行业中及时突围的佼佼者。

格兰仕对中国微波炉市场的启蒙教育使其占领了70%的市场份额，占世界微波炉市场40%的份额。可格兰仕却依然没有摆脱消费者心目中低价格、低技术的定位。

2002年，格兰仕自主开发出世界首创型光波炉，该产品大量使用环保新材料，并综合了众多智能新技术。格兰仕准备用光波炉来占领高端市场，扭转自己“价格屠夫”的形象，使公司从追求市场占有率转而变为追求高利润率。格兰仕光波炉以“杀菌更彻底，营养更美味”为诉求，上市不久就取得了不俗的业绩。

“非典”初期，格兰仕在全国范围内投放宣传光波炉杀菌功能的广告，刺激了当时消费者对于追求健康而变得异常敏感的神经。不仅如此，格兰仕光波炉还获得了有关机构颁发的关于产品“杀菌”功能的监测证书，并联合众多媒体召开研讨会，借此机会进行产品推广和宣传。

当时，公众关注的焦点就是医院，格兰仕决定向医院大规模赠送有杀菌作用的光波炉，赠送活动在全国范围内如火如荼地展开，在向北京小汤山医院捐赠时达到了高潮。

“非典”期间，格兰仕通过加大广告投放、向医院赠送等一系列营销手段推广光波炉，持续的发力之举让媒体时刻关注，而且格兰仕总能巧妙地将舆论引向有利于自己的方向。格兰仕借“非典”之势，营造新闻，炒作概念，成为当时最受公众关注的家电企业。在其他家电品牌一片萧条的大环境下，格兰仕的销量却节节攀升，不少地方甚至供不应求。

当然，格兰仕的“非典”营销举措也并非尽善尽美。对于光波炉杀菌功能的过度强调，也产生了一定的负面效应。下半年，格兰仕在部分地区采取了“送钻表”、“以旧换新”等促销行为，无疑是对此做出的一点弥补。

《孙子兵法》九变篇主要讲战争情况瞬息万变，故为将者必当循情据意，善于应变，方可克敌制胜。青岛啤酒总裁金志国曾经说过：“我们所做的一切，就是时刻警醒、思考并探索着如何去应对变化。”

突如其来的“非典”让所有企业措手不及，完全颠覆了企业惯有的营销思维。但“非典”之后，有的企业能够迅速崛起，有的企业却需要时间来恢复元气，也有企业没能撑过这段艰难的时光，倒在了走出困境的路上。这样的天差地别在于企业自身的运作，是积极调整战略主动应对，还是在消极中无奈等待转机。

无论是蒙牛还是格兰仕，它们在“非典”期间的杰出表现，充分显示了灵活机动的快速反应能力、高超巧妙的营销策划技巧，创造了企业经营的奇迹。“非典”之后，消费者对健康的观念进一步提高，对乳制品的消费也上了一个新台阶。蒙牛成功的“非典”营销提高了品牌美誉度，增强了消费者的忠诚度，成为了乳制品企业中最大的赢家。

借“神五”之势腾飞

借势营销是指企业将销售的目的隐藏于营销活动之中，将产品的推广融入到消费者喜闻乐见的环境中，使消费者充分了解产品并接受产品的营销手段。2003年，“神舟五号”载人飞船成功发射，是我国航天发展史上开天辟地的大事，国内外媒体都非常关注此次发射。蒙牛成功借“神五”之势抢占了制高点，在借势营销的案例中填上了浓墨重彩的一笔。

荀子《劝学》中说：“假舆马者，非利足也，而至千里；假舟楫者，非能水也，而绝江河。君子性非异也，善假于物也。”“假”者，借也。在中华民族的智慧里，“借”是一种大学问，《三国演义》中的“草船借箭”、《三十六计》中的“借尸还魂”等都是极好的例证。目光长远的企业家能够清楚地认识外部形势，并且巧妙地利用外部力量，推动自身的发展，这就是“借势”。

借势营销是指企业将销售的目的隐藏于营销活动之中，将产品的推广融入到消费者喜闻乐见的环境中，使消费者在这个环境里面充分了解产品并接受产品的营销手段。《孙子兵法》也说：“势者，因利而制权也。能相地势、能立军势、善以技、战无不利。”善于借势的企业能够在外力的帮助下，使自己的品牌影响力如滚雪球一样越滚越大。

在激烈的商业竞争中，企业想要在营销上借势发力，就必须具备敏锐独到的目光，随时关注和把握身边的大事或各种大的趋势，并结合企业自身的实际情况，及时抓住提升企业形象和品牌传播的有利机遇。局势风云变幻，企业要想成功借到“东风”，就要根据时局的变化及时调整营销策略，用最佳、最巧的方法玩转时局，如果能够在借势之余通过媒体主动造势，那么这种合力将成为推动企业品牌推广的滚滚洪流。

“神舟五号”载人航天飞船实现了中国人飞天的梦想，是我国航天发展史上开天辟地的大事，它的成功发射与回收牵动着亿万中国人的心，国内外众多媒体也竞相跟踪报道“神五”。美国经济学家迈克尔·戈德海伯在著作《注意力经济》中指出：“在新的经济下，注意力本身就是财产。”英特尔前总裁格鲁夫也曾说过：“整个世界将会展开争夺眼珠的战役，谁能吸引更多的注意力，谁就能成为世纪的主宰。”“神五”成为了公众注意力的核心，能成功借“神五”之势的企业就抢占了制高点，能随“神五”一起一飞冲天。

“神五”赞助商众多，可是时至今日依然能让消费者记忆犹新的恐怕只有蒙牛一家。据AC尼尔森发布的统计数据，自2003年10月“神舟五号”飞天之日起，蒙牛液态奶销量连续7个月居全国之冠，而且蒙牛的品牌知名度、美誉度和品牌影响力都借“神五”之势得到了显著提升。在这次借势营销中，蒙牛第一时间以第一印象在广告上大做文章，其敏锐的眼光和整齐划一的执行力让公众叹为观止，也让竞争对手望尘莫及。

2003年10月16日早上7点“神舟五号”一落地，各大门户网站第一时间就出现了相关的蒙牛广告;9点左右,中央电视台启动蒙牛的航天广告;上午10点之后,蒙牛关于“神五”的户外广告在各大城市实现“成功对接”。同时,印有“中国航天员专用牛奶”标志的蒙牛牛奶相继出现在全国的各大销售终端。一时之间,“蒙牛牛奶,强壮中国人”和“蒙牛牛奶,航天员专用牛奶”等口号充斥着各大城市的大街小巷,媒体新闻、新闻专题、网站竞猜和销售终端的宣传海报等一同大肆“轰炸”,几乎处处都是蒙牛与“神五”的身影,赚足了公众的眼球。

其实,牛根生早在“神舟”系列飞船研制之时就敏锐地嗅出了其中的商机,他认为“神舟五号”的发射成功将激发中国百姓强烈的民族自豪感和自信心,将是中国航天史上的一大创举,借这样一个具有历史契机的事件之势进行营销必然会取得不同凡响的效果。因此,在2002年上半年,蒙牛就与中国航天基金会进行接触。由于中国航天基金会对合作伙伴的要求十分严苛——必须是民族企业，必须是中国驰名商标，必须是行业领导性企业,必须同航天精神相关联等,这些条件吓退了很多与航天部门接触的企业。

牛根生为了打消航天部门的顾虑,多次邀请航天载人工程研究所的专家到蒙牛考察。通过数次对蒙牛的奶源、生产设备、市场流通等环节的严格考察、调研,并进行多次物理、化学、微生物学的分析,蒙牛集团于2003年初正式成为中国航天首家合作伙伴,蒙牛产品被认定为“中国航天员专用产品”。这时距离“神舟五号”发射还有半年多的时间。

此后，牛根生决定投入巨额资金用于此次营销。最能冲击消费者视觉的电视广告和平面广告成为蒙牛此役的重中之重。蒙牛从国内九十多家优秀广告公司中筛选出六七家各有所长的公司作为广告代理商，负责从创意、拍片到媒介购买等运作计划。还与合作的广告公司以及全国各大卫视签订了“军令状”，在合同中明确标注了“‘神五’成功落地马上发布广告”的条款。

牛根生认为，广告不但要传递蒙牛的品牌内涵，还要与消费者产生互动。蒙牛最初“举起你的右手，为中国喝彩”的广告，不仅体现出了民族自豪感，还在广告中加入动作联想，让消费者在无意中完成了一次“心理体操”；紧随其后的“蒙牛牛奶，强壮中国人”则在宣传蒙牛品牌的同时，还将自己同民族、社会、国家联系在一起，让自己表现出强烈的社会责任感和自豪感。而且蒙牛被指定为“中国航天员专用牛奶”，在消费者心里产生一种信任感，进而达到认同感。这一个个匠心独具的创意让消费者从潜意识中将蒙牛与中国航天事业捆绑在了一起。

与铺天盖地广告相辉映的是各大超市、卖场的促销活动。蒙牛在第一时间推出印有“中国航天员专用牛奶”标志的蒙牛牛奶全新登场，全国各大超市、卖场中几乎都配合着身穿宇航服的人物模型和其他各种醒目的航天宣传标志，引起了消费者对“航天员专用牛奶”的浓厚兴趣，蒙牛旗下所有乳制品的销量都有较大的增长。

这次借势营销中，蒙牛把消费者的关注点、“神五”的事件核心点和蒙牛品牌的诉求点结合在一起，三点一线贯穿起来。而且着力点十分准确，将消费者对于事件的关注及对于牛奶的需求在营销中巧妙地融会贯通，将企业定位树立在大众面前，展示了蒙牛与“神五”的共同理念及实际意义。这不但给蒙牛注入了新的品牌内涵，更在消费者心中树立了蒙牛的公益感和责任感，同时也向消费者传达了蒙牛产品品质值得信赖的信息，等同于用航天食品的严格标准来证明蒙牛产品的健康和营养，有利地推动了终端销售。

蒙牛对于“神舟五号”的事件公关可谓大获全胜，被评为当年度“中国广告业十大新闻”之一。而且在消费者心目中形成了一种思维定式：提到航天就会想到蒙牛。因此，面对企业接踵而来的效仿，以及此后“神六”的众多赞助者，蒙牛依然能从容应对。

蒙牛借势“神五”迅速腾飞，全面提升了品牌价值，成为事件营销中不可复制的经典案例。因为“神五”作为中国载人飞船第一次升空，有着里程碑式的重要意义。2005年，“神舟六号”载人航天飞船让许多企业嗅到了商机，很多企业想模仿蒙牛借势营销的模式，但大多只得了“形似”，无法从根本上打动消费者。

在激烈的“神六”营销大战中，广东科龙公司完胜海尔，成为家电行业惟一一家“中国航天事业合作伙伴”，科龙旗下的冰箱、空调、冷柜和洗衣机等产品都成为了“中国航天专用产品”，而科龙的各类小家电则成为“中国航天选用产品”。在“航天”的光环下，科龙加大了在全国各大媒体的广告投放力度，而且在各地家电商场开展“中国航天专用产品”的广告、促销活动。

同“神五”相比，“神六”在技术上有了重大突破，但无论从意义、悬念还是轰动效应上，都无法与“神五”等量齐观。而且科龙产品与航天缺乏内在关系，无法引发消费者进一步的联想，也没有与媒体及受众达成互动效果，仅仅靠航天概念和“神六”二字是无法让消费者买账的。正是这些原因造成了科龙“神六”借势营销之失。

广告之父大卫·奥格威曾说：“阅读普通文章的读者数量是阅读普通广告的读者的6倍。编辑们传达信息的能力远比广告人强。而能让记者、编辑传达企业或者产品信息的方法，就是开展借势营销。”借势营销具有四两拨千斤的传播效果，同广告相比更具隐蔽性和持久性，而且集新闻效应、广告效应、公共关系、形象传播和客户关系于一体。这对许多企业而言，无疑具有相当的诱惑力。

蒙牛借势“神五”营销，成功地抓住了事件的亮点、热点和记忆点，引导消费并带动卖点。不但吸引了消费者眼球，成功塑造了企业的社会责任心，还成为品牌传播的助推器，通过营销将蒙牛的理念、产品与服务质量传播给目标消费者，最终突出重围取得胜利。当然，经典的借势营销不可复制，企业想要通过借势来提升企业形象，还需要根据自身的具体情况进行把握，如果盲目模仿，最终也只会是“东施效颦”。

牵手“超女”，大行娱乐营销之道

“一切行业都是娱乐业。”美国著名管理学者斯科特·麦克凯恩如是说。当娱乐化精神成为时代中商业运营的标志性特征时，对娱乐的有效开发、利用和发挥就成为了企业的一种新竞争力。当营销披上了娱乐的外衣后，就不会再有冷冰冰的疏离感，等于为产品注入了情感的因素，让消费者在欢愉的氛围中，在轻松的心情下去主动购买产品。

著名营销专家沈志勇曾经说过：“19世纪的营销是想出来的，20世纪是做出来的，21世纪的营销将是‘玩’出来的。”21世纪是一个娱乐化的世纪，当娱乐化精神成为时代的新风向标时，随之而动的是企业营销策略的调整。

娱乐营销其实就是借助娱乐的元素或通过娱乐的形式与消费者实现互动，将娱乐因素融入产品或服务，并将产品与客户的情感建立联系，以此达到促进产品或服务取得良好市场表现的最终目的。实体、媒体、消费者三位一体与互动是娱乐营销不同于其他营销活动的最显著特点。《哈佛商业评论》中说：“所有的行业都是娱乐业！公司在本质上就是一个舞台，你要在这个舞台上，为你的客户、员工‘秀’出你要卖的东西！”当营销披上了娱乐的外衣后，就不会再有冷冰冰的疏离感，等于为产品注入了情感的因素，让消费者在欢愉的氛围中，在轻松的心情下去主动购买产品。

当然，成功的娱乐营销绝不仅是娱乐产品与企业商业诉求之间的简单拼凑，而是娱乐精神和产品品牌个性及内涵的深刻融合。只有赋予品牌以内涵，品牌才会有血有肉，才能引起消费者联想或共鸣，才可能让消费者产生消费行为并进而产生品牌忠诚度。而娱乐与品牌内涵之间的联系更容易激发消费者的联想，以娱乐名义传递的消费者价值才能大行其道。蒙牛酸酸乳联合“超级女声”正是这样一个经典的娱乐营销案例。

蒙牛酸酸乳本是蒙牛乳制品家族中一个不起眼的小角色，主要竞争对手伊利旗下的优酸乳几乎占据了乳酸饮料的半壁江山。伊利优酸乳不仅品种丰富多样，而且优酸乳的“优”字给了消费者“品质优良”的巨大心理暗示，在品牌概念上占了先机。此外，在诉求点上，伊利一直主张“青春滋味，自我体会”，比蒙牛酸酸乳“美味加倍，让自己更可口”更口语化，也更亲切。

乳酸饮料市场是巨大的，蒙牛不可能坐视伊利一家独大，想要突围就必须找出差异并用适合的营销方式让消费者接受。蒙牛将酸酸乳这一品牌锁定于15~25岁的青少年消费群体，这一群体个性鲜明而张扬，不屑将价格作为购物的第一考虑因素，强调“我就喜欢”，抓住年轻人追求个性、前卫，喜欢彰显个人魅力与自信的特点，塑造年轻而又充满活力的品牌形象。

“超级女声”是湖南卫视于2004年推出的一档娱乐性选秀节目，主要是依靠大众性的音乐选秀活动，倡导“想唱就唱”和“以唱为本”的理念，通过层层淘汰选拔，挑选出真正具备培养前途与明星潜质的歌手。只要是喜欢唱歌的女性,都可以免费报名参加比赛,比赛对于唱法、年龄、外型和地域等因素均不设限制。

蒙牛酸酸乳的主要消费群是年轻而有活力的女性,而"超级女声"则代表了都市女性的年轻、活力和个性,个性化产品和个性化娱乐营销事件的准确对接,将二者之间的潜在关系连接起来。"超女"这场娱乐营销风暴之后,蒙牛酸酸乳不再只是一种乳酸饮料,而是成为了女孩们时尚的代言,成为了展现自己青春的一个符号。蒙牛液态奶前市场总监也是"超女"的主策划者孙隽在提起"蒙牛+超女"组合时,说过这样一句话:"蒙牛酸酸乳与超级女声的合作,是特定情景下的产物,它的成功是不可复制的。"

2005年2月24日,蒙牛与湖南卫视在长沙联合宣布,双方将共同打造"2005快乐中国蒙牛酸酸乳超级女声"年度赛事活动。这意味着蒙牛将高举"超级女声"的大旗,进行它的娱乐营销活动。蒙牛邀请2004年超级女声大赛季军张含韵代言,张含韵形象浪漫、天真又不乏自信与激情,更贴近"超级女声"的受众,也更符合蒙牛酸酸乳的形象定位。

蒙牛将自己的主攻方向定为"超级女声"五大主赛区(长沙、郑州、杭州、成都和广州)的市场,在这些城市,各种媒体对赛事的报道铺天盖地,对于赛事举办、比赛情况、赞助商蒙牛酸酸乳的产品定位以及代言人张含韵等都有相关报道。这些报道将"超级女声"的品牌影响注入了蒙牛酸酸乳这一产品之中,而且产品的包装、宣传彩页、终端的路演推广全部都和媒介宣传步调一致,让消费者能够对"蒙牛酸酸乳"和"超级女声"二者产生相关联想。

不仅如此，蒙牛还在终端上大做文章。各个超市、卖场都树立起了蒙牛酸酸乳的堆头，用强大的终端促销攻势吸引消费者。而且凡购买蒙牛酸酸乳夏令营六连包的消费者都能参加抽奖活动，中奖者可以免费去长沙观看“超级女声”总决赛。这一活动与终端销售相结合，进一步将活动影响力转化为产品销售力。

在与“超级女声”的合作中，蒙牛酸酸乳的产品推广费用只占了销售额的6%，而销售额却由2004年6月的7亿元上升到2005年8月的25亿元。2006年，尝到了甜头的蒙牛酸酸乳再次与“超级女声”牵手，大行娱乐营销之道。蒙牛乳业副总裁孙先红认为：“蒙牛酸酸乳超级女声是‘1+1>2’这样一个娱乐营销案例，也是中国传媒业里整合营销最成功的一个案例。湖南卫视和蒙牛酸酸乳你中有我，我中有你，湖南卫视活动的预告、脚标、活动的现场都有蒙牛，蒙牛酸酸乳在所有的活动中，也都有‘超级女声’。”

约翰·奈斯比在《大趋势》一书中这样写道：“想卖东西？搞培训？抓管理？调动积极性？首先，你必须让人家高兴。在今天这个变化莫测的世界上，娱乐被认为是日常生活中必不可少的一个因素。”当娱乐成为时代的标志性特征时，企业就必须将其规划于商业运营策略之中，而对娱乐化精神的有效开发、利用、发挥则成为企业的一种新竞争力。中国移动的动感地带品牌也是彻底贯彻娱乐精神的成功营销案例。

“动感地带”是中国移动于2003年推出的新通信品牌，定位于时尚个性的年轻一族，并将自身打造为一个时尚、个性、创新的品牌。在营销的基本诉求点上就要求充满活力、激情、时尚的年轻气息，这样才能与“时尚、好玩、探索、新奇”的品牌特征高度吻合。“动感地带”选择了最受青年人喜爱的当红明星周杰伦担任代言人，周杰伦专门为“动感地带”创作了主题歌《我的地盘》。尔后“动感地带”又邀请潘玮柏、S.H.E 与周杰伦一同代言，对年轻群体形成了极大的吸引力。无论是广告还是宣传彩页的设置无一例外地是新奇、搞怪、活力和激情，使“动感地带”的目标消费群体——年轻一族心中产生强烈共鸣。无论是“我的地盘听我的”这一娱乐化口号，还是“M-ZONE 人，喜欢什么就选什么”“没错，我就是 M-ZONE 人”等娱乐性极强的广告语，都让崇尚个性、时尚的年轻人过目不忘。

在品牌推广期，“动感地带”在全国各地各大高校开展了各种富有特色的娱乐活动，彰显自身活力、动感、激情的娱乐风格。此后不定期的举办各种“寻找 M-ZONE 人”、明星歌友会等互动活动，以及 2004 年举办的“动感地带-QQ 之星歌手大赛”，无疑都是对“动感地带”品牌娱乐营销策略的一大升级。以 2005 年“动感地带”在福建举行的“飞越 100 万·动感地带——周杰伦巨星演唱会”为例，演唱会中周杰伦、蔡依林、潘玮柏等人的激情演出，不但让歌迷心驰神往，还让厦门动感地带的新增用户比往日增加近两成。A.C.尼尔森 2004 年年底的市场调查显示，“动感地带”在目标客户中的品牌知名度达 85%，品牌忠诚度达 80%，品牌美誉度达 75%，时尚、个性鲜明、创新的品牌特点被大多数客户认同。

在当今激烈的市场竞争下，各种媒体投入广告的边际效应呈下降趋势，企业要想进行营销突围，娱乐营销可谓是最有效的利器之一。如果企业能够深入了解大众消费心理,掌握娱乐精神,并通过一系列有声有色的活动或其他方式吸引公众的注意力,成功就一定会随之而来。

"一切行业都是娱乐业。"美国著名管理学者斯科特·麦克凯恩如是说。2007年,湖南卫视转战"快乐男生",蒙牛酸酸乳也另觅"新欢",冠名一向由百事可乐来赞助的音乐风云榜,并在音乐风云榜的基础上打造了一档新的选秀活动——风云新人。从这点我们不难看出,蒙牛不遗"娱"力将娱乐进行到底的决心。

美国商会《国际经济》曾指出:"如果你不把娱乐的因素加入你的行业中去,那你的公司就等着完蛋吧。"大众的娱乐方式在不断更新,对于企业而言,娱乐营销也需要不断创新。想要娱乐营销不断保鲜、持续奏效,企业就要层层递进、环环相扣,将娱乐营销不断推向高潮。

让营销透出文化的韵味

文化营销根植于品牌和企业文化，是利用文化力传递和提升品牌价值的一种营销手段。开展文化营销的前提是企业必须对文化有深刻的领悟，并对目标客户群的内心世界有较为精确的把握。从战略意义上来看，文化营销是企业为满足消费者的差异化需求而制定的文化渗透战略性营销。蒙牛“跑出火箭速度”的背后支撑力量正是其不断调整的文化营销。

在营销界中有这样一种说法：“一流营销卖文化，也就是说一个商品要能够满足多个需求；二流营销卖品牌，说的是渠道、服务、宣传和促销；三流营销卖产品，指的是产品的技术和质量。”文化是塑造企业形象的一大利器，是赋予品牌丰富的个性化内涵。文化营销植根于品牌和企业文化，是利用文化力传递和提升品牌价值的一种营销手段。文化营销观提倡企业以实现社会价值为最终目标，以此来保证企业源于文化需求的核心竞争力，并使其与企业文化的核心价值相一致。

经济发展的深层次竞争是文化的竞争，正如美国当代经济学家莱斯特所说：“21世纪的企业竞争将在一定程度上取决于文化力的较量，没有强有力的企业文化支撑的企业将会失去发展所必需的营养，企业发展就会面临困境。”

开展文化营销的前提是企业必须对文化有深刻的领悟，并对目标客户群的内心世界有较为精准的把握。可是，很多企业在实际操作过程中却常常因为没有深入领悟文化而营造了肤浅的文化营销，甚至导致“另类文化”、“伪文化”和“低俗文化”的传播，把原本应当为企业增色的文化营销变成了品牌的致命毒药。

2008 年春节期间，恒源祥一则历数十二生肖的贺岁形象广告引起了很多观众的反感。在这则长达 1 分钟的电视广告里，由北京奥运会会徽和恒源祥商标组成的画面一直静止不动，画外音则从“恒源祥，北京奥运赞助商，鼠鼠鼠。恒源祥，北京奥运赞助商，牛牛牛”一直念到“恒源祥，北京奥运赞助商，猪猪猪”，将中国 12 个生肖轮番念过，简单的语调重复了 12 次。观众普遍认为这则广告恶俗、没有文化内涵。

恒源祥原本是生产羊毛线的企业，最早“羊羊羊”的广告所代表的纯羊毛特征很能体现企业的特点，也因其琅琅上口而深入人心。但这则堪称“简单、粗暴”的十二生肖广告却一反常态，也因此在传媒界一石激起千层浪，有人说这则广告低劣、恶俗、让人崩溃，也有人夸赞说这则广告达到了传播和口碑传播的目的，不但让消费者记住了恒源祥的品牌，还让消费者开始讨论关于恒源祥的话题。

在注意力成为稀缺资源的今天，这样的广告的确能够吸引一定的注意力并让消费者记住产品。可是这种缺少文化内涵的恶俗广告做得越多，该产品的市场占有率将会越小。对此，很多营销专家呼吁：“企业需要好好补一补‘文化课’了。”

营销学泰斗菲利普·科特勒曾经指出：“文化的因素（包括文

化、亚文化和社会阶层)是影响购买决策的最基本的因素。"文化对消费者心理的渗透、对消费者购买的潜移默化,在营销过程中显示出强大的力量。从战略意义上来看,文化营销是企业为满足消费者的差异化需求而制定的文化渗透战略性营销。蒙牛"跑出火箭速度"的背后支撑力量正是其不断调整的文化营销。

一直以来,蒙牛为旗下产品披上了文化的外衣。"蒙牛牛奶,愿每一个中国人身心健康"的广告语可以说是蒙牛文化营销内涵的一大主旨,这一概念升华了健康的概念,又给蒙牛牛奶赋予了灵魂,有效地进行了区隔。而"自然给你更多"的定位则让人联想到大草原、浓香牛奶,这赋予了品牌文化的品味与灵魂,使得蒙牛牛奶区别于其他乳品企业的产品。当蒙牛以迅猛的姿态进行全国扩张时,"自然给你更多" 的定位已经不再适合市场发展的需要,毕竟蒙牛的所有牛奶不可能全部都来自大草原。蒙牛要想从"中国牛"变为"世界牛"就需要在文化上与时俱进、不断创新、不断升级,才能做得更好,走得更远。

2005 年,蒙牛旗下的"特仑苏"问世。"不是所有的牛奶都叫特仑苏"的广告语以及典雅、高贵、简洁、大方的包装风格凸现了产品的高贵与神秘。特仑苏产品中蛋白质含量为 3.3%,超出了国家标准 13.8%。特仑苏产品的营养价值远远高出了普通牛奶,使其顺理成章地成为了高端纯牛奶的代表。此后,蒙牛又提出 OMP"造骨蛋白"概念,以高科技理念来突出品牌的技术优势,反映品牌价值。

特仑苏将自身定位在高品质、高保健、高价位、高附加值的液态营养保健奶,产品的主要消费群体是月收入 3 000 元以上,追求高质量、高品位生活的“白领”以及“金领”人群。可以说越是高价的商品,越是有地位的人,他们越需要文化营销。这一特定高端消费群体购买产品已经不仅是为了物质上的满足,更大程度上是为了满足精神上的需要,他们希望通过产品显示自己卓尔不凡的个性和品味,并以此得到别人的赞赏与尊敬,达到自我实现的目的。蒙牛正是基于这种精神上的文化需求,通过特仑苏牛奶给予他们以健康的、高贵的、有个性的文化享受。蒙牛借特仑苏牛奶提升蒙牛品牌地位的同时也在进行文化营销的升级。

蒙牛“只为优质生活”的定位是在特仑苏推出的基础上提出的,这不仅体现出蒙牛要为消费者提供自然、绿色、营养丰富的产品,更要为消费者营造更优质、更有品味的生活。“只为优质生活”的品牌定位扩大了蒙牛产品线的延伸和开发,将文化营销进一步升级,拉近了与消费者的情感距离。

在产品同质化的今天,品牌的核心竞争力已经不再取决于技术和产品的差异,而在于品牌是否具有丰富的文化内涵。这种在产品的深处蕴涵着的隐性文化内涵具有独特的精神享受和潜意识的身份象征,也正是这种文化让消费者对于品牌趋之若鹜。

文化具有惟一性,蒙牛借此大行营销之道让竞争企业难以模仿。蒙牛推出“特仑苏”不久,竞争对手伊利也不甘示弱,推出了同样针对高端人群的“金典”牛奶,此后光明乳业也推出了针对高端消费群体的光明“畅优”酸奶。策略可以跟进,产品可以模仿,但企业文化作为企业核心竞争力的重要组成部分是难以复制的,基于企业文化之上的文化营销也自然有了不可复制性。

华为总裁任正非曾经说过："物质资源是会枯竭的，惟有文化才能生生不息。"当消费者开始追求创新、品味文化的时候，那种弥漫着商人趋利气息的硬式推销变得越来越不受欢迎。文化营销因其特有的可持续性和不可复制性，带给企业巨大的经济效益和社会效益。如果企业忽略了文化营销，就等于忽视了一种价值创新模式，必然会被竞争对手打败，被残酷的市场淘汰。

娃哈哈于1998年进入碳酸饮料领域，推出了"非常可乐"。在品牌推广中高举民族大旗，以"中国人自己的可乐"为口号，并通过广告以及赞助春晚等事件将非常可乐与喜事和幸福紧密联系，并采用了与之相对应的低价策略，准备将非常可乐打造成老百姓办喜事的必备饮品。

在品牌创立初期，这一举措获得了一定的成功，打开了城镇及农村市场。但非常可乐在各大城市却总是无法大展身手，非常可乐在大城市营销遇到的瓶颈在于：大多数城市年轻人对非常可乐的可乐文化身份并不认同，尽管95%的人都喝不出非常可乐与可口可乐、百事可乐之间的区别。究其实质，缺乏文化营销是非常可乐在城市市场败走麦城的根本原因。

可乐作为一种碳酸饮料，本质上是没有任何文化内涵的。但可口可乐和百事可乐在长达百余年的艰辛市场培育和激烈竞争过程中，将可乐作为活力、年轻、时尚和朝气蓬勃的文化载体进行品牌传播。可乐的核心目标消费群是个性张扬的年轻人，无论可口可乐还是百事可乐都在用不同方式，设法通过音乐和体育这两种年轻人最钟爱的事物将自身品牌与消费者偏好紧紧捆绑在一起。可口可乐和百事可乐卖点是消费者的文化，也是迎合消费文化去进行营销的。百事可乐代表的是年轻人燃烧的激情；可口可乐传达的则是年轻人澎湃的活力。可以说，可口可乐和百事可乐的文化营销非常到位，这也是二者历经百年沧桑依然生机勃勃的根本原因。

对于广大的可乐消费者而言，文化偏好已经成为了影响可乐群体消费的核心障碍。而非常可乐“中国人自己的可乐”和“有喜事当然非常可乐”的营销主题显然缺乏文化内涵，而且并不适合于可乐这种低价值、高频次重复消费的日常消费品。对于非常可乐来说，如果能够“迷途知返”，迅速实施文化营销工程，刷新非常可乐的品牌形象，扩大非常可乐的文化内涵，以消费者偏好的模式开展整合营销传播和推广，才能够在城市市场的激烈竞争中分一杯羹。

如果企业能在产品开发、商标命名、广告宣传和市场营销等环节加入文化的因素，让产品或服务能够满足消费者的文化需求，就能够让消费者在获得产品实物的同时获得精神上的满足，得到文化上的熏陶。产品的情感性、审美性、象征性和符号性等文化价值满足了消费者差异化的文化需求，也提升了品牌价值。

营销专家克鲁斯说过：“文化是深层的竞争手段，文化是未来的市场。”文化营销的魅力在于其持续的、不可复制的生命力。蒙牛通过文化营销把具有相同文化底蕴和文化追求的消费者聚集起来，通过文化互动这种有效沟通取得双方价值观的认同，从而建立起与消费者的亲密关系。这是蒙牛进行文化营销的最终目的，也是蒙牛提升品牌价值，重新塑造品牌形象，聚焦目标客户的营销法宝。

全球竞聘，无处不营销

营销界中流传过这样一句名言："三流企业做事，二流企业做市，一流企业做势。"最精明的营销就是在市场中审时度势，善于造势才能花小钱办大事，最终执市场之牛耳。蒙牛就是善于"谋势"的高明企业，在营销过程中能够应"非典"之天时、借"神五"之声势、谋奥运之地理、享"超女"之人和，将借势这一策略发挥到了极致。蒙牛不光善于借势，还长于造势。

《孙子兵法·势篇》载："故善战人之势，如转圆石于千仞之山者，势也。"其意为：把一块石头悬在高空，弄得人心惶惶，这就形成了一种"势"。这种势的威胁远远超过了石头落下本身造成的威胁。有心人就可以利用这种"势"做许多事情，造势是企业营销中常用的策略之一。

企业激烈的营销之争有如弈棋，一着不慎往往会导致全盘皆输的危险局面。"善弈者，谋势，不善弈者，谋子。"这是古人对弈棋之道的经验性概括，我们也可以将其视为对营销的经典总结。在营销之中，高明的企业总能筹划全盘，造出声势，让消费者集中注意力，而后以进退得宜的营销策略征服消费者的心，这样才能稳操胜券。如果企业只注意"谋子"，将营销策略局限于一时一地，不重视大势的变化，不知道为自己造势，即使初期能略有小胜，最终也会因划地自限而失去未来。正因为如此，营销界中才流传有这样一句名言："三流企业做事，二流企业做市，一流企业做势。"最精明的营销就是在市场中审时度势，善于造势才能花小钱办大事，最终执市场之牛耳。

蒙牛就是善于"谋势"的高明企业，在营销过程中能够应"非典"之天时、借"神五"之声势、谋奥运之地理、享"超女"之人和，将借势这一策略发挥到了极致，这是光明乳业、伊利乳业等竞争对手所不具备的。蒙牛不光善于借势，还长于造势。蒙牛全球招聘总裁就是蒙牛的造势之举。

2005年，蒙牛集团总裁牛根生做客新浪网"总裁在线"时首次公开表示，蒙牛要招聘总裁，而且是"向全球招聘"。

2005年5月，蒙牛正式启动全球招聘新总裁的工作。此次招聘的条件为：一是要有乳制品行业工作10年以上经验；二是要具备硕士以上的学历；三是要有国际背景和国际视野。蒙牛人力资源总监张文说："在具体操作时发现，能同时符合三个条件的非常少，因此在选拔过程中蒙牛方面的考虑是至少要满足其中两个条件。除此之外，没有任何其他限制。"

尽管开出的条件较高，但鉴于近年来蒙牛的出色表现，蒙牛总裁的宝座吸引了来自日、加、美、法以及中国港台、内地，包括蒙牛集团内部管理人员在内的64位高管前来应聘。牛根生对此次的高调招聘极为重视，无论是候选人搜寻还是面试、试用等环节都制定了非常详尽的流程，甚至还邀请了专业机构来帮助执行。

蒙牛对新总裁的主要要求是：全球化。对此，牛根生这样解释:"蒙牛在'蒙牛—中国牛—世界牛'三步走的品牌战略上,已经踏进了'世界牛'的门槛。国际化的企业需要国际化的总裁,新的班子越早培养越好。"对于蒙牛的此次全球招聘,广东省奶业协会会长王丁棉认为:"蒙牛的根基不如伊利牢,蒙牛和伊利的奶源争夺战接近白热化。新总裁上任后,在继承牛根生时代的速度和规模之外,还要考虑如何在伊利、光明和三元的围剿下继续保持优势。蒙牛此次选择总裁要参照伊利总裁潘刚,应该与他的实力和资力相当,必须是一个既懂市场又懂技术的全面型人才。"

"项庄舞剑,意在沛公",蒙牛的这次全球招聘总裁的举措其实是以"招聘"为名行营销之实,让公众的目光从伊利的少帅潘刚转移到蒙牛的"选帅"中来。

2004年12月17日,伊利集团包括董事长在内的5位高级管理人员因涉嫌挪用巨额公款被检察院拘留。伊利新任总裁潘刚上任后一连串让人眼花缭乱的战略调整让伊利走出了阴影,焕发出了新的生机。潘刚的一系列政策让伊利2005年的总销售收入比2004年增长了35%,并打败蒙牛成为了2008年奥运会惟一乳制品赞助商。潘刚还荣获"2005 CCTV中国经济年度人物",在颁奖典礼上,潘刚获得了这样的评语:"挽狂澜于既倒,撑大厦于断梁,他整合企业在大危机之后实现大增长;达载奥运快车,成功重塑形象;他借助一个品牌带给一个民族丰厚的营养。潘刚以他少帅的沉稳,临危不乱,让伊利化险为夷。保障了3万多伊利员工和100多万奶农的生计,也捍卫了数亿国有资产免遭流失。"潘刚以黑马之姿跃入公众的眼帘,让牛根生体会到了什么叫"后生可畏”，蒙牛的全球招聘也就应运而生了。

其实蒙牛内部不乏人才，杨文俊、孙先红、邱连军和孙玉斌等人都一直追随牛根生至今，都是有着丰富经验的高管。之所以在全球范围招聘新总裁其主要目的就在于强化并突出蒙牛“全球”的概念从而提升企业美誉度。而且也有借此“抵抗”伊利借赞助奥运会将自身品牌走向全球化的打算。

2006年1月26日，蒙牛集团对外宣布：经过董事会成员、监事会成员、政府官员以及有关专家等14人组成的评审团在第四轮总裁竞聘中的投票表决，原蒙牛集团副总裁、液态奶事业本部总经理杨文俊最后胜出，从即日起接替牛根生担任内蒙古蒙牛乳业（集团）股份有限公司总裁，任期为三年，牛根生不再担任公司总裁，仅保留董事长一职。

杨文俊担任蒙牛新总裁可谓实至名归，39岁的杨文俊曾一手策划了“蒙牛酸酸乳超级女声”，他领导的蒙牛液态奶事业本部在6年中创造了无菌奶销量全球第一的傲人业绩。但此前的对“全球招聘”的大肆宣传让公众和媒体有了新的期待，相比起蒙牛内部人员的“上位”，人们似乎更加倾向于有境外公司背景经验的国际级总裁出任蒙牛集团的新总裁。在吊足胃口、赚足眼球之后，蒙牛新任总裁杨文俊的走马上任却显得较为低调，这与此前高调造势的全球招聘形成了巨大的反差，实有虎头蛇尾之嫌。

其实，营销造势应该像烧开水一样，要不断加热直到将水烧开为止。宁可多花一些时间，多花一些财力和物力也要将水烧开，不能为了节约就只把水烧到70度，因为70度的水跟没烧是一样的。剑南春轰轰烈烈的造势活动可以说是把造势的水烧到滚开。

自进入21世纪起，我国白酒的产销量逐年下滑，剑南春要想获得更大的发展空间就只能寄希望于国际市场。但承载了中国五千年历史文化内涵的白酒如何才能让西方消费者不再漠视进而欣然接受呢？一直以来，剑南春都在用奇招寻找一个便捷的突破口。

2002年，剑南春举办了名为《大唐华章》的大型时尚诗乐舞，正式迈出了文化国际战略的第一步，但此后的营销造势莫能出其右，这也让剑南春众多高管颇为头疼。董事长乔天明想到了已经卸任的前美国总统克林顿，克林顿在全球拥有极高的知名度，堪称西方消费精英的代表，而剑南春在澳大利亚、法国等国家的华人圈都有不错的销售业绩，惟独美国的销售始终不理想，如果能够通过克林顿的影响力和号召力来开拓美国市场无疑会取得事半功倍的效果。

克林顿在任时曾访问过西安，对汉唐文化底蕴赞叹不已，对于盛唐文化更是钟爱有加。剑南春长达1 500年的悠久历史和文化积淀打动了克林顿，于是就有了"剑南春拓展全球市场启动仪式"。

剑南春公司与克林顿办公室反复谈判，终于使其做出让步，克林顿讲演的题目最终确定为《美国市场准入》，而且演讲中也会出现剑南春所蕴含的中华盛世文化题材，并对中美文化交流、贸易往来等问题提出建设性意见。

2003年11月9日，"剑南春拓展全球市场启动仪式"在剑南春酒史博物馆举行。剑南春酒史博物馆中藏有剑南春出土的自五代南齐年间以来的文物，散发着独特的中华文明古国气息。选择此处作为启动仪式的举办地点足见剑南春的匠心:让这次造势活动中每一步都现中国风情,每一处都出现剑南春的身影。

活动的高潮是克林顿为事先准备好的《剑南春拓展全球市场战略仪式》这一书法横幅补上“剑”字右下角特意缺的一“点”。克林顿这一画龙点睛的神来之笔向媒体宣告剑南春集团“拓展全球市场战略仪式”的启动。活动后的招待晚宴上,克林顿对于剑南春酒赞口不绝,脸色微醺地指着斟满剑南春酒的杯子,对着所有的客人口出豪言:“我年轻的时候,可以喝掉44杯!”

剑南春集团的此次造势非同凡响,借助克林顿这位善于做秀的美国前总统正式启动了“剑南春拓展全球市场启动仪式”,不仅加大了剑南春在国内媒体的曝光度,还利用国际媒体对克林顿的密切关注大范围地宣传了剑南春的企业文化和品牌形象,并为下一步剑南春集团拓展国际市场,吸引了更多国际经销商的合作意向。这样的造势活动无疑是成功的。

在商业广告无孔不入、无处不在的今天,消费者普遍对充斥影视、传媒和网络各个角落中的广告产生“审美疲劳”,甚至是厌恶心理。在这样的大背景下,造势新闻的营销方式则显得客观、公正,在不动声色娓娓道来之余让君自动入瓮。而且这种营销方式有目标受众广泛、商家诉求隐蔽,以及传播成本合理,影响却持久深远的优势,可以说是锋芒内敛、精气内聚,可在谈笑间杀敌于无形。

《孙子兵法·谋攻篇》中说:“上兵伐谋,其次伐交,其次伐兵,其下攻城。攻城之法,为不得已。”企业之间硬碰硬地对抗只是下策,上策是强化或制造市场竞争的“势”,把吸引公众目光的主动权牢牢把握在自己手中。对于蒙牛的此次全球招聘，营销界众说纷纭，有人认为这是“蒙牛造势的一招险棋”，也有人认为这是“蒙牛营销史上最臭的一张牌”。其实无论牛根生“牌技”如何，此举的确引起了媒体的追捧和公众的重视，而且蒙牛的一系列营销举措并不是“谋子”的短期做法，而是能够顺应天时、地利、人和，让企业跳出一时一地的局限，以宽广的眼界审时度势、借势及造势，通过精心策划、巧妙处理，以不断创新的手法吸引并锁住公众和媒体的注意力，扩大企业知名度的同时也使品牌增色不少。

以非奥运赞助商之势发力奥运营销

在2008北京奥运会的大背景下，公众对体育的关注和期待前所未有，企业借助各项体育活动进行营销的效果更为自然，也更易于为公众接受。虽然错失了奥运赞助商的头衔，但蒙牛并没有因此停下奥运营销的脚步，反而全面超越了对手。益普索市场调研机构于2007年8月关于中国公众对企业奥运营销认知度的调查结果显示：蒙牛成为被公众误认率最高的非奥运赞助商，误认率高达57%。

南非黑人领袖曼德拉曾说："体育，拥有改变世界的力量！"体育不分国界，不论种族，是人类的共同语言，也是人类能量和本能的一种宣泄。体育活动蕴涵着竞技因素，体现民族的自豪感，促进世界融合与团结，正因为如此，很多大型体育赛事也就理所当然地成为世界上最吸引眼球、最具传播力的平台。

奥运营销则是体育营销的至高点，是四年一次的体育竞技高潮。奥林匹克精神是源于体育的拼搏精神，是永无止境的。而奥运的广告效应也是显著的，企业如果能够抓住奥运这个绝佳时机，对于其提升品牌形象以及开发世界市场都大有裨益，可口可乐、阿迪达斯和三星等公司就是借助奥运会实现品牌提升和全球扩张的。而且一个类别只能有一家赞助企业的排他性原则，更充分体现了奥运赞助的稀缺性和宝贵价值所在。除了奥运赞助商,其他非奥运合作企业很难打到奥运的擦边球,就连打出“北京2008”字样都会被奥组委紧急叫停。这种排他性也让多数企业为难:作为非奥运赞助商应该如何进行奥运营销?蒙牛作为非奥运赞助商成功突围的实例值得借鉴。

2005年11月,伊利成为2008年乳品行业奥运赞助商。虽然错失了奥运赞助商的头衔,但蒙牛并没有因此停下奥运营销的脚步,反而全面超越了对手。益普索市场调研机构于2007年8月做了一项中国公众对企业奥运营销认知度的调研。调查结果显示:蒙牛成为被公众误认率最高的非奥运赞助商,误认率高达57%。

如此高的误认率体现出蒙牛的成功之处。蒙牛从自身企业的特点出发,从关注全民健康的核心引申出推动全民参与、全民健身,并以此与奥运精神相呼应,打出了一手精彩绝伦的非奥运营销牌。

2006年,蒙牛借德国世界杯之势提出全民健身这一概念。当时,大多数企业的体育营销方式无非是聘请球星代言产品或是冠名赛事转播,蒙牛集团却借势世界杯提出全民运动、全民健身。世界杯期间,蒙牛推出号召全民运动的广告片:动感十足的小奶人和路上行人一起踢着足球,然后,足球变成一滴牛奶,飞入牛奶杯中。这个广告用独特的构思将世界杯与全民健身巧妙地结合起来,可以看作蒙牛全面启动2008奥运营销的信号。

此后,蒙牛便开始借全民健身之名行奥运营销战略突围之实。“全民健身”的概念是提出来了,可是如何摆脱单纯的做操、打球等传统“套路”,吸引更多的公众关注并参与,并从中挖掘营销价值就成为了新的问题。

蒙牛从“超级女声”的成功运作中得到启示，认为只有与电视栏目深度合作才可能带来营销奇迹。于是，2006 年 6 月 8 日，蒙牛乳业与中央电视台体育频道共同宣布结为战略合作伙伴关系，在新闻发布会上，蒙牛与央视体育频道共同打造蒙牛《城市之间》这一全新大型体育电视栏目。

《城市之间》本是法国的一个有着 40 多年历史的大型趣味体育竞技节目，节目不仅为各大城市提供展示风采的舞台，还以新颖的游戏、刺激的比赛吸引着众多观众。中央电视台于 1998 年 10 月将《城市之间》节目引入，该节目以其特有的清新风格掀起了一场大型户外游戏节目的热潮，深受各年龄段受众的喜爱。

牛根生认为：奥运会是各国体育精英的竞技场，公众从中不仅能欣赏激烈的赛事，也能因此迸发民族自豪感和荣誉感。《城市之间》这一全民健身的电视活动，通过公众的积极参与激发大家的奥运热情，这可以说是蒙牛借势奥运的超前思考。

2005 年，光明乳业成为国际版《城市之间》的总冠名商，并为上海、北京和天津 3 个参赛城市队独家冠名。2006 年，《城市之间》的冠名权易主，蒙牛“冷手”执起这个“热煎饼”，将体育与娱乐相结合，不但在全国掀起了一场全民参与、全民健身的盛会，还通过节目将企业品牌的传播价值达到最大化。

奥运会的来临让中央电视台体育频道成为了各大奥运赞助商的表演平台，而蒙牛作为非奥运赞助企业也需要借助这一传播平台，为自己的营销战略积累媒体资源。而体育频道的《城市之间》就成为了蒙牛此次营销战的制高点。

为了打造一场全民健身的嘉年华活动，蒙牛联合中央电视台体育频道对《城市之间》进行了该节目自创办以来最大规模的改版，把“全民健身，与奥运同行”这一个主题定位为《城市之间》栏目的核心，将更多的体育元素、娱乐元素、健康元素和国际元素赋予到这个节目中来，创造了一种电视栏目运作的新模式和企业冠名栏目的新思路。在《城市之间》节目中，蒙牛整合了媒体、终端、主管机构以及其他各种资源，通过这些资源之间的有机结合和搭配，将“全民健身，与奥运同行”这个全民关注的时代主题与线上、线下的品牌传播活动紧密结合，在创造非凡营销业绩的同时也让品牌更加深入人心。

从2006年起至2008年，蒙牛冠名《城市之间》为其奥运营销奠定了坚实的基础，来自中央电视台内部的统计资料也能证明这一点。据索福特调查结果显示：2006年12月30日，《城市之间》中国区总决赛的收视率为1.10，收视份额为2.85，是当日收视率第二名，仅次于当日直播的NBA比赛。第二天，继续进行的《城市之间》中国区总决赛创下收视率1.51的新高，收视份额甚至高达3.84；位列收视率的榜首。而排名第二的节目收视率仅为0.82，收视份额为1.95。

谈及蒙牛的此次营销，北京联合太度体育文化发展有限公司总裁朱小明这样评价：“蒙牛在进行非奥运营销中也曾遇到奥组委要求不准使用‘08’、‘奥运’等字样进行宣传的难题。但只要应对得当，把握好‘度’，非奥运营销甚至可以比奥运营销更出彩。”

在2008北京奥运会的大背景下，公众对体育的关注和期待前所未有，企业借助体育活动而进行营销的效果更为自然，也更易于为受众接受。同为非奥运赞助商，光明乳业的营销举措非但没有另辟蹊径，反而因优柔寡断错失了扭转“回收奶”事件负面影响的良机。

2005年，光明乳业希望邀请当时人气最旺的田径运动员刘翔作为企业的代言人。从某种程度上来说，刘翔代言光明是最合适的选择。光明是上海食品业的领军企业，而刘翔及其父母都是土生土长的上海人，他们一直喝的是光明牛奶，这种无法割舍的地缘让光明牛奶与刘翔之间有了得天独厚的契合点，而刘翔一直以来勇于拼搏、积极进取的个人形象也能代表光明的企业形象。如果此次代言能够成功，那么光明开拓全国市场的步伐将大大加快。

但在谈判过程中，却遇到了瓶颈。光明乳业没能正确地估计市场的价格和定位，和田管中心一直胶着在代言费的问题上。光明希望能通过自身的努力、协调与谈判，来达到自己预期的价格，但这种保守型的思维模式让光明忽略了企业未来从公关、营销、形象等多方面可能获得的巨大收益。

2005年6月，光明牛奶出现“回收奶”事件，当时光明未能及时进行危机公关，导致光明品牌形象受损，这让田管中心心存芥蒂。此后，光明积极地向田管中心澄清了“回收奶”事件，双方继续磋商合作代言事宜。

就在光明乳业准备和田管中心签约之时，变故突生：奥运赞助商伊利通过奥组委的关系和田管中心进行了接洽，伊利的条件比光明牛奶更加合适且优渥，田管中心临时改变了主意，决定与伊利结为合作伙伴。

这是光明乳业始料未及的，本想通过与刘翔的合作走出“回收奶”事件的阴影，重新树立积极健康的企业形象。可百里行程半于九十，伊利果断地用1 700万元的代言费大手笔中途拦截优柔寡断算计代言费用的光明，其中的差距不可谓不大。本打算另辟蹊径的光明乳业好不容易找到了合适发展的伙伴，可却在成功之前化为了泡影，让人扼腕叹惜。

无论是光明、伊利的代言人之争，还是伊利、蒙牛的奥运赞助商之争，所指不过是人们争相关注的奥运会，奥运营销不同于其他营销活动，商业性及功利性不像其他营销方式那么明显，也更容易为受众接受。

可口可乐公司是奥运营销的大赢家，公司有一句名言：“会动的东西，我们就赞助它；静止不动的，我们会刷上可口可乐。”奥运会作为全世界最受关注的赛事，观众成千上万，媒体受众更是不计其数，借势奥运营销的举措能让企业品牌知名度和美誉度大大提升。在轰轰烈烈的奥运营销战中，无论是善打营销牌的蒙牛，还是身为奥运赞助商的伊利，抑或是想借奥运营销重新洗牌乳品市场的光明都不乏出彩之举。但蒙牛作为非奥运赞助商的全民动员等奥运营销举措却比其他企业的营销活动更深入人心。

奥运营销是体育营销的至高点，但奥运会毕竟四年才举办一次，其间大大小小的体育赛事不计其数，对于所有的企业来说，这无疑是新一轮竞赛的起点。企业必须结合自身实际，为营销做好充分的备战，以新、奇、特的营销手段，合理利用体育资源才能如非奥运赞助商的蒙牛一样脱颖而出。

参考资料

1.张治国著.蒙牛内幕:首次全面揭开蒙牛高速成长之谜(第3版).北京:北京大学出版社,2006

2.梅晓鹏编著.蒙牛管理模式全集.武汉:武汉大学出版社,2007

3.陈炳岐主编.蒙牛与伊利:中国两大乳业巨头的快速成长与营销策略.北京:中国经济出版社,2007

4.陈中,刘端著.蒙牛思维:成就蒙牛速度的25个法则.北京:中国发展出版社,2005

5.胡恒松编著.中国儒式管理新模式:蒙牛法则与联想定律.北京:中国纺织出版社,2006

6.郑作时著.阿里巴巴——天下没有难做的生意.杭州:浙江人民出版社,2007

7.刘世英,彭征著.谁认识马云.北京:中信出版社,2006

8.余在杭编著.芝麻开门——马云和阿里巴巴的成功之道.北京:中国时代经济出版社,2007

9.杨艾祥著.马云创造:颠覆传统的草根创业者传奇.北京:中国发展出版社,2006

10.《赢在中国》项目组编著.马云点评创业.北京:中国民主法制出版社,2007

11.康健著.蒙牛攻略:公司高速成长的中国法则.西安:陕西师范大学出版社,2005

12.朱瑛石著.沉浮史玉柱.北京:当代中国出版社,2006

13.吴晓波著.大败局.杭州:浙江人民出版社,2007

14.刘世英等著.巨人不死密码.北京:中国民主法制出版社,2007

15.何学林著.成败巨人:一个中国乃至全球经济史上绝无仅有的案例.北京:经济管理出版社,2006

16.黄永军编著.前沿管理:13位中国商界大师的经营理念.北京:线装书局,2003

17.[美]罗伯特·J.卡尔文著.周洁如译.销售管理.北京:中国财政经济出版社,2005

18.[美] 马克·E.佩里著.李屹松译.战略营销管理.北京:中国财政经济出版社,2005

19.[美]科特勒等著,何志毅等译.市场营销原理(亚洲版).北京:机械工业出版社,2006

20.侯贵松编著.战略营销.北京:中国纺织出版社,2006

21.任傲霜编著.新华商精英成功透析.天津:天津人民出版社,2003

22.郑方华主编.营销策划技能案例训练手册.北京:机械工业出版社,2006

23.[荷]威廉姆·伯格斯著.朱宇译.细节营销.北京:华夏出版社,2004

24.[美]道戈·霍尔,杰弗里·斯坦普著.赵恒译.深度营销VS讨巧营销.北京:中信出版社,2005

25.[美]迈耶著.陈系贞译.为什么小女孩的火柴卖不掉:营销管理的27堂必修课.海口:南海出版社,2008

26.叶生洪,张泳,张计划主编.市场营销经典案例与解读.北京:对外经济贸易大学出版社,2006

27.陈辰著.控脑:营销就是思维布局.北京:新华出版社,2007

28.吴甘霖著.赢利模式赢天下.北京:北京大学出版社,2007

29.刘世忠编著.品牌策划实务.上海:复旦大学出版社,2007

30.张利著.新营销:本土企业战略创新之作.北京:新华出版社,2006

31.李光斗著.品牌战全球化留给中国的最后机会.北京:清华大学出版社,2006

32.高天游主编.借势与造势:62个成功的事件营销案例.北京:中国海关出版社,2005

33.[美]杰克·费雷利著.单军,董树春译.营销突破:推动销售的强势战略.沈阳:辽宁人民出版社,2002

34.[英]沃尔夫著.至尊智慧:出奇制胜的营销策略.北京:经济日报出版社,2003

35.曹辰编译.科特勒行销全攻略.北京:现代出版社,2004

36.李洪伟,高化文主编.营销无妙方. 北京:科技文献出版社,2006

37.贾昌荣著.服务营销战.北京:中国经济出版社,2006